U0115311

臺灣千家詩

賞詩・臥遊・學作文

胡傳安
張夢機 教授指導

洪嘉惠 策畫兼主編

祝臺灣千家詩出版

高明誠

祝賀嘉章造化工，臺疆翰墨共推崇。

灣流錦繡元音振，千慮珠璣正氣沖。

家課新題稱上選，詩壇古調展全功。

出書初卷欣刊發，版射文光萬丈紅。

讀詩如何學作文

（小學、中學、大學、社會人士適用）

張夢機教授序文：「夫詩，文之精者也。文貴敷暢，詩主婉曲。詩固不能盡言文之所能言，然卻能言文之所不能言，二者體裁雖異，寫作法度，則可互參。如詩之章脈，講究起結合度，此與文章之起承轉合，其法一也。又如詩眼之運用，修辭之技巧，亦可供撰文者鍊辭鍛句之參鏡。是以深諳詩法，實堪為操觚者之一助。」可見若能讀好詩，對作文一定有所幫助。以下試舉數例，提供參考。若有疑問可直閱原詩：

一、「烏來口占」結句「詩奪千峰暖翠回」字眼何在？文章最忌隨人後，本詩立意有何高妙？暗喻何事？

二、避炎傲睨趨炎客「夏遊雙溪」炎字重出；淡淡藍天淡淡風（淡江煙雨）是用疊字法。兩句有何不同？各有何特色？

三、「日月潭」前兩句「孰將神斧借天兵，砍破銀河水半傾」純屬杜撰的誇飾，卻筆力萬鈞，引出潭光水色的壯麗。

四、玉雕白菜千秋翠「臺北故宮」；九曲鏗鏘天籟巷「鹿津訪古」句子一新耳目，用的是什麼手法？

五、「文湖洩洪」：「長江浪與黃河水，那及文湖濺洩洪」，文辭氣勢磅礴，用的是什麼修辭？

六、「蕉浪」：草帖顛狂從跌宕，千秋逸韻舞斜暉。運用譬喻，舉張顛的顛狂草書，形容蕉浪的壯麗，創意新奇。

七、「雪山隧道」：神工跡拓三千里，鉅構荒開十五冬。兩句對仗工整，三千里用誇飾法，把開拓的艱難展現無遺。

八、「水往上流」：寶島一清流，力爭朝上游；未到玉山頂，今生誓不休。平凡小景，寫出如此壯志，自是高人一等。

書中有同樣景點，不同的寫法，可加比較悟出其中技巧。還有更多的修辭、典故的運用，優美的句子，高雅的意境。詩家公開詩法和技巧，以達到讀詩學作文的目的，提昇作文能力。

胡序

胡傳安

中華文化，博大精深，源遠流長，尤以詩歌蔚為大國，舉世無雙，獨步寰宇。自古以來即重視詩歌之搜集與整理。溯至西周，即有「王官採詩」之制度，漢書藝文志謂：「古有採詩之官，王者可以觀風俗，知得失，自考正也。」可見古人重視「詩教」之一斑。

自明末清初，寧波沈光文先生渡海來臺，結廬諸羅（今之嘉義），首組「東吟詩社」，開臺灣古典詩之先河，一脈相傳，已歷三百餘年，雖經日本統治，仍默默延續傳遞，從未中輟，令人生敬。殆光復之後，大陸各地詩家與本土詩友切磋琢磨，雅集唱酬，擊缽聯吟，盛況一時，郁郁之情，可媲前修。然時移世變，揚新去舊，騷壇為之一蹶不振，令人浩歎痛心不已。

洪君嘉惠生於臺灣古典詩發源之諸羅，自幼耳濡目染，深受中華文化之薰陶，振鐸杏壇，作育英才之餘，尤耽吟詠，藻思詞情，向為騷友稱道，扢揚風雅，不遺餘力。際此詩道凋零，老成凋謝之時，慧眼獨具，欲振騷風，以蓬萊風土形勝為主題，以絕句為形式，以大眾化、觀光化、實用化為原則，編纂「臺灣千家詩」一書。登高一呼，如響斯應，應徵者千有餘首蜂湧而來。為堅持品質，統一規格，歷六載之艱辛，期臻於至善，去蕪存菁，嚴選二百餘首，付梓行世。

本書所輯琬琰之章，可探寶島佳山秀水之景，亦可覩海嶠多元民風土俗之情。一卷在手，廣見聞，覽綺景，復可窺作者瓊章妙句之心路歷程，而達心領神會之境，合於孔子「興、觀、群、怨」詩教之旨。則此編刊行，必能振衰起疲，昌明詩學，傳誦久遠，而功著騷壇也。於付梓前夕，特綴數語以表欽敬祝賀之忱，是為序。

編者按：胡傳安教授，現任中華詩學研究會理事長，世界華文詩詞研究會名譽會長。

張序

張夢機

諸羅洪君嘉惠，穎悟士也，平素雅嗜吟詠，構思無滯，詞情英邁。近歲復以瀛洲形勝、風土為題，徵詩千餘首，稍作裁汰，裒集為「臺灣千家詩」。書成，索言於余，竊不辭而為之序。

余謂近十數年以還，賦詩者日趨淺薄之途，撰文者多崇鄙陋之辭。人爭偏好新知，唾棄故籍。幸賴有識之士如洪君者，振臂一呼，各方紛紛響應。諸詩勾勒蓬嶠佳景，大如日月潭、阿里山，小至天梯、白水湖，莫不山巔水涯，奔赴筆端；淳風厚俗，歸於楮墨。令人一讀，不惟得識臺員風物之美，同時亦了然當地習俗，頗收增廣見聞之效。

夫詩，文之精者也。文貴敷暢，詩主婉曲。詩固不能盡言文之所能言，然卻能言文之所不能言，二者體裁雖異，寫作法度，則可以互參。如詩之章脈，講究起結合度，此與文章之起承轉合，其法一也；又如「詩眼」之運用，修辭之技巧，亦可供撰文者鍊辭鍛句時之參鏡。是以深諳詩法，實堪為操觚者之一助。

要之，本書所輯錄之詩作，頗值細參，讀者得茲而領誦之，一則可臥游勝境，宜增廣其聞見；再則可略窺詩法，或有助於撰文。他日苟同嗜者眾，瀏覽者夥，則洪君此編之出，亦有功於騷壇也。

編者按：張夢機教授，歷任中華詩學、古典、楚騷、乾坤等詩刊顧問。

編者的話

洪嘉惠

詩：是優美的文學，也溶入日常生活，處處展現優雅的風華，尤其古典詩更受大眾的喜愛和吟誦。

臺灣對古典詩（近體詩）的薪傳已二、三百年，目前有五、六十家詩社，臺灣瀛社詩學會已超過百年歷史。每年詩會擊缽，互相酬唱，詩風蓬勃，卻不為外界重視，逐漸凋零，深感惋惜。

因而興起編纂一本大眾化、觀光化和實用化的小品詩文集，扢雅揚風。一經徵稿，湧進千餘首詩稿，再三淘汰，又經三位詞宗評選，精英盡出。不分學歷職業，只論詩作優劣。

「臺灣千家詩」以現居臺灣的詩家，吟詠臺灣風光名勝，親自解說、探源導覽、公開詩法和技巧。一頁一詩，力求符合格律的絕句，淺近易讀，可以賞詩、臥遊勝景、文化、歷史和地理，並從詩中領悟詩法和技巧，學到作文的要訣。尤對小學、國中、高中、大專學生和社會人士的作文，有所幫助。

從詩中更可看出人生的哲理。例如「阿里山神木」當悟植樹和惜紙的重要；「冬登松雪樓」驚覺身已在福中；「天地眼」指出天網恢恢漏不遺；「遊佳樂水」石高激起浪花高，含意深遠，值得省思。還有更多詩意和禪意，等待大家來採擷，可能創造燦爛的人生。

本書廣羅名作，每人最多兩首，作者簡介一次，編排由北而南，由西而東。堅持品質，統一規格，整合不易，一再修訂，過程艱難，歷時六年有餘，最後經四位教授詩家審訂，再次淘汰、修正，嚴格把關，力求水準，始告完成。

承蒙胡傳安教授和張夢機教授作序和指導，以及本書詩家的關注賜稿和提供寶貴意見，更增篇幅光采，一併致謝。個人不揣譾陋，志在宏揚騷風而已。尚祈先進方家不吝指教。

目　次

烏來口占

張夢機

暘雨之間過屈尺，偃堤以外是烏來；
袖將一纜浮雲去，詩奪千峰暖翠回。

作者 張夢機，男，祖籍湖南永綏，西元一九四一年生，二〇一〇年逝世。師大畢業，文學博士，大學教授，並為中華詩學、古典、楚騷、乾坤等詩刊顧問。

注釋 一、題解：本詩記敘烏來之旅。七言絕句。押十灰韻。二、口占：作詩不起草。三、暘雨：時晴時雨。暘，音陽，太陽出來。四、屈尺、偃堤：往烏來途中之地名。五、袖將句：謂乘纜車登雲仙樂園。六、暖翠：暖有親切暖和之意。

語譯 在一個時晴時雨的日子，我經過屈尺，又到了偃堤，再過去就是烏來，衣袖一擺乘上纜車，如搭浮雲而登雲仙樂園，雅有吟詠，在詩中把這兒山峰上親切的翠綠都帶回來。

探源 一、烏來，位於新北市烏來區的山區，是北臺灣泰雅族原住民的故鄉，「烏來」為泰雅族語「熱水滾燙燙」，形容「溫泉」的意思。由新店乘車進入，沿山路而行，風景秀麗。二、烏來風景區以溫泉、纜車、飛瀑、雲仙樂園等勝景，聞名遐邇。

讀詩學作文 一、一首絕句，分起、承、轉、合四句，即一篇完整的文章。二、七言絕句的起句、承句、結句均要押韻，始為正格。三、起句如不押韻，則起、承二句必須對句，本詩對句工整，允為佳構。四、本詩未寫烏來的勝景，但是妙在結句，把滿山的暖翠都帶回來了。五、字眼「奪」字，擬人化，用得更好。蘇東坡嘗云：「詩賦以一字見工拙。」值得深思。六、在中國的傳統詩中，一向被認為最上乘的作品，大多能作到「語近情遙」。語近，則文字平澹，容易讓人瞭解而接受。情遙，則情意遙深，即使簡單幾句，也能寄與無窮。

詠一〇一高樓

江　沛

形如勁竹欲參天，礙日穿雲亂宿躔。

俯瞰紅塵驚已遠，應無囂競擾心田。

作者 江　沛，男，祖籍湖南平江，西元一九二六年十一月出生，陸軍軍官學校畢業，上校退役。先後擔任中華學術院詩學研究所研究委員、中華詩學研究會理事、古典詩研究社常務理事兼古典詩刊編輯、春人詩社社長，著有逸樓吟稿問世。

注釋 一、題解：本詩為詠一〇一大樓、七言絕句，一先韻。二、參天：高入天空。杜甫古柏行：「黛色參天二千尺」。三、礙日：遮蔽日光。四、宿躔：星宿運行的軌道。五、囂競：喧鬧奔走，以求功名利祿。六、心田：佛家語，即心。

語譯 大樓如勁竹一般高入天空，晴天高聳遮日、陰天矗立穿雲、夜間高樓燈光與星光混雜在一起，很難分辨。每當登臨樓頂，俯視地面，恍如仙凡兩隔，耳畔沒有紛紛擾擾的市聲，真有飛昇仙界之感。

探源 一〇一大樓，係一國際性之金融大樓，位於臺北信義區，樓高五〇八公尺，地面一〇一層，地下五層，大樓造型宛如勁竹，節節高昇，象徵生生不息的中國傳統建築意涵，於二〇〇四年十二月卅一日正式開幕，登樓俯瞰，臺北風光盡收眼底，故常成為來臺人士旅遊景點之最佳選擇。

讀詩學作文 一、一〇一大樓為世界第一高樓，故吟詠中要以「高」字為重點。二、第一句除概述樓之外型外，即點出「參天」以言其高。第二句承接第一句之意，繼以「礙日」、「穿雲」、「亂宿躔」描述樓高，三、第三、四句如繼續用形容詞來堆砌，則有重覆之感，故改以仙凡兩隔，囂競不侵，來敘述樓高，則意境更佳矣。

登淡大觀海樓

王　甦

縱目觀瀛海，洪波映日光；
提神天外望，萬象萃毫芒。

作者 王　甦，男，號闕齋，祖籍江蘇漣水縣，西元一九二八年生，師大文學碩士，淡江大學榮譽教授。

注釋 一、題解：本詩敘登淡江大學觀海堂大樓所見所感。五言絕句，押七陽韻。二、瀛海，浩大的海洋，此指淡海。王充《論衡 談天》:「九州之外，更有瀛海」。三、提神天外，提升精神於外太空，清史震林《西青散記自序》:「自提其神於太虛而俯之」。四、萬象，指自然界一切的事物、景象。五、萃毫芒，萃，會萃，聚集。毫芒，比喻極微小之物。

語譯 一望無際的大海，浩蕩的波濤映著日光。提升精神於外太空，俯瞰大地萬物的景象，像眾多的毫芒一般微小。

探源 一、稱為淡水八景之一的「黌崗遠眺」，黌崗，即指淡江大學，因學校位於五虎崗上。古代大屯山火山爆發，岩漿噴流，形成五條如手指般的丘陵，其中第二條，即淡大校區所在。二、登高遠眺，左有觀音吐霧，前有漁舟帆影，右有大屯春色，風景秀麗。

讀詩學作文 一、五言絕句，首句以不押韻為常。二、本詩分前後兩片，前兩句以眼觀淡水風光。後兩句以神觀大地萬象。蘇軾「大江東去」詞，有「故國神游」之句。他言「神游」是平面的，此說「神觀」是立體的。三、第三句是關鍵，此句本於陸象山「舉頭天外望」的詩句，「舉頭」是現實的，「提神」是超現實的。提神於太空，俯觀大地萬象，像毫芒一般地微小。世間富貴榮華，功名利祿，皆不足道。但能超然物外，則無往而不自得矣。

故宮

莫月娥

故宮文物聚名流，傍水依山景色幽；
河上清明觀未了，民情古意上心頭。

作者 莫月娥，女，臺北市人，西元一九三四年生。師事捲籟軒黃笑園夫子研習詩文經史。現任中華民國傳統詩學會副理事長。

注釋 一、題解：本詩記述臺北故宮博物館的情況。詩押十一尤韻。二、河上清明：即「清明上河圖」，為宋人張擇端所作，描繪汴京士女春遊的的景物，以及清明時節掃墓、插柳、踏青和野宴的風俗。描繪細緻，十分珍貴。張擇端係宋朝翰林，字正道，東武人，善於繪事。

語譯 臺北故宮博物館典藏的文物，收藏豐富，也集有許多著名書畫作品，故宮建在山水之間，景色幽美。著名的清明上河圖等文物瑰寶讓觀賞民眾看不完，民俗風情、古典雅意，隨著湧上盤據在心中。

探源 一、故宮博物館位在臺北市士林區至善路，外觀是仿造北平故宮博物院所造，黃牆綠瓦，巍峩壯觀。二、故館於西元一九六五年開館，收藏七十萬餘件的中國藝術文物，分為五大主題展覽廳，為舉世公認的世界四大博物館之一，與法國羅浮宮、英國大英博物館、美國大都會博物館齊名。三、館內收藏有著名的翠玉白菜、毛公鼎、陶瓷、青銅和各朝代的書畫。「清明上河圖」當然也是名畫之一。為各國貴賓遊客必訪的地方。

讀詩學作文 一、本詩將「清明上河圖」，拆為「河上清明」是析詞的運用，使造句活潑生動。張春榮認為「析詞的運用，可分三類：(一) 用以造句，一新耳目；(二) 辨析異同，鎖定意義；(三) 變化行文，強調音節。」妙處多多。二、舉「清明上河圖」以代表故宮數萬千的文物，舉一概全也是作文的高明技巧。三、結句有餘韻無窮之妙。

夏遊雙溪

陳祖舜

水戲虎潭風解慍，郊遊貂嶺屐留痕；
避炎傲睨趨炎客，消受南薰醉一番。

作者 陳祖舜，基隆人，西元一九二二年生。少隨先父諱登瑞公，研修詩詞文史等。一九四六年考進基隆港務局公職。一九七九年全國詩人聯吟大會連中三元，一九八二年國家高等考試及格，二〇〇五年當選「全球中華文化藝術薪傳獎」。現任臺北文山吟社指導老師。

注釋 一、題解：本詩記述夏遊雙溪之情趣。詩押十三元韻。二、虎潭：即虎豹潭。三、慍：音孕，怨怒煩悶。四、貂嶺：即三貂嶺。五、屐：鞋的通稱。六、避炎：避開酷熱。趨炎客，指依附權貴之人。七、睨：音膩，即睥睨，不屑之意。

語譯 夏天遊雙溪，虎豹潭戲水清涼怡人，涼風解開心頭的煩悶；三貂嶺爬山留下鞋跡暢遊。來此避開夏季的酷熱，驕傲的看輕攀附權貴的人，享受清涼的南風，陶醉其中。

探源 一、雙溪位在新北市東北方，與宜蘭縣相交界，牡丹溪和平林溪穿繞而過，匯成雙溪河，因稱為「雙溪」。二、虎豹潭和三貂嶺都是雙溪的名勝地，尤以夏日最好避暑之處。雙溪有山有水，沒有污染，直如世外桃源的山鄉小鎮。

讀詩學作文 一、第三句「趨炎傲睨趨炎客」，句中「炎」字重出，第一個「炎」是迴避夏天之炎熱；第二個「炎」是指趨炎附勢之俗客。本句妙用「炎」字重出，造句巧妙。二、黃永武云：「一字重現，或數字再現，叫做重出。」（字句鍛鍊法）又云：「行文遣詞，文字都已注意避免重出，但有時卻不以重複為嫌，反以重出為能。」三、蘇延頁詩：「東望望春春可憐」。李義山詩：「相見時難別亦難。」都是優秀的重出句。

虹橋夕照

范月嬌

林嵐夾岸露蒼穹，關渡拱橋飛彩虹；
帆影漁舟歸去晚，淡江夕照水天紅。

作者 范月嬌，女，號靜齋，臺灣新竹人，西元一九四〇年生。淡江中文系畢業，日本立命館大學文學博士候選人，大學副教授退休，中華詩學研究會會員。

注釋 一、題解：本詩記述臺北關渡勝景。七言絕句，押一東韻。二、虹橋：指關渡大橋，其橋像弧形彩虹而馳名。三、嵐，音藍，山的蒸氣。

語譯 兩岸山林的蒸氣中間露出藍藍的天空，關渡拱橋好像飛來的彩虹；黃昏帆船漁舟準備回航了，淡水河上的夕陽映照在水面，染得水天一片通紅。

探源 一、關渡大橋橫跨淡水河上，是八里與淡水、關渡、北投間來往的唯一要道，弧形鮮紅的外型吸引無數遊客的目光，成為臺北的勝景之一。其橋建於一九八〇年四月，一九八三年一〇月完工正式通車，全長八〇九公尺，主橋五三九公尺，為五孔連續鋼質大橋，建築歷時三年半，工程浩大，是亞洲第一座焊接鋼拱橋，也是臺灣第一座大型拱橋。二、淡水夕照是臺北著名的八大美景之一。大自然的夕陽美景，加上人工鑄造的拱橋，營造出風格獨特的關渡景觀。

讀詩學作文 一、七言絕句，起句押韻者為常則。二、本詩首句只寫關渡周邊景象，次句點題「拱橋飛虹」，揭開首句「林嵐夾岸」的地標，用烘托之筆，引人入勝。第三、四句意思連貫，寫淡水河上的黃昏，漁船歸航時的夕照，染紅了天空和水面，構成一幅彩色豔麗的圖畫。

瀛社百年感賦

林正三

一社綿延百載周，無邪詩教緬從頭；
瀛壖此日尊鄉土，雅道維新儻可酬。

作者 林正三，字立夫，自署惜餘齋主人，一九四三年生。原籍臺北縣。專攻古典詩文、閩南語聲韻及地方文史之研究。現任臺灣瀛社詩學會理事長，乾坤詩刊雜誌社古典詩詞主編。著有《詩學概要》、《閩南語聲韻學》、《惜餘齋詩選》、《臺灣古典詩學》、《輯釋臺灣漢詩三百首》、《千字文閩南語音讀》有聲書等。

注釋 一、題解：本詩記述臺灣瀛社詩學會成立百年的感想。詩押下平聲十一尤韻。二、無邪：我國古代詩教的一種觀點。謂詩的最高標準是中和雅正，謂之「無邪」。三、瀛壖：原指海岸，此處借喻瀛洲，即指臺灣。四、雅道：即正道；忠厚風雅之道。借指創作、欣賞詩、書、畫等風雅之事。

語譯 古老的瀛社，已連續不斷的歷經百年的歲月，成立以來，一直遵循著《詩經》「無邪」的詩教。而今，社會上日漸重視鄉土教育，對於使用閩南語或客家話的音讀，更容易辨別平仄的傳統詩學，未嘗不是重新振起的契機。

探源 瀛社成立於西元一九〇九年，成立之初，與臺中的「櫟社」、臺南的「南社」鼎足而為全臺三大詩社。至西元五〇年代，「南社」與「櫟社」相繼停止活動，唯有「瀛社」至今巋然獨存，可以見證百年來臺灣文學發展的軌跡。

讀詩學作文 用絕句詠大題，宜由大處落墨。把定一個所欲表達的意念，方不至流於泛寫，也纔言中有物。本詩由目前社會上重視鄉土教育敘起，闡明覺識出詩學一道將興的論點。

歲暮登仙跡岩，是日晴而寒

陳文華

楓紅葦白意猶多，不信風前便蕩磨。

試向凌雲頂上望，家家翼瓦沐陽和。

作者 陳文華，男，祖籍廣東梅縣。西元一九四六年生，臺灣師範大學畢業，文學博士，大學教授。作品《珍帚集》於一九九六年獲第二十一屆國家文藝獎詩歌類最優獎。

注釋 一、題解：本詩記述寒冬季節登高望遠的感想。七言絕句，押下平聲五歌韻。二、葦：蘆葦，尚未開花的稱蘆，已開花的稱葦。三、凌雲：逼近雲霄，此喻指山高處。四、翼瓦：形容鋪蓋著瓦片的屋頂像鳥的翅膀張開的樣子。五、陽和：溫暖和暢之氣，此指陽光。

語譯 紅色的楓葉，白色的蘆花，在這歲暮時節，仍然展現著盎然的生意，我不相信它們會在寒風中磨損蕩盡。試著登上山頂俯望，晶亮的陽光正灑落在每一户人家屋頂上，帶著一股暖意。

探源 仙跡岩座落於臺北市景美東南方山上，與公館的蟾蜍山對立相望。傳説呂洞賓為降伏吃人的蟾蜍而來到此處，其站立的大岩石上留有「腳印」，後人即附會是仙公的足跡，故稱其地為「仙跡岩」。山頂標高一四四公尺，視野良好，可遠眺觀音山及大屯山系，是民眾登山健行之熱門地點。

讀詩學作文 本詩雖是登仙跡岩所作，但主旨不在詠寫古蹟，而另有哲理性的體悟。題目中的「晴而寒」，即寓有深意：寒冷的季節，卻有晴朗的陽光，矛盾中具備了強烈的張力，暗示即使環境再嚴酷，仍潛藏著磨滅不了的生機。詩中楓葉蘆花紅白鮮明的顏色，突顯了旺盛的生命力，而屋瓦上明亮的陽光，一樣也為作品的命意增強了渲染的作用。

陽明山紀遊

吳舒揚

驅車賞雪覓芳蹤，勝指陽明野趣濃；
萬點櫻開呈淑氣，層巒客迓露嬌容。

作者 吳舒揚，男，臺灣宜蘭人，西元一九四八年生。宜蘭縣仰山吟社第一、二屆理事長。現任元勛國際貿易公司顧問。

注釋 一、題解：本詩記敘陽明山之旅。押二冬韻。二、驅車：駕著車子。三、芳蹤：有花草的地方。四、陽明：地名，即陽明山。五、野趣：對郊外景色有興趣。六、層巒：重重疊翠的山屏。

語譯 在一個冬天的日子裏，滿懷濃濃的雅興，駕著香車找個好地方賞雪，目標指向嚮往已久的陽明山，正值櫻花盛開，襯托出高雅的氣質，遠遠的青巒，含著微笑，歡迎一群遠道而來的客人。

探源 一、陽明山位於臺北市士林區，原名草山。西元一九八五年正式成立為「陽明山國家公園」，成為市民喜愛登山休閒的場所。二、櫻花：落葉喬木，葉深綠，卵形，有鋸齒，冬、春之間開花。五瓣淡紅，顏色鮮麗，多產於日本。吾國櫻桃亦其一種。

讀詩學作文 一、詩作對起甚多，轉結以聯收尾罕見。咏景之作，不外乎以輕巧的筆調，描寫幽雅的風情，令人直覺有言有盡，而意無窮之感。二、本詩字眼（一）起句（賞雪）指出時間冬季，有雪就有詩意。（二）承句（勝）字用得恰當目標分明。（三）轉句（萬點櫻開呈淑氣）對結句（層巒客迓露嬌容）以聯收束，利用抽象筆法，勾勒出遠山含笑之假象，與櫻花相襯之下，更突顯出山之壯麗。

詠一〇一大樓

黃色雄

百層加一與天黏，飲譽全球霸氣潛；
玉宇凌虛人仰止，臺灣意象采風添。

注釋 一、題解：讚揚臺北市新地標一〇一大樓，詩押十四鹽韻，用黏、潛、添三韻腳。二，與天黏：同天黏在一起，比喻很高。三、飲譽：受到讚美。四、霸氣：氣勢稱雄無比。五、玉宇：以玉為殿，言其壯麗。六、凌虛：矗立空中。七、仰止：敬慕。八、臺灣意象：臺灣系列活動，民眾選出布袋戲、玉山、臺北一〇一大樓、臺灣美食及櫻花鉤吻鮭等五大意象。

語譯 一百層再加一層樓高，看起來好像跟天黏在一起。這樣雄偉的建築，受到世界遊客的讚美，而且它獨霸全球的氣勢，潛力無窮。這棟大廈聳立空中，日夜吸引人們敬慕，而不辭千里遠道來觀看；由於它風采別具，所以更增添了臺灣意象。

探源 臺北市地標一〇一大樓，其高度達五〇八公尺，地上一〇一層、地下五層。工程於一九九九年七月動工，二〇〇四年十二月正式啟用。在二〇〇七年以前堪稱世界第一高樓。本大樓由建築大師李祖原設計，每八層樓為一結構單位，彼此接續，層層相疊，宛若勁竹節節高昇的建築意涵，為臺北都會區帶來視覺上全新的體驗。

讀詩學作文 絕句應分別寫景及寄意。寫景即將有關的人、事、時、地、物加以描述；寄意則是總結作者對詩題所生之感情。本詩首句以數字相加手法描寫主題高度，「與天黏」係用誇飾法。以誇張鋪飾，意象極高，鮮明突出，氣勢雄偉。承句加強描述主題贏得世界第一高之令譽。第三句玉宇凌虛是替代修辭，引李華含元殿賦：「玉宇璇階，雲門露殿」。形容主題風華引人注目，結句強調臺灣本土意象廣傳世界各地。**（作者簡介請見一〇七頁）**

白鷺棲煙

林正三

白鷺山前翠欲酣，巒煙水色遠相涵；
名區合是幽棲地，向夕霜翎聚兩三。

注釋 一、題解：本詩記敘臺北市內湖的白鷺山風光。詩押下平聲十三覃韻。二、名區：指有名之地；名勝。唐・王勃〈秋日登洪府滕王閣餞別序〉：「家君作宰，路出名區。」清・趙翼〈游洞庭東西兩山〉詩：「家鄉有名區，垂老乃未到。」三、霜翎：白色羽毛，代指白鷺。唐・劉禹錫〈鶴嘆〉詩之二：「丹頂宜承日，霜翎不染泥。」

語譯 蓊鬱翠綠的林木，鋪蓋整個白鷺山。徜徉其間，使人渾然欲醉。雲霧繚繞的山色與水色相互映照，最適合幽人之隱居。傍晚時分，三三兩兩的白鴒鷥群點綴在青山綠水之間，宛然是人間仙境。

探源 一、白鷺山又名「埤頭尖山」，位於臺北市內湖大湖公園之側，蘊藏著豐富水鳥、蕈類、蕨類、香楠、紅楠、相思樹、綠竹林等豐富之自然生態。大湖舊稱「十四份陂」，又名「白鷺湖」，每當夏秋之季，煙雨瀰漫，黃昏時白鴒鷥（白鷺鷥）成群聚集，點綴在雨後雲霧繚繞的白鷺山與大湖之間，彷如一幅圖畫，故有「白鷺棲煙」之稱，為內湖主要景點之一。

讀詩學作文 作小詩如特寫鏡頭，切忌意雜。蓋意雜則詩不純，尤以絕詩為最，因絕詩祇四句，於此短短之二十八字中，欲闡明一意，已有字少情多之歎，如數意夾雜其中，則易令人有不知所云之感。本詩以「名區合是幽棲地」為結穴所在，其他三句為點景作用。**（作者簡介請見七頁）**

龍門觀潮

李鶯輝

龍門港澳媲仙寰，極目洪濤退又還；
地捲銀山奔萬里，滄桑世事總無關。

作者 李鶯輝，男，一九二五年生，字喬陽，新北市雙溪區人，號貂山居士。早年遊學張占鰲夫子之門，一九四六年參加貂山吟社。歷任國小教員、鄉公所課長，後執業代書。曾任貂山吟社社長、中華民國傳統詩學會常務監事、常務理事，顧問，現任新北市貂山吟社名譽理事長。

注釋 一、題解：本詩描述於龍門村觀賞海潮起落之情景。七言絕句，押十五刪韻。二、龍門港澳：「龍門」，地名，屬臺北縣貢寮鄉，俗名「舊社」，位於雙溪河出海口，銜接太平洋；有小漁港，稱「舊社港」。三、仙寰：仙境，形容景緻之美。四、極目：放眼注視。五、銀山：喻白浪滔天，如山之高。唐人張繼詩：萬疊銀山寒浪起。六、滄桑：滄海桑田，喻世事變遷之大。

語譯 龍門港澳風景有如仙境一般的優美，遊客們放眼欣賞巨大的浪濤起落進退，白浪浮起好像銀色高山捲地而來，奔騰萬里，極為壯觀。觀潮的人已被如此景象吸引，忘卻一切人生的起伏與世事的變化了！

探源 一、新北市貢寮區的龍門港澳為沙質海灣，金沙綿延福隆海岸，視野遼闊，風光秀麗，為貢寮十二景之一。二、貂山吟社一日於此地舉行詩人聯吟會，時逢大潮，浪濤奔湧，景象宏偉，遂以為題。

讀詩學作文 一、本詩以直接描述的筆調，將主題貼切表現。二、前三句以實寫方式逐句點出空間及景象，末句則以美景使人忘神，盡拋俗慮之感想作結，用三實一虛式，乃絕句詩高明作法，為名家手筆。

挽面街

楊振福

車水馬龍街角邊，排攤挽面客連綿；
包君滿意顏如玉，妙術回春十有年。

作者 楊振福，男，祖籍福建彰浦，西元一九三二年出生於臺南市。成功大學畢業，曾任士林社區大學、萬華社區大學、士林長青大學等講師、中華民國傳統詩學會秘書長及顧問。

注釋 一、題解：挽面為一種傳統美容術。唯恐年輕一代不知或遺忘中華古代有這麼巧妙的美容術而記述之。二、七言絕句，押一先韻。三、車水馬龍：形容往來的車馬眾多。四、顏如玉：臉像玉那樣光滑。五、回春；變年輕。

語譯 在車馬眾多熱鬧的街頭，排攤挽面，客人陸續來。挽面挽完了，臉蛋光滑潤澤如玉，包君滿意。技術之好，讓客人感覺年輕十多歲呢。

探源 一、挽面街在臺北市士林區，中正路和文林路的交叉路角一帶。二、因近菜市場，一早婦女們就來光顧。觀光客也來嘗試，生意很好。三、甚麼是挽面呢？是用白線張在雙手的大拇指和食指，利用線的絞勁除去臉上的細毛和角質。功效比剃刀安全優柔。

讀詩學作文 一、第一句「車水馬龍」，雖然熱鬧和「水」「龍」皆無關，但是自古的成語。不但詞采華麗，而且「平仄仄平」，是聲韻調悠揚。二、第二句「連綿」，母音皆同，稱為「疊韻」是上乘的押韻。三、「顏如玉」是用譬喻的修辭，以玉來譬喻顏之美。黃慶萱教授說：「譬喻是一種借彼喻此的修辭法，用『那』類似點的事物來比方，說明『這』件事物的，就叫譬喻。」（修辭學），例如白居易長恨歌：「芙蓉如面柳如眉」。

臺北府城北門

江啓助

北城門聳話滄桑，額署承恩史蹟揚。

一百餘年原面貌，悠悠歲月伴斜陽。

作者 江啓助，男，西元一九四四年出生於臺中市大雅區，國立空中大學畢業，東海大學美術研究所研究。中國詩人文化會名譽副理事長、理事。一九九五年內政部優秀詩人表揚。

注釋 一、題解：這首詩主要敘述對臺北北門的感懷，押七陽韻。二、北城門：指臺北北門。三、聳：音慫，高大矗立。四、滄桑：比喻世事變遷。五、額署：匾額的署名。六、史蹟：歷史發展所遺留的古跡。七、悠悠：時間的久遠。八、歲月：年月，泛指時間。九、斜陽：即夕陽，黃昏西斜的太陽。

語譯 臺北的北門，經過世事和歷史的變遷還聳立著，匾額上的署名「承恩門」留下歷史的痕跡，一百多年來保持了原來古樸的面貌，長久的陪伴著黃昏時的太陽。

探源 一、臺北市城北門，又稱承恩門，其地理位置正好位於三線路（今忠孝西路）與西三線路（今中華路） 連接點的交通要道上，今屬於臺北市中正區，西元一八八四年（清光緒壬午年）落成，為臺北市城唯一保持原貌而留存至今的城門，一九八三年經內政部評定為國家一級古蹟。

讀詩學作文 一、描寫具有歷史的建築物，地點、署名與特色是重要指標，起句與詩題相對應，次句承接點明承恩門的歷史地位，轉句保持原貌是它的特色，結句感懷含有歲月的無情與城門本身的無奈。二、悠悠用疊字法，不但有加強效果，更有餘韻，給人更多想像空間。疊字是《修辭學》中「類疊」的一種，其主要作用：1.突出思想感情；2.增添文辭美感。

新山夢湖

龔必强

恰似村姑隱僻鄉，不沾塵俗自潛藏；
湖心暗帶思春夢，期待多情解意郎。

作者 龔必强，字大覺，男，一九五〇年生。逢甲大學合作經濟系畢業。歷任：臺灣省政府建設廳科員，宜蘭縣政府財政局專員、課長，宜蘭縣仰山吟社理事、總幹事。曾獲：教育部文藝創作獎，臺北文學獎，蘭陽文學獎，玉山文學獎，南投縣文昌獎。

注釋 一、題解：本詩記述新山夢湖情景。新山夢湖：位於新北市汐止區五指山區，是「新山」與「夢湖」的合稱，更是臺北近郊新興的健行踏青路線。押七陽韻。二、村姑：村女。三、潛藏：隱藏不露。四、解意郎：了解心意的情郎，泛指遊客。

語譯 新山夢湖好像是隱居在偏僻鄉下的村女，絕不沾染塵俗而自我隱藏不露。湖心好像暗帶著少女思春綺夢，靜靜期待那多情解意的旅客，來此遊覽。

探源 一、「夢湖」在新山下方，起霧時景色如夢幻因而得名，是臺灣蓋斑鬥魚的復育地，從夢湖沿產業道路前進約半個鐘頭，就可達五指山系的新山，風景絕佳。二、從汐止沿「汐萬路」上山，在汐萬路三段的二號橋頭，右轉進入「新山夢湖路」，一直到夢湖下方山坡處，再走十分鐘階梯即到達。

讀詩學作文 一、由夢湖名字中的夢字衍出詩趣。二、用比喻法，把夢湖比作思春的小姑娘，把遊客比作多情的郎君，饒富詩意。三、字眼：「隱」字點出夢湖的隱密奇幻，「帶」字勾出春夢，詩意盎然。皇甫汸云：「語欲妥貼，故字必推敲。蓋一字之瑕，足以為玷；片語之累，併棄其餘。此劉勰所謂：『改章難於造篇，易字艱於代句』也。」杜甫說：「陶冶性靈存底物，新詩改罷自長吟。」因此一字一句的推敲都必須謹慎和用心。

登四獸山遠眺

張耀仁

形如四獸翠相連，拂曉登巒逗野煙；
夜望鵑城樓櫛比，星稀燈燦幾重天。

作者 張耀仁，男，西元一九三三年出生於基隆市七堵郊區，後遷居臺北市大安森林公園邊。臺大法律系畢業，中學教師退休。曾任中華民國傳統詩學會副理事長。現任臺灣瀛社詩學會監事主席，灘音吟社社長、臺灣北海岸社社長。

注釋 一、題解：本詩記述四獸山景象。詩押一先韻。二、鵑城：臺北城盛栽杜鵑花，因又稱鵑城。三、櫛比：梳子，篦（音敝）的統稱。櫛比：形容大樓如梳齒般的緊密排列。

語譯 形狀如四獸之山，翠色相連。天快亮時，登上山巒逗弄野煙，頗有情趣。夜晚登山俯視臺北城大樓林立，像梳齒般，緊密排列，十分壯觀，這時天上星星稀少，但街城燈光非常明亮，不知照耀幾層天空？

探源 一、四獸山位在南港山麓，涵蓋松山、南港西區。熱門登山步道，起點於松山福德街市場附近，經慈惠堂、奉天宮側，即可蜿蜒進入步道。二、四獸山指形如虎、豹、獅、象等四座山。三、目前規劃完善的登山步道，不論晨昏登山，可以鳥瞰臺北高樓林立，秀麗景色，氣象萬千，引人入勝。

讀詩學作文 一、首句以示現法破題，直寫四獸山景色。黃永武云：「以文字來刻畫形容，使讀者覺得『狀溢目前』如身歷其境，親聞親見一般。這種修辭法，叫做示現。」（字句鍛鍊法）。二、字眼「逗」，使整個句子鮮麗有趣。三、「燈燦幾重天」形容燈光燦爛，突破「幾重天」，用的是誇飾法。許清雲云：「誇飾，是故意誇大或縮小，表達對象的某種特徵或品格，以增強話語的表現力。」（近代詩創作理論）。如李白詩「白髮三千丈」即是。

淡水漁人碼頭

王　甦

水織綾羅護港堤，碼頭建設落成時；
情人橋上情匪淺，觀景臺前景即詩。

注釋 一、題解：本詩敘游新北市淡水漁人碼頭所見聞。七言絕句，押四支韻。二、綾羅，皆輕薄柔軟的絲織品，此處借喻細微的水紋。三、情人橋，指人行跨港大橋，四、觀景臺，位於情人橋與木棧道交接處。

語譯 海水交織成如綾羅一般細緻的波紋，好像要保護漁港碼頭的防波堤。當碼頭建設完成時，情人橋上的深情，是說不盡的情。觀景臺前的美景，就如詩一樣的美。

探源 一、稱為淡水八景之一的「漁港堤影」，也就是現在的漁人碼頭，初建於民國四十二年，經多次擴建，已成為多功能的國際級港口景觀勝地，不但有美輪美奐的浮動碼頭，還有寬十公尺、長五一零公尺的人行木棧道，及人行跨港大橋，又名情人橋，是流線彎曲型的單面斜張橋，在橋體與二木棧道交接處，有二七零度視角的觀景平臺，可觀賞沿岸美景，其獨特單塔斜張的橋型，成為漁人碼頭的新地標。

讀詩學作文 一、前兩句寫漁港風景及碼頭落成。後兩句寫「情人橋」上之情，與「觀景臺」前之景。二、在技巧上後兩句均用複字法，第三句一、五複，末句二、五複，前參差而後整齊。三、用複字法，可加強情景的美感，使作品警動有力。如杜甫的「桃花細逐楊花落，黃鳥時兼白鳥飛」〈曲江對酒〉。梁啓超的「世事滄桑心事定，胸中海岳夢中飛」〈贈謝冰心〉。**(作者簡介請見三頁)**

貓空

葉世榮

纜車引輿上貓空，四面風光在眼中；
一入茶山思品茗，二來參拜指南宮。

作者 葉世榮，男，字奕勛，臺北市人，西元一九三三年生。師承天籟吟社勵心齋林錫麟夫子。歷任中華民國傳統詩學會歷屆副秘書長、秘書長，曾任天籟吟社副社長，現任天籟吟社名譽副社長，長年業商，為大稻埕健步商行負責人。著有天籟吟風。

注釋 一、題解：本詩記述貓空風光，詩押一東韻。二、貓空景點，政府看好有觀光價值引介遊客造纜車運送添加美點。三、纜車：由木柵動物園起點，輸送至貓空山上。四、茶山：貓空一片翠綠茶園，都是種茶人家。

語譯 貓空纜車接引遊客到達貓空，四周風光秀麗，盡在眼前。一到了茶山就想品嚐名茶，二來順便至指南宮頂禮參佛道。

探源 一、貓空位在臺北市木柵茶區，因此處岩石佈滿坑洞的「壺穴」，直譯成臺語就成「貓空」。這裏環境清幽，隔絕囂塵，如入仙境，走向指南宮半路，有一座天恩宮，近處有名聞遐邇文山包種茶與鐵觀音「展示中心」。二、木柵指南宮屬臺北市文山區，是著名的道教聖地，也是觀光區。

讀詩學作文 一、本詩點明貓空景點，風光秀麗。一來茶區品茗；二來參謁指南宮。主旨鮮明。二、蘇東坡說：「善畫者畫意不畫形，善詩者道意不道名。」林正三先生在「詩學概要」說：「凡為詩文，必先命意。意之於詩，如帥之將兵也，詩之高下率皆由意而觀。」（廣文書局）三、七絕短詩，無法長篇大論。本詩點出來此目的有二：品茗和禮佛，主旨明白，意遠情遙。

瑞濱風光

楊阿本

瑞濱十里靜朝暉，明鏡風光漾四圍；
戴笠雞山長屹立，花瓶倒地亦芳菲。

作者 楊阿本，男，號道生，臺北縣人，西元一九二八年生，二〇一二年逝世。曾從事金煤礦三十年，現經營銀樓業。創立瑞芳詩學研究會，歷任理事長，中華民國傳統詩學會理事，雅好吟詠，曾舉辦全國詩人聯吟大會三次。

注釋 一、題解：本詩記述在海拔三百公尺上之九份黃金舊山城，俯瞰海濱溪岸十里風光，映旭成景之壯觀，起秋興詩也，詩押五微韻。二、沿岸十里包括漁村、臺電深澳發電廠延灣並立。三、明鏡：指滄海無浪平靜如鏡。四、雞山：昔日人稱小雞籠，而與大雞籠即大屯山對立。五、花瓶倒地：深沃港岬也。小丘如花瓶倒地。

語譯 瑞芳的海濱沿岸十里，海面平靜無波，朝日東昇，四面風景映在明鏡的蒼波上，風光秀麗。好像戴著草笠的小雞山，長久矗立，深沃港的小丘直如花瓶倒立，花草也十分芬芳。

探源 一、瑞濱指新北市瑞芳的海濱，舊稱焿仔寮，包括九份、金瓜石等地。因盛產黃金，人口湧進十分繁華，九份美稱「小香港」，而瑞芳也由當時臺灣第一大鎮逐漸沒落。二、雞山藏有三種礦物：(一) 石炭。(二) 油炭。(三) 無煙炭。當年被人類陸續開發。石炭可供民間炊事；油炭可煉炭磚，供工業用；無煙炭可供鍊鋼鐵、塑膠之用。盛極一時。

讀詩學作文 一、本詩用寫實法，描述瑞濱風光的美景，十分動人。二、「靜」、「漾」等字眼，使句子鮮活生動。三、戴笠和花瓶，都是使用譬喻的修飾法，使詩句妙趣橫生，饒富韻味。

遊木柵動物園

任　翅

分區分類置專藩，虎象熊獅萃一園；
接踵人來增識見，珍禽異獸樂元元。

作者 任　翅，男，號道一，祖籍四川達州市人，西元一九二五至二〇一一年。於一九四九年隨部撤退來臺。陸軍參大畢業，軍職上校退休。因醉心於古典詩之研究寫作，曾參加春人古典等詩社活動。也曾協編臺灣新生報新生詩苑多年。曾任古典詩社理事長，著有道一吟草一、二、三集。

注釋 一、題解：本詩為記遊詩。十三元韻。首句平起用韻，共用藩、園、元三韻字。二、藩：籬也，屏蔽也。凡用竹籬、木板、鐵絲網圍成之範圍，禁止隨意出入者也。三、接踵：踵，音腫，腳後跟也。接踵，指步履相連接也，亦人多連續不斷之狀況。四、元元：平民百姓也。

語譯 動物園將各種大小動物，分區分類隔離圈養，前來參觀的人，絡繹不絕，能見到這些珍禽異獸，皆歡喜快樂非常。

探源 木柵動物園。位於臺北市文山區新光路二段，木柵地區，佔地約七十公頃。原址為圓山動物園，因幅員太小，乃利用木柵與深坑接壤之山坡地闢建新園區，於一九八六年九月將圓山動物園全部動物遷入。今分九區圈養動物約四百五十餘種，約三千一百餘隻，為世界五大動物園之一。熱門的觀光景點。

讀詩學作文 一、本詩一、二句旨在描述動物園分區分類圈養之實況，而動物眾多，乃以虎象熊獅為代表，以概其餘。三、四句乃更進一步說明參觀者眾多，都能增加見聞，而歡喜快慰也。其目的在暗示政府成立動物園，擴大社會教育，乃德政也。二、本詩第二句「萃」字，與第四句「樂」字，乃使詩句順暢之字，若換為集、喜，則欠順暢，有佶屈聱牙之感。

華西觀光夜市

甄寶玉

華西夜市世揚名，山產蛇湯烈火烹；
外客觀光頻咋舌，老饕醉飲到三更。

作者 甄寶玉，女，祖籍廣東臺山，西元一九四八年生，臺灣師範大學畢業，曾任中學教師，並為臺灣瀛社詩學會理事、松社、天籟吟社及中華民國傳統詩學會會員。

注釋 一、題解：本詩介紹臺北市華西街觀光夜市。押八庚韻。二、山產：山野珍異之動物，如山豬、山羌、果子貍等。三、外客：外國遊客。四、咋舌：咬舌，此指張口吐舌，驚異的樣子。五、老饕：貪吃的人。

語譯 在臺北市萬華地區，龍山寺附近，有世界著名的華西街觀光夜市，那兒以烹煮珍貴的野味及生剖蛇膽、蛇肉為其特色。外國遊客慕名來參觀，見此現象，又驚奇，又驚惶。而愛好其中美味者，卻飲酒作樂，沉醉到半夜時分。

探源 一、華西街夜市位於龍山寺附近，為我國第一座觀光夜市，已有二十多年歷史，以販賣各式山產海鮮野味小吃為主，國內外遊客最愛到此參觀，蛇店、鱉店特多。入夜後，有殺蛇或鬥蛇表演，引來眾人圍觀，有蛇街之稱。出售蛇膽、蛇鞭、蛇酒，但保育類不得在此銷售，全年無休。

讀詩學作文 本詩轉結兩句，採互為襯映之筆法。黃永武《字句鍛鍊法・襯映》：「用兩個比較性的詞彙或句子，互相對比襯托，使襯出的兩種情形，成為強有力的對照。」如本詩在轉句寫一些遊客驚異之狀，而結句卻又寫另些遊客享受之情，這種對比之描寫，可使文句更加生動有趣，而引人入勝。

稻江月

洪玉璋

江山樓上月華生，似為幽人分外明；
憐汝自來還自去，可曾留下幾多情。

作者 洪玉璋，男，字琢就，號良器。雲林縣人，西元一九四三年生。業計程車司機四十年。曾開設洪家牛肉麵館，於臺北市青島東路，現旅居中和市書香樓，早年加入貂山吟社、綱溪詩社、八仙會大觀、松社、瀛社、中華傳統詩學會。

注釋 一、題解：記述臺北市（舊稱稻江）江山樓的風光。詩押八庚韻。二、江山樓：在臺北市延平北路二段，稻江邊，媽祖間附近。古稱藝妲間，是過去著名之風化區。三、幽人：尋芳客，亦指高雅的人。

語譯 月的光華剛從江山樓上而生，如藝妲艷粧而出，特別歡迎尋芳客亦指高雅的人，憐愛明月與尋芳客，皆自來自去，可曾留下了多少的蜜意濃情。

探源 江山樓位在臺北市延平北路二段，稻江邊、媽祖間附近。古稱藝妲間，是過去臺北最著名之風化區，尋芳客不絕，該地又稱「大稻埕」是萬商雲集，極為興盛之商業區。是古時臺灣人文社會之樣本區。

讀詩學作文 一、本詩巧用雙關句，四句皆以人月互相襯托之手法寫出，妙在句句相關，情景交融，靈趣盎然。二、月華生：指月光生，又指藝妲出。幽人指尋芳客，又指高雅的人。值得細細品味，而得詩意之深遠，令人遐思。所謂「言有盡而意無窮也。」三、黃永武教授說：「雙關是用一字兼攝二意，造作隱蔽的含義，使讀來領會意外之意，而感到心裁巧妙的方法。」（字句鍛鍊法）

又過關渡大橋

楊維仁

朗朗雲天款款風，山青水碧一橋紅。

流光未改當年色，依舊鮮妍映眼中。

作者 楊維仁，一九六六年出生於宜蘭，現任國中教師。擔任天籟吟社總幹事、網路古典詩詞雅集版主。著有《抱樸樓吟草》、《網川漱玉》、《網雅吟懷》（合集），主編《天籟新聲》、《網雅吟選》、《大雅天籟》、《天籟元音》、《天籟吟風》。曾獲教育部文藝創作獎、臺北文學獎、蘭陽文學獎、玉山文學獎、乾坤詩獎。

注釋 一、題解：這首詩抒寫再度經過臺北關渡大橋所引發的感慨。押上平聲一東韻。二、朗朗：明亮的樣子。三、款款：徐緩的樣子。四、鮮妍：光彩豔麗的樣子。

語譯 明亮的白雲藍天之下，清風徐緩地吹拂著，鮮紅色的關渡大橋橫臥於青山綠水之間。經過這麼多年了，宛如流水消逝的時光並未改變關渡大橋以及周遭的景色，山青水碧橋紅仍然一如我年輕的時候，鮮豔地映入我的眼中。

探源 關渡大橋完工於一九八三年，橫跨北部的淡水河，連結八里與淡水，因為地理位置鄰近臺北市北投區的關渡，所以命名為「關渡大橋」。關渡大橋是淡水河流域最靠近出海口的一座橋樑，鮮紅色的拱形橋身亮麗而壯觀，是關渡、八里、淡水地區重要的地標。

讀詩學作文 一、起句間隔使用「朗朗」、「款款」兩組疊字，韓偓「惻惻輕寒翦翦風」與王安石「剪剪輕風陣陣寒」，即屬於這種用法。二、承句故意連用三個顏色字，以山之青和水之碧，強烈對比關渡大橋的鮮紅。三、起承兩句直寫關渡大橋，兩句則由眼前景色轉入個人情感，用「未改」、「依舊」，更推進一層表達作者對於「當年」的眷戀，也點醒題目的「又過」兩字。

大安公園

林獻陽

園外繁囂園內幽，花環阡陌樹連丘；
蔥蘢映眼香生袖，遣卻紅塵幾許愁。

作者 林獻陽，男，字后齋，福建人，西元一九二一年生。幼承庭訓（尊公弢庵公，榕城名詩人），雅好韻律，弱冠之年，丁國難，入黃埔軍校，參與抗戰，來臺後，襄佐治安工作，參與詩學研究所，春人社各吟社活動。有后齋詩稿三卷行世。

注釋 一、題解：本詩記敘臺北市大安公園的風光。詩押平聲十一尤韻。二、繁囂：喧騰的聲音。三、幽：指公園的安靜。四、阡陌：東西為阡；南北為陌，指公園內的小路。五、蔥蘢：草樹茂盛的樣子。六、香生袖：衣袖生香。七、遣卻：解除辭退。八、紅塵：指熱鬧繁華的世界。

語譯 在車水馬龍的繁華台北市，有此綠意盎然的空曠園地；造福市民不少，香風綠意自動爭入襟抱，增加都市天然色彩，價值無比，到此休憩，可以排除熱鬧塵煩的愁緒。

探源 一、臺北市大安公園，居市中心。臺北市人口眾多，車水馬龍，為繁華都市，苟乏空曠園地，供人閒散，市民緊張生活，無處舒展活動，是都市之一病，此詩末為「遣卻紅塵幾許愁」，寓意深遠。二、大安公園位在臺北市大安區，是一個優雅幽靜，林園蒼翠，設備完善的公園，也引來許多遊客到此休閒。

讀詩學作文 一、本詩前二句，直述公園景色；鍾嶸詩品云：「直書其事，寓言寫物，賦也。」轉句則言，所見風光「香生袖」，自是不俗。陸時雍說：「詩有靈襟，斯無俗趣，有慧口，斯無俗韻矣。」（詩境總論）。二、結語來此一遊，脫離「紅塵」，消除「愁」緒，立意簡潔高雅。前面寫景，後面寫情，景情相互呼應，寄意深遠。

平溪懷古

簡華祥

風華一代憶煤城，元夜天燈比月明；
奔瀑流雲看欲醉，谷中車笛繞飛聲。

作者 簡華祥，男，一九五〇年生，新北市人，政治大學行政專科畢業，乙等特考及格。曾任臺北縣雙溪鄉鄉長、中華民國傳統詩學會理事長，現任臺北縣貂山吟社理事長、中華民國傳統詩學會名譽理事長、新北市平溪區區長。

注釋 一、題解：本詩描述新北市平溪區的風采。七言絕句，押八庚韻。二、煤城：平溪區是臺灣北部著名的煤炭產地。三、天燈：又稱孔明燈，以紙糊製倒籠狀，內置油紙，點燃後使籠內充氣騰升，可上達遠空，為平溪鄉之民俗特色。四、奔瀑：平溪之十分瀑布，為臺灣最寬闊的瀑布，遐邇聞名。

語譯 平溪以前出產煤炭，是熱鬧繁榮的礦城，她的風光歲月令人懷念。每年正月十五日元宵節的夜晚，這個小鄉施放成千上萬盞的天燈，把天空照耀得比明月更亮麗。境內的十分瀑布氣勢宏偉，水花飛濺渾似流雲飄盪，景緻美得令人陶醉。鐵路支線的火車忽而經過山谷，鳴放氣笛所產生山壁的回聲，一直縈繞於耳畔，久久不散！

探源 平溪是新北市一個山區小鄉，人口稀少，早年因煤礦發達，也曾有繁華盛況。近年發展放天燈活動，結合境內十分瀑布及鐵路支線火車，頗能帶動本地觀光熱潮。

讀詩學作文 有云：「懷古之作，最難概全」，前人作詩，常以一物或一事作一地之懷古，難免偏狹之失。本詩分四種最具代表性的地方特色來逐項敘述，將當地主要的產物、文化及景觀次第描寫，以短短四句、二十八字扼要點出，並以車笛於谷中迴響作結，引人懷思，緊貼題意。

臺北故宮

蘇心絃

稀世奇珍萃故宮，連城價重探源中；
玉雕白菜千秋翠，遊客參觀興不窮。

作者 蘇心絃，男，字抑覺，福建寧德人，西元一九二八年生。公職退休後研習詩文，參加春人、楚辭、乾坤、八閩、瀛社、松社社員。中華詩學研究會、中華傳統詩學會、中國詩人文化會會員，著有蘇心絃詩文集。

注釋 一、題解：本詩記述臺北故宮博物院的珍藏和參觀人潮盛況。詩押一東韻。二、稀世：世上少有。三、連城價重：謂文物非常珍貴。四、玉雕白菜千秋翠：指翠玉白菜、千年依舊翠綠。是故宮人氣很高的寶物之一。

語譯 世上少有的奇異珍品，都收藏在臺北故宮，這些文物非常珍貴，價值連城，經常有人來探索或研究。用玉雕成的白菜，千年以來依舊翠綠，遊客肩摩踵接參觀興致無窮。

探源一、臺北故宮博物院，位在臺北市至善路二二一號，外雙溪山麓，宮殿式雄偉建築物，黃牆綠瓦，美奐美輪。二、故宮和法國羅浮宮、美國大都會博物館、英國大英博物館，並列為世界四大博物館，內分五大主題展覽，著名的文物有翠玉白菜、毛公鼎陶宮、青銅器、書畫等中華歷史文化瑰寶的精華，更是熱門參觀的景點之一。

讀詩學作文 一、第三句將「翠玉白菜」，使用析詞手法，使句子推陳出新，造成新鮮和驚喜的效果。黃春榮教授謂：「析詞用以造句，一新耳目。」（修辭散步）二、「連城」借用「連城璧」的典故，秦昭王願以十五城向趙王求得和氏璧。後人即以連城璧表示和氏璧的重價。林正三先生「詩學概要」中說用典的功用：「方便於比況和寄意。」即此一端。

陽明山賞櫻

柏蔚鵬

三月臺瀛雨乍晴，遊春賞景上陽明；
山櫻遍野迎人笑，老眼觀花忒有情。

作者 柏蔚鵬，男，字鍾寧，湖南祁陽人，西元一九三一年生。軍職退休，老來以詩、書、畫自娛，自署三趣堂主，經常參加國內外文化交流及競賽，頗獲嘉評，曾舉辦七秩書畫個展、書法作品勒石大陸國際碑林。現任中華大漢、瀉寧書法會理事、中華詩學會監事暨古典詩研究社秘書長。

注釋 一、題解：本詩是記述遊陽明山欣賞櫻花之旅，七言絕句，詩押八庚韻。二、臺瀛即是臺灣，陽明即陽明山，位於臺北地區是臺灣的名山勝境。三、山櫻即櫻花也。四、忒：音慝，甚也，猶言太也，即特別有情感慨之語。

語譯 三月的臺灣，天氣溫和，且時雨時晴頗富詩情畫意，是遊春賞景的好時節，尤其上陽明山，百花盛開，山櫻怒放，紅蓋滿山遍野，笑迎遊客樂趣無窮，而白髮的我因此情景更是特別有情趣。

探源 一、陽明山原名草山，位在臺北市。風光秀麗，百花遍野，尤其每年春季櫻花怒放，紅遍山野，更為著名。二、櫻花是落葉喬木，春月開花，花色淡紅。而陽明山則遍植原生及日本櫻花，每年春節，旅客絡繹、美不勝收。

讀詩學作文 一、本詩以寫景破題，直敘所見勝景，也點出遊客尋春賞櫻的樂趣。二、轉句「山櫻遍野迎人笑」係用擬人法，把山櫻擬化成人，對人的笑容，使詩更為生動有趣。三、結句則使用詩經「興」的方法，寫出作者回憶歷次遊春賞櫻，何等快樂，而今白髮蒼蒼，櫻紅依舊，頗有今昔之慨，倍覺珍惜。這是見景生情「興」的技法。

淡水紅毛城

黃清源

海畔孤城不掩門，潮聲浪逐暗銷魂；

登臨遠眺滄波水，日落輝煌麗景暾。

作者 黃清源，男，字綠水，福建南安人，西元一九二八年生。一九四八年旅居臺灣，經歷教師、校長四十年退休。鑽研諸子百家學說，著有《中國傳統思想一靜道》、《綠詩三百首》、《思味》等書。現任臺北市南安同鄉會理事長、中華閩南文化理事長、中華詩學研究會理事。

注釋 一、題解：記述登臨紅毛城所見景色。詩押十三元韻。二、海畔：指臺灣西北海岸海水港岸（古稱滬尾）。三、孤城：孤立小城。指紅毛城。四、暾：音呑，日光圓滿熾盛。

語譯淡水海岸小山上，有一座孤立小小的紅毛城，樓正方無門，經過多年來戰爭興替更迭，早已暗然頹圮，今日登臨居高遠望，潮聲隆隆，當夕陽西下，金光閃爍，美麗的景色，氣象萬千。

探源 紅毛城位於新北市淡水區內，圭柔山下。明崇禎二年（一六二九）西班牙人所建，後為荷蘭人所據，時稱荷蘭人為紅毛，因稱紅毛城。明永曆十五年（一六六一）荷蘭人向鄭成功投降。清光緒四年，英國於淡水設正領事，租借紅毛城。至一九八〇年收歸國有。

讀詩學作文 一、詩以語近情遙，含蓄不露為貴。如王之渙涼州詞：「黃河遠上白雲間，一片孤城萬仞山。」有弦外之音，味外之味，使讀者低徊不倦。二、作詩非情即景，說景處必須有情。本文「海畔孤城不掩門」寫景，第二句「潮聲浪逐暗銷魂」寫情。所謂情中必有景，景中必有情，情景實不可離。本文關鍵字是「滄波」時間如水逐、「日落」暗示紅毛城已沒落，孤棲而憶遠有悲涼之緒。憑吊景為實，事意為虛，是本文的意景。

女王頭

李政村

王頭玉女狀超然，炎暑寒霜鎮海邊；
額頸修長身態雅，不知歲月是何年？

作者 李政村，男，臺北縣瑞芳鎮人，生於昭和十六年（西元一九四一年），拜福建名儒張長江為師，學習詩書經典史籍等，姚德昌老師關門弟子。一九八九年參加瑞芳詩學會，掛名首屆總幹事，現任臺灣瀛社與中華民國傳統詩學會監事。

注釋 一、題解：女王頭，已成為野柳的代名詞，也是亮麗的地標，世界奇景之一。本詩記述女王頭景況。詩押一先韻。二、王頭玉女：野柳遊覽區「女王頭」它形狀奇巧又超然。三、鎮海邊：海蝕石，蕈狀岩層，海洋變化，形如人頭突立於海邊。四、額項修身：頭部頸子瘦小，今又承遊客撫摸，越摸越細小優美。(如不阻止，以後恐有斷裂之虞。）五、不知歲月：史未記載出現於何時，人不知它的歲月？

語譯 野柳遊覽區女王頭，形成奇巧又超然，歷受日曝風吹雨打，冰霜襲擊，猶然屹立於海邊，展出著優雅迷人之體態，招來雅客欣賞，倩影長留心底，但不知它出現於何時，迄今又經過了多少歲月。

探源 一、野柳女王頭，位於新北市萬里區野柳村，這塊海岬是由大屯山脈延伸突出海面約兩公里，女王頭就傲然峙立在上面。二、女王頭就是長期造成頭大頸細的蕈狀石，十分罕見，大自然的奇觀，應加珍惜愛護。

讀詩與作文 一、本詩吟賦女王頭，層次分明，淺近易解。二、字眼為承句「鎮」字，含有地位重要之義，不因寒暑而逃避，突顯女王頭的英勇可貴。三、結句感嘆不知是何年，正有呼籲遊客多加珍惜之意，不可觸摸頭頸，否則何時斷裂未可知，具有教育意義。四、立意甚高，為女王頭來日斷裂而憂，含蓄深遠。

淡江煙雨

陳冠甫

淡淡藍天淡淡風，江流日夜水迴東。

煙雲繚繞樓高聳，雨過山前展彩虹。

作者 陳冠甫，男，名慶煌，號修平，以字行。一九四九年生於宜蘭。政治大學國家博士，專任淡江並兼臺北大學教授、中華閩南文化研究會理事長兼臺灣楹聯研究社社長，日有吟詠，所著《心月樓詩文集》，詩詞曲聯約六千餘首。

注釋 一、題解：此詩在寫淡江大學淡水校園雨後的雲霞與風煙。詩押上平聲一東韻。二、藍天上的「淡淡」，指淺淡而言。風上的「淡淡」，則指風緩緩吹動的樣子。三、江流：係指淡水河的水流。四、高聳：係泛指驚聲大樓、商管大樓、覺生圖書館等建物。五、山前：則泛指觀音山與大屯山間。

語譯 淺淡的藍色天空有風輕輕吹動，淡水河日夜不停地在流，淡江大學為回饋家鄉，也成立了東邊的蘭陽校園。淡水校園黌舍樓臺高聳，天空煙雲繚繞，一場春雨過後，觀音山與大屯山間展現出了七彩虹霓。

探源 本詩原係<淡江頌十九首>之第九首，刊載於《中華詩學》二〇〇二年春季號，也登在《淡江時報》與《淡江文學》。

讀詩學作文 一、本詩首以四個「淡」字疊用，兩兩一組，各組意思不同；非惟避開重複之病，反而獨具特色。二、「江流日夜」與古人：「大江流日夜」暗合，但決非抄襲；以「水迴東」象徵蘭陽校園之創建；用「煙雲」突顯建物的高聳；藉「彩虹」襯托校園之美。凡此均與陳冠甫《古典詩學:意境論》:「移情入境詩意濃，體貼物我情交融。意境物境情境顧，形神兼備間氣鍾。」《古典詩學:意象論》:「意象原存物象中，昇華拜詩人加工。審美經驗頻淘洗，人格情趣與兼融。」所論若合符節。

中坑山賞櫻

鄧　璧

石磴千層次第攀，春從林外露朱顏；
此間便有櫻堪賞，何必迢迢上草山。

注釋 一、題解：本詩題意就是在新北市永和的中坑山上欣賞櫻花，詩押十五刪韻。二、磴：音凳，登山石級。三、次第：一個一個的順序。四、朱顏：紅色的面貌。五、迢迢：遙遠的樣子。六、草山：即陽明山。

語譯 沿著很多石級，一層一層的往上攀登，這時春天的訊息，隨著開放的紅色櫻花、在枝頭顯露出來了，其實、這裏就有櫻花可供欣賞，又何必老遠跑到陽明山上去呢？

探源 一、中坑山，位於新北市中和區，山腹有「圓通禪寺」，寺後登山路旁、有幾株山櫻混雜在一般林木之中，開花時便有「萬綠林中幾樹紅」相映成趣的景色。二、陽明山，在臺北市近郊，現成「陽明山公園」，又以櫻花聞名，每年花季、上山賞櫻者絡繹不絕，途為之塞。

讀詩學作文 一、由於「中坑」山既無名，櫻亦不多，必須把「陽明」與「中坑」相提並論，用「陽明櫻花」來烘託「中坑櫻花」，始能說服賞櫻者不必捨近求遠，只須到中坑山來欣賞就可以了。二、絕句篇幅短小，難以鋪陳，元楊載「詩法家數」中強調「宛轉變化工夫，全在第三句，若於此轉變得好，則第四句如順水之舟矣。」本詩起、承平平，只述及當時當地狀況，第三句一轉「此間便有櫻堪賞」，隨之而出，頗有翻新出奇之致，故絕句精華，每在轉結兩句之中，作者必須掌握此一重點。**（作者簡介請見七十頁）**

九份雜詠

蔣孟樑

雞籠九份著瀛東，俯海憑山氣勢雄；
向晚人來舒望眼，品茶話舊納涼風。

作者 蔣孟樑，號夢龍，西元一九三六年生於基隆。業石刻於南榮路。精研文史垂十載，工詩善書。曾任基隆市詩學會理事長。基隆市書道會理事長。中華民國傳統詩學會副理事長。臺灣瀛社理事。澹廬書會副會長。

注釋 一、題解：本詩記述九份的風光，詩押一東韻。二、九份：位於臺灣最北端與金瓜石比鄰，因村落祇有九户，對外採買九份，因而得名，盛產黃金礦藏現已成為觀光勝地。三、雞籠山：臺灣北端名山。四、瀛東：臺灣之別稱。

語譯 臺灣最北端的雞籠山山麓，有個著名的產金小鎮叫做九份。站在山腰上可以俯瞰整個北海風光暨基隆嶼。接近黃昏的時候一眼望去心胸暢快。與兩三朋友坐在茶几上閒談往事，享受晚來的涼風。

探源 九份及金瓜石，位在新北市瑞芳區，於清末及日據時代開始大量開採黃金，金瓜石由日人經營，九份鑛區由臺陽公司顏雲年氏開採盛產時期，人口頗多經濟繁華，有小香港之別稱。昔日風華今已沒落，但由於電影和媒體的宣傳，蛻變為懷舊和小吃的觀光勝地。

讀詩學作文 一、本詩用寫實的手法，直賦其事，先寫九份原是臺灣著名的小鎮，次寫俯瞰的風光氣勢，轉句則寫黃昏望眼的暢快，最後以現況話舊，作為結語。二、詩中今昔情況驟變，產金勝地，轉為觀光勝地，前後呼應，引人遊興和慨歎。

指南宮

吳錦順

觚稜一角隱雲嵐，千級瑤階上指南；
三教同尊神聖地，遊人拜禱沐恩覃。

作者 吳錦順，男，一九三九年生，彰化市人，材料科學工程師，企業工廠廠東，是彰化縣詩學研究會發起創始人，任理事兼總幹事、理事長，金生文教基金會董事兼執行長，省立彰化社教館彰化站召集人，臺灣古典詩創辦人兼總編輯，臺灣新生報臺灣詩壇主編，著有「詩句對仗押韻便覽」等二十餘種出版。

注釋 一、題解：指南宮位於臺北市文山區，猴山山岳之上，供奉孚佑帝君，即八仙中之呂洞賓，俗稱仙公廟。詩押十三覃韻。二、觚稜：神殿上之最高轉角處。三、雲嵐：即雲煙。四、三教同尊：指此廟供奉儒、道、釋三教之神聖。

語譯 遠眺巍巍的指南宮神殿，已一角隱藏於雲煙之中，從後山有一條小路約有一二〇〇級石階，可達仙公廟，這廟是一個儒教、道教、佛教三教神聖都供奉的地方，遊人都來朝拜禱告而廣沐恩波呢！

探源 指南宮建於清光緒十七年（西元一八九一年），經過山門，來到供奉孚佑宮帝君大殿（道），再循仙公廟後左側小徑可達大雄寶殿（佛），右側小徑，則可到凌霄寶殿（道），有山路通孔子殿（儒），古色古香的中國傳統建築，富麗堂皇。

讀詩學作文 一、詩的修辭自古分為賦、比、興三體，賦者據實直書，比者一物比一物，興者先比一物再引發內心之感慨。二、本詩是賦體詩，詩中據實把指南宮之宏偉建築及最特別的後山一條登山石階小徑，再敘述廟中供奉儒、釋、道三教諸神聖，最後以神恩浩蕩為結。三、詩中起承轉結，平鋪直敘，結語以神恩廣沐，也略有興體詩的味道。

牡丹車站

簡華祥

鐵道橫空彎且斜，穿橋溪畔聚人家；
火車日夜聽呼嘯，小站名同富貴花。

注釋 一、題解：竹枝詞乃唐劉禹錫更新巴渝民歌之作，後人遂以七絕詠地方土俗瑣事者多稱之，這首詩是為「牡丹鐵道文化藝術活動」特別寫的竹枝詞，押六麻韻。二、穿橋：牡丹車站前方有鐵路橋樑穿越過牡丹溪之上。三、小站：牡丹車站原為宜蘭線鐵路中點上一個三等站，現已改為簡易站，只停靠電聯車，不停快車。四、富貴花：謂牡丹也。宋朝周敦頤的「愛蓮說」：「牡丹花之富貴者也」。

語譯 火車站的鐵軌架設於牡丹村的街道上方，車站月臺呈半月彎形狀，並且有十度左右的高低落差；車站北向連接著十餘米高的鐵橋，下方是牡丹溪及牡丹中心街道，屋舍頗多，人煙密集。居住在此的村民，每天都聽著上下坡的火車用力的呼吼，這就是宜蘭線鐵路中點一個和被稱為富貴花的「牡丹」同名的小車站啊！

探源 位在新北市雙溪區的牡丹車站始建於日據時期，歷史悠久，地理環境特殊，車站與鐵軌向外呈半月彎形，又建在突出街道的斜坡上，在臺灣鐵路各站中獨樹一幟，別具特色。作者出生於本村，常在本站搭車，對本站有著濃烈的感情與深切的懷念，適有舉辦文藝活動而受邀賦詩。

讀詩學作文 一、本詩依實直述，將一個簡易小站的特殊地形與週遭景狀明白地展現於詩句當中，沒有深奧的典故鋪陳，淺顯易解，正是「竹枝詞」描述風土民情的特色。二、本詩著眼於末句「名同」二字，一個沒沒無聞的小車站，其與名花「牡丹」同名，而能並稱「富貴」，不也是此地的一大福氣嗎！**（作者簡介請見廿五頁）**

遊林家花園

江　沛

名園縱目為尋幽，觀稼藏書跡尚留。
閣可來青池可鑑，巖棲誰復羨王侯。

注釋 一、題解：本詩為旅遊詩，記述板橋林家花園之旅，七言絕句，十一尤韻。二、縱目：放眼遠望。三、尋幽：尋訪幽美的風景。四、巖棲：隱居的代稱。唐宋之問詩：「余本巖棲客，悠哉慕玉京」。

語譯 走入名園，放眼四顧，尋找幽美的景色。古人觀看農事的觀稼樓、藏書的汲古書屋，均歷歷在目。來青閣門納遠山、方鑑齋池水清澈可鑑，隱居在如此優美環境中，有誰還會去羨慕王侯呢？

探源 一、本園位於新北市板橋區，建於清光緒年間，由當時之詩人墨客設計，故園中一亭一閣、一坵一水均蘊含詩意。主要景點有：榕蔭大池、汲古書屋、方鑑齋、來青閣、觀稼樓等，各景點間更有陸橋聯繫，橫虹臥月，極具美感。二、板橋林家花園係由林本源、林國華兄弟合建的大厝，名列為二級保存古蹟，保存傳統的林園景觀，當年係文人墨客遊宴的場所。歷經重建修復，重現當年風華，成為遊客雅士參觀的最愛。

讀詩學作文 一、第一句正如作文章時的引言，說明遊園的目的是尋幽。第二、三句分別列園中之重要景點：前句即指觀稼樓、汲古書屋僅以「觀稼」、「藏書」簡述，後句為使句型活潑，將來青閣、方鑑齋以「閣可來青」、「池可鑑」敘述。二、最後一句如作文時之結語，多敘述遊後感，本詩未以景色優美來歌頌，而以有此名園不羨王侯來讚美，亦寫作時的另一方式。（**作者簡介請見二頁**）

貢寮國際海洋音樂祭

連嚴素月

樂音激盪海連天，撼動人心轉少年；
客滿水鄉來國際，歡騰幾日似神仙。

作者 連嚴素月，女，字澄秋，一九五〇年生，現任中華民國傳統詩學會理事。獲聘為新北市松年大學、雙溪國小、柑林國小、板橋區農會、中和農會詩詞研習班指導老師。

注釋 一、題解：本詩描述新北市貢寮區每年夏季邀請各國著名樂團，舉辦三日盛大的海灘音樂會活動。押一先韻。二、水鄉：指新北市貢寮區，該地臨海（太平洋），海岸線長達三十八公里，沙灘長六公里。有聞名遐邇的福隆海水浴場，金色沙灘綿延甚廣，即舉辦音樂祭場地。

語譯 洪亮的音樂聲從海灘響徹天空，激情的韻律鼓動人們的心靈，大家都感覺變年輕了；各國來到這個美麗的水鄉貢寮參加盛會的嘉賓，擠滿了音樂祭活動的場地，接連好幾天的歡唱熱舞，有如神仙一般的快活呢！

探源 市政府自西元二〇〇〇年開始補助經費與貢寮區公所合作舉辦「國際海洋音樂祭」，每年七月間連續辦理三天，有各國樂團及著名歌唱家參加表演，並舉辦音樂大賞比賽，獎金豐厚。來參觀人潮數十萬人，塞爆福隆車站與濱海公路交通，這項活動已形成貢寮的夏季盛會特色，聞名中外。

讀詩學作文 一、從結構及題意表達上來看，本詩將熱門音樂的快速節奏律動，又使用誇飾法，以「海連天」激發眾多樂迷情緒高漲，使人忘卻年齡，心態轉變的特性首先揭露，也顯現音樂祭的功能。二、從詩的音律上看，首句及末句的平起式中，第三字至第五字均能含有上、去、入三聲，使詩的吟唱聲調更和諧而活潑，是本詩的重要特點。

淡水紅樓

許又勻

紅樓偉構不虛名，挺拔門庭古意盈；
遊客簷廊共茶敘，斜陽伴映說人生。

作者 許又勻，號玄如，女，臺南市人，西元一九四〇年生，臺北市立女子師專畢業，曾任教職二十餘載，嗣轉出版業，現為東穎出版社負責人。

注釋 一、題解：本詩記敘淡水紅樓景況。七言絕句，押八庚韻。二、偉構：宏偉寬敞的建築物。三、門庭：門面和庭院。四、古意盈：充滿十八世紀維多利亞建物的古典風采。五、簷廊：屋頂前後伸出如簷的走廊。

語釋 紅樓宏偉寬暢的建物，美名不虛傳呀，壯觀聳立的門面和寬闊的前庭，充滿十八世紀維多利亞建築古典丰采。我們這些旅遊客人，在屋簷廊下泡茶閒話，暖和的夕陽餘暉，伴隨我們泛論人生的喜樂哀愁！

探源 一、淡水紅樓原名達觀樓，位在新北市淡水區三民街，建於一八九九年。二〇〇〇年整修後改為紅樓餐廳。二、淡水紅樓，原是本地經營船頭行的富商李怡和建於清末的宅第。後因沒落由當時士紳洪以南接手。三、一九二七年洪先生逝世，其後人遷居臺北。見證淡水港盛衰的紅樓也沉寂數十寒暑。四、一九九九年三月經由專家考證修復，於二〇〇〇年再現百年前風貌，為近年古蹟再利用的範例。現列為臺灣歷史建築百景之一。

讀詩學作文 一、本詩一開始就以景入詩，讚其結構宏偉、門庭挺拔、名不虛傳。二、轉結再以簷廊茶敘客話人生，而夕陽斜映，真令人生感慨係之也！

夫妻石

李珮玉

縱觀萬里碧無波，點點漁舟劃水過；
雙嶼相依立千古，不知人世別離多。

作者 李珮玉，女，字雙清，臺北市人，西元一九五二年生，東海大學畢業。臺灣瀛社詩學會、松社及長安詩社會員。

注釋 一、題解：本詩記遊「臺北金山獅頭山公園」外八景之一的「燭臺雙嶼」，又名「夫妻石」。七言絕句，押五歌韻。二、縱觀：放眼看去。三、碧：水色如碧。

語譯 放眼看去萬里一片碧海無波。漁船如點般劃過水面。兩座石嶼相依偎的立在海上歷千萬年，渾然不知人世間聚少離多。

探源 一、「夫妻石」位於新北市金山區磺港路的北海岸獅頭山公園北方海面，即金山海岬東側四五〇公尺外，高約百公尺，挺拔秀麗，遠望儼然燭臺一雙，名「燭臺雙嶼」，別名「夫妻石」。二、此處由軍事海防要地轉型為賞景觀光勝地，是著名的金山地標，可眺望自然原始海蝕礁岸，晚上則可觀賞到燈火如繁星繽紛耀眼。三、金山外八景：1、燭臺雙嶼。2、龜島曉日。3、水尾泛月。4、磺港漁火。5、跳石銀瀾。6、竹峰吐霧。7、磺嘴吼煙。8、八煙望洋。

讀詩學作文 一、第三句的「立千古」乃拗體，若改為「千古立」亦可。但古有多例可循，如杜甫的《江南逢李龜年》:「正是江南好風景」。此種拗體，句意因此強調而更有力或聲調更美。如前例:「好風景」非「風景好」也。二、此詩以物擬人，暗喻人間離別苦，令人心生無限感慨！三、字眼:「碧無波」與「劃水過」映出海面景緻，栩栩如生。「相依」與「別離」鮮明對比，增加張力。「不知」二字擬人化，道出世間別離相思苦，用得巧妙！

樓望觀音山色

許心寧

圍屏入畫山欣借，對岸觀音成筆架。
九曲峰巒瑛紫霞，晚風如水宜消夏。

作者 許心寧，女，桃園縣人。西元一九五二年生。輔仁大學文學士，臺師大教育學程與研究所四十學分修畢，淡江大學文學碩士。歷任及人、再興、東山高中及竹圍、福和國中教師。著有《李白詠女性詩篇研究》、《曉樓詩詞聯文集》等。

注釋 一、題解：本詩係寫從新北市竹圍國中樓臺眺望淡水河對岸觀音山的景色。押去聲二十二禡韻。二、圍屏即圍牆與屏風。「山欣借」即江南名園一種借遠山補牆頭缺角的景觀設計，竹圍國中地理位置較高，從樓上遠眺，觀音山正好是校門口的一面大照壁，又像一座九曲屏風或筆架山。

語譯 淡水河對岸的觀音山美如圖畫，它的形狀好像是一座山在霞光映照下，呈現莊嚴、神秘、聖潔的紫色。這時微風吹來，夜涼如水，適宜消解夏日的炙熱。

探源 一、觀音山位於新北市八里區等地，為止熄的錐狀火山地形，以其輪廓有如觀世音菩薩仰臥之姿，故名。二、據傳竹圍國中原係徵收墳地得來的風水寶地，勘輿師認為觀音山恰為該校的筆架，旺在教師，因而高陞或繼續深造者頗眾。

讀詩學作文 一、本詩押「借」、「架」、「夏」三個仄聲韻，使詩的音調反常；第三句原不必協韻，卻因用了「霞」字，造成了元曲平仄通押的特殊效果。不過，這一切純屬巧合，並非蓄意製造，纔能如此自然。二、本詩主要表現在首二句，能將旁人不知，或能知卻不能道之義，用詩句提煉出來。

秋遊淡水

陳文華

江城一望意難收，鯨浪鷗波日夜流。

自古登臨多感慨，況今來弔六朝秋。

注釋 一、題解：本詩記述秋日遊覽淡水的心情。七言絕句，押下平聲十一尤韻。二、鯨浪鷗波：鯨魚浮沉的海浪，沙鷗翔集的江波。三、登臨：登山臨水，寫憑弔的動作。 四、六朝：指淡水曾經歷西班牙、荷蘭、明鄭、清朝、日本、中華民國之殖民或統治。

語譯 在這江邊的城市稍作眺望，眼看著海浪江波不捨日夜的流逝，便湧上了難以收拾的情緒。從古以來，登山臨水的人本來容易產生很多的感慨，何況我今天來憑弔的是這經歷了六個時代的淡水秋色，感受就更為蒼涼了。

探源 淡水位於淡水河河口北段，西臨臺灣海峽，北與三芝區分界，南與臺北市北投區為鄰。境內河海相接，山林蓊鬱，景色雄偉。兼以歷史悠久，古蹟甚多，為著名之旅遊勝地。

讀詩學作文 以內容言，本詩屬懷古類。淡水一地，歷經滄桑，登臨之際，本就易於引發感慨，何況又在搖落的秋日，悲涼之感就更加強烈了。詩中以奔流不息之水喻消逝的時間，切合懷古的主題。以「鯨浪鷗波」描寫海浪與江波，「鯨」「鷗」二字是修飾的筆法，增添詩的韻味。「六朝」不是指習見的東吳、東晉、宋、齊、梁、陳六個朝代，乃是借用，也有加強時代更迭之感的作用。

（作者簡介請見八頁）

碧橋西

陳恕忠

依依垂柳拂簷低，初囀黃鸝耳畔啼；
天際春雲自舒卷，扶筇人在碧橋西。

作者 陳恕忠，男，字子鵬，號恕園，晚號汀江散人。籍貫福建長汀人，西元一九二七年生。財經學院畢業，曾入三軍大學深造，現為執業會計師。詩詞俚句，入歷代五七絕、律詩精華、二十世紀中華詞苑大觀，以「彩雲歸--登阿里山觀神木」，獲首屆國學創作優秀獎金獎。中國書畫藝術家協會，中華詩詞協會、北京華夏國粹文化研究院。

注釋 一、題解：本詩記述至善園中碧橋西水榭的景況。詩押八齊韻。二、黃鸝：鳥名，俗稱黃鸚，屬燕雀類，黃鸝科，歌聲婉轉悅耳。三、扶筇：筇，音窮，竹子做的手杖。

語釋 碧橋周邊垂柳依依，臨風柔枝垂拂屋簷，乍聽黃鶯啼叫的聲音，在耳邊縈繞；天上的雲霓，如舒開書卷的散開，扶持著竹杖來觀光的遊客，被這美好的景色迷住了，癡癡的站立碧橋，輝映西邊，彩霞漫天，美景盡入眼簾，陶醉遊人了。

探源 一、碧橋西水榭是至善園的八景之一，至善園位在臺北市士林區至善路上，故宮博物院的東側，因此命名「至善園」，建於西元一九八四年，模仿中國古代庭園的小型景觀公園。二、至善園包括八大勝景：蘭亭、籠鵝、流觴曲水、碧橋西水榭、洗筆池、華表招鶴、柳岸聽鶯、曲風閣等，先賢命名，獨具匠心，古典風韻，如詩如畫，令人嚮往。

讀詩學作文 一、本詩描寫情景，垂柳低、黃鸝啼、春雲舒卷等景色，真是詩中有畫，畫中有詩，直如人間仙境。二、春雲舒卷，形容春雲如書卷展開，把春雲擬人化，十分優美。三、結句寫遊客被景色迷住了，甚佳。

黃金故鄉金瓜石

吳天送

昔日金銅盛產區，豐藏寶礦盛名孚；

淸幽景色宜觀賞，潔淨山嵐氣象殊。

作者 吳天送，男，臺灣人，西元一九二八年生。日本產能大學商學士，曾任國營事業機構人事課長，現任中華民國傳統詩學會理事，桃園縣以文吟社理事，瑞芳鎮詩學研究會理事長。

注釋 一、題解：介紹瑞芳金瓜石礦村，值得郊遊觀光。押七虞韻。二、該村曾盛產金、銀、銅、砷等稀有礦物，建有亞洲第一大之製鍊廠，其遺跡之雄偉，現可窺其一斑。由於地理環境特殊，歡迎蒞臨。其雲霧景觀不遜江西廬山，其中無耳茶壺山、黃金瀑布、陰陽海、倒地煙囪，遠近聞名。

語譯 金瓜石地區昔時為盛產金銅的地方，其礦脈含有稀有的金銀礦物而著名於世。其景光與眾不同，由於開礦所帶來之特殊情況與自然氣象，空氣新鮮值得休閒觀光。

探源 金瓜石在新北市瑞芳區東北角之山村，因礦山露頭形狀如南瓜，臺語謂金瓜，故命名為金瓜石。於清朝末年發現金礦，由於地處偏僻，居民私自組織幫派，輪流開掘，含金量甚高。日治時代，就大規模開採，採掘範圍到海拔以下一〇〇公尺，坑內巷道總長度，可以環繞臺灣週圍三圈，足見其規模之大。

讀詩學作文 一、起句引述盛產金銅對社會國家貢獻大，承句描寫盛名揚於世之事實，轉句謂值得觀賞，結句主張風光潔淨，能使人身心爽朗之感。用字淺近通順。二、主旨描寫特殊景光，值得觀賞，樸素淳真。三、黃永武教授說：「多用實體字，以表現非凡的筆力，語句自然凝鍊壯健。」（字句鍛鍊法）本詩力效之。

陽明山梅嶺

涂世澤

陽明連日朔風催，一陣幽香撲鼻來。
樂欲探知花放處，遙看似雪嶺頭梅。

注釋 一、題解：本詩記敘陽明山梅嶺之旅。詩押十灰韻。二、梅嶺在陽明後山公園內，一個小山頭上遍種梅花，特稱「梅嶺」。三、朔風：是指冬天的北風。四、幽香：指花在偏僻處發出的香味。

語譯 連日來陽明山受北風催促，一陣幽雅的花香撲鼻而來。這時我很想探索知道花開的地方，遠遠的看到梅嶺上開滿了如雪般的梅花。

探源 一、陽明山隸屬臺北市士林區，西元一九八五年成立「陽明山國家公園」。梅嶺在後山公園內，冬天可欣賞滿嶺盛開的梅花，春天櫻花、茶花、杜鵑花盛開，並訂定「陽明山花季」，供遊人賞花，陽明山上還有瀑布、花鐘以及噴硫磺烟的小油坑，大屯自然公園等景點。

讀詩學作文 一、一首絕句，可用曲意不直述寫出，明明已知是梅花撲鼻香，而不直接說出，這樣才有詩意，如一到陽明山後山公園，第一句就提到梅花香，那就缺少詩味。二、本詩寫陽明山梅嶺，妙在結句，表明梅嶺上開滿了如白雪般的白梅。三、首句「催」是擬物為人，將「朔風」看成人來「催促」，使整個句子鮮活生動，黃慶萱教授「修辭學」一書，認為人性化一擬物為人，或稱「人格化」或「擬人格」，例如：「屏風有意障明月，燈火無情照獨眠」（江總「閨愁」）中的「障」、「照」即是。四、第三句中「探」字，因為探索才看到了梅嶺的美麗。（**作者簡介請見一九二頁**）

內洞森林

林茂泰

內洞森林絕俗氛，三層瀑布水聲聞；
環山步道清幽境，賞鳥觀花沐馥芬。

注釋 一、題解：本詩描述新北市烏來內洞森林之清幽勝境。詩押十二文韻。二、絕：隔絕遠離之意。三、俗氛：謂塵世之喧囂也。四、三層瀑布：指內洞森林區內之上、中、下三層瀑布。五、馥，音付，香氣也。馥芬：芬芳之香氣。

語譯 烏來內洞森林風景區，彷如人間仙境，與塵世隔絕，區內有上、中、下三層瀑布，水量豐沛，遠遠的即可聽到瀑布的流水聲，環山步道，林相優美，漫步其上，賞鳥觀花，沐浴在芬芳的草木山花香氣之中，實乃一賞心樂事。

探源 烏來內洞國家森林遊樂區，位於新北市烏來區信賢村內，成立於一九八四年，面積廣達一千一百九十四．三四公頃，信賢古稱拉號社，臺語發音為「吶哮」，泰雅語為「樹林濃密」意。區內林木蒼翠，河谷峻偉，環山步道長二二〇〇公尺，可漫步賞景或森林浴，自然生態豐富，是一遊賞之好去處。

讀詩學作文 一、本詩字眼「沐」字沐浴、沉浸之意，謂沐浴沉浸在森林步道中享受芬多精，賞景觀花淡淡的草木花香使人聞之心神爽朗，捐除俗慮。用擬人法，使無知的事物，更加活潑生趣。二、本詩描繪內洞森林之幽深、素淨，王維「青溪」詩：「聲喧亂石中，色靜深松裏」，內洞森林中之瀑布水聲既喧鬧、又沉靜，既活潑、又安詳。從不斷的流動變化中，表現出鮮明之個性和盎然生意。而蒼翠之草木，斑斕之山花，更使人陶醉其中。三、本詩起句高妙，「絕俗氛」而引人入勝，最後以「賞鳥觀花沐清芬」，與起句遙相呼應作結，神韻高妙。（作者簡介請見七二頁）

國門揚譽

張錦雲

國門堅壘護邦疆，亞太無雙傲八方；
萬里雖遙欣有路，桃園空港譽名揚。

作者 張錦雲，一九五五年生於臺北；原籍臺南。廣播教育節目主持人、「龍巖人本」禮儀師培訓教席。曾獲選全國『傑出詩人』、『優良教師』、『推廣詩運』及全球漢詩『孔教獎』等。現任：龍山吟社社長、瀛社詩學會理事、寺廟聯文專欄主筆及國學講師。著有詩、畫、吟唱教學集、本土文化教學集等共十六冊。

注釋 一、題解：本詩敘述臺灣「桃園國際機場」建設雄偉及對國際交通的重要性。押七陽韻。二、亞太：亞洲大太平洋地區的泛稱。三、空港；原為日語說詞。在此即指機場。

語譯 這裡是進出臺灣的第一道關卡，保衛著國土。它堅強的設備，在全亞洲太平洋區首屈一指，真是令臺灣人感到驕傲；縱然國際間彼此遙遠相隔千萬里，然往返其間還是很輕鬆容易地，因為國際最有名的「桃園國際機場」，條條航線通全球啊！

探源 一、「桃園國際機場」位在桃園大園，是一九七〇年臺灣十大建設重要項目之一。於一九七九年正式啓用，並取代「松山機場」成為臺灣的主要國際機場。二、桃園機場建築宏偉壯觀，提供旅客進出的國門，十分風光。

讀詩學作文 一、開首以具體事物來比喻抽象之理論的「譬喻法」寫出「桃園國際機場」設備傲冠全亞太地區，再於轉句表其對臺灣航運之貢獻。結句修辭則以「借代法」呼應首句，表機場建設和聲譽的宏博與其首佔臺灣對外交通之重要地位。二、修辭析論中「借代法」的運用，乃以事物之特徵、所屬、地點、質料或標誌⋯等，來借代所要表達的事物。如：「朱門酒肉臭，路有凍死骨。」（杜甫）以「朱門」借代為富貴之家。在本詩中運用「空港」一詞，借代為「機場航站」之意。

大溪老街

陳國威

最老街坊保舊容，洋行鐵店尚留蹤。
歐風建築精雕刻，退盡繁華古色濃。

作者 陳國威，男，桃園縣中壢市人，西元一九四一年生。私立淡江大學中文系畢業，師大國文研究所結業。國立中壢高商國文科教師退休，以文吟社社長，著「臺灣詩社初探」。

注釋 一、題解：懷念大溪老街古代的繁榮景象。詩押二冬韻。二、歐風：老街的建築採用巴洛克風格的街屋，山牆上花草圖案，洋溢著西洋文化風格。

語譯 大溪的老街，仍保有古代的街道容貌，英國人、西班牙人設立的洋行、古老的鐵店，仍然留有蹤跡。老街的建築，精美的雕刻，展現西歐巴洛克的風格，如今繁榮景象已不存在，只留下古色古香的景色。

探源 桃園縣大溪鎮，舊名大姑陷，清代嘉慶二三年（西元一八一九年），林本源家族為了躲避「漳泉械鬥」，由板橋遷到大溪，將街區拓展到頂街及下街，形成大溪老街，英人、西班牙人在此設有洋行，建成巴洛克風格的街屋立面。

讀詩學作文 一、字眼「保」字說明老街雖然退盡繁榮，仍然保有西歐建築的風格，點出題旨。二、「洋行鐵店」，把人們拉回民初先民生活的景象，採用「示現」的修辭。黃慶萱教授「修辭學」中說：「把實際上不聞不見的事物，說得如見如聞的修辭。」林正三先生「詩學概要」中說：「憑想像力將過去、未來或無法目睹之事物，利用文字描述，呈現讀者面前，帶領讀者進入超越時空之境界。」三、懷古之作，景物依舊，人事已非，頗有歷盡滄桑之感。結語「退盡繁華古色濃」。陳文華教授說：「以景結情，餘韻無窮」。誠不虛也。

聖蹟亭

游金華

昔年字紙似瓊瑰，今日棄諸垃圾堆；
莫把斯文隨腳踏，好將墨寶聖門回。

作者 游金華，男，字澹園，桃園龍潭人，西元一九一二年生，二〇一二年逝世。國小畢業，喜好詩詞，士農工賈均曾經歷。一九七三年加入陶社，一九七八年加入桃園以文吟社，一九八一年創立龍潭龍吟詩社，一九九二年退隱。

注釋 一、題解：本詩記述桃園縣龍潭鄉的聖蹟亭對字紙的珍惜。詩押十灰韻。二、瓊瑰：美玉、美石。三、斯文：這裏是指讀書人的禮儀教化。

語譯 當年字紙珍惜如寶玉，現在卻拋棄在垃圾堆中。不要把讀書人的禮儀教化，隨腳踐踏，好好把不用的字畫，送到聖蹟亭焚燒。

探源 一、聖蹟亭位在桃園龍潭，已有二百餘年的歷史，它不是神祠廟宇，而是專供焚燒文書字紙的亭子，國家三級古蹟，足供後人觀光。二、時代的進步，現在的字紙、書籍等，均可回收，再行利用，避免焚燒，可以減碳，資源運用，因此聖蹟亭已成古蹟，提供後人憑弔回味。

讀詩學作文 一、本詩採用對比的方法，來說明字紙墨寶的重要和珍惜是讀書人應有態度。主題正確、鮮明、高遠。二、起承兩句，先說昔年珍惜字紙如寶玉，今人卻棄諸垃圾堆；轉結兩句，先說不輕視禮樂教化，後說要好好處理墨寶。這就是修辭學的「映襯法」。三、黃慶萱教授在「修辭學」說：「在語文中，把兩種不同的，特別是相反的觀念或事實，貫串或對列起來，兩相比較，互為襯托，從而使語氣增強，使意義明顯的修辭方法，叫做映襯。」一經映襯，自覺妙趣。

望月亭

吳子健

玲瓏高築聳雲衢，坐挹獅山似畫圖；
望月一亭風四面，禪關朗照俗塵無。

作者 吳子健，名餘順，桃園縣人，西元一九二九年生。從事公職、性耽吟詠、先後加入各種詩會社團組織成員、曾任桃園縣以文吟社理事長、中華民國傳統詩學會理事、中國詩人文化會副理事長等職。

注釋 一、題解：本詩描述在名山中清幽瞭望景觀閒憩處俯仰皆宜，押上平聲七虞韻。二、玲瓏：巧妙而幽雅。三、雲衢：高高在天街。四、坐挹：晉郭璞遊仙詩:「左挹浮丘袖，右拍洪崖肩」，成為詩眼詩中的警句。五、禪關：遠隔紅塵之佛教聖地。宋黃庭堅有詠禪月樓頗負盛名。

語譯 美麗清淨的涼亭構造在高高山上遙接天街，如依廣寒宮畔坐收四面八方景象，儼如一幅王維畫，清朗的明月，照徹幽淨境置身於此，別有天地，毫人人間俗塵。

探源 勝蹟位於獅頭山上，地跨新竹、苗栗兩縣著名寺宇聚集，外形如獅子故以得名，自古有云天下名山僧佔多，實至名歸不虛傳也，步道有獅頭及獅尾之分。一、獅頭則由北一高頭份交流道下沿向南進入。二、獅尾由龍潭經關西、竹東、北埔從臺三道路至峨眉鄉即達獅頭。

讀詩學作文 一、乍吟似有明皇賞月之概，寫出美麗亭臺，在高高山上坐收山光仰看月色，納涼好去處。都在蟾輝照徹下彰顯，但詩貴淺顯，清幽脫俗，尤忌僻典佚事。二、李漁說：「琢句鍊字，雖貴新奇，亦須新而妥，奇而確。妥與確總不越一『理』。」（窺詞管見）本詩鍊字，即循此原則。

遊小人國

鍾常遂

漢闕唐宮歲月遐，幢幢樓閣憶豪華；
太和殿裡人何在，煙雨臺前日影斜。

作者 鍾常遂，男，字恒，西元一九二七年生，江西興國人，高中畢業，乙等特考及格，曾任公務員三十餘年，自幼喜愛學詩，故勤於詩社活動，現為以文吟社、傳統詩學會、文化會會員、著有西望樓詩草、青溪詞抄等。

注釋一、題解：本詩記敘小人國之旅、押六痲韻。二、小人國是歷朝宮殿勝跡的縮影模型。三、遐：年代久遠。四、幢幢：一幢即一座，幢幢等於座座，也形容多數。五、太和殿、清代宮殿、團拜、壽慶之用。六、煙雨合：是五代時風雅勝地。

語譯 我遊小人國看到眾多的宮殿勝跡，最為感觸的，要數漢唐的宮殿、文治武功的強盛是歷史之最。其他每一座樓臺，回想其當年的豪華勝概，都難免滄桑之感，看太和殿外貌如舊，但裡面的人，到那裡去了呢？還有煙雨樓臺，也是空空的，當時風雅勝況，也毫無聲息了！只留下夕陽照著它的斜影。

探源 一、小人國位於桃園龍潭鄉高源村，佔地三十餘公頃，恢宏幽雅，為世界之冠。二、小人國也叫迷你城，外表僅是縮影模型，每一勝僾都有標牌、詳細說明人物、文化、歷史、地理，可供研考。

讀詩學作文 一、起句的遐字，表面代表年代久遠，卻含有物是人非之意。二、承句用幢幢疊字法加強詩意也表示多數，每一幢樓閣都曾有過光榮、豪華的歷史，憶往憐今，承接首句，與起榮枯得失之感。三、轉、結句以對比方式，且以具體舉例說明太和殿、煙雨樓當年的慶典雅集，而今再也不復重現，滄桑之感黯然而生。

平鎮吟風

莊育材

研探平鎮整吟鞭，遊遍農鄉自快然；
稻浪如雲風送翠，毗連中壢共榮旋。

作者 莊育材，男，字玉才，桃園人，西元一九三二年生。國立臺北教育大學畢業，任國小教師、主任、校長，歷卅六年退休。桃園縣以文吟社詩學會理事長。全國傳統詩學會理事。

注釋 一、題解：以詩吟詠平鎮市的地緣風土人文民情。詩押一先韻。二、研探：研究探索。三、整吟鞭：調整思緒揮筆寫詩。四；農鄉；雖升格為市，仍保有農業鄉景的風貌。五、自快然：自感快意昂揚。六、風送翠：風飄翠綠的葉瓣。七、毗連：接連為鄰。八、共榮旋：相依相扶促進繁榮合唱凱旋之歌。

語譯 為探索平鎮風情，先調整思慮，再提筆寫詩，遊觀已升格為市的農工鄉土，不由得深感快意盎然，看那風吹稻葉的波浪，像天空中一片片飄浮的雲朵，泛起翠綠色香，又與中壢市相依為鄰，共創繁榮合唱凱旋之歌。

探源 平鎮市與中壢市，在三百多年前是由少部份原住民平埔族，在此居住和初步開發，彌後內陸移民相繼大批渡海來臺，從事大規模開墾拓地，而佔少數的原住民只好退居山地，如今兩鄉鎮早已升格為縣轄市，人口超過四十萬。而平鎮市位於中壢市的西南方，屬於丘陵地形，人文薈萃。

讀詩學作文 一、本詩是探索家鄉風土民情週遭環境，主旨如「我的故鄉」的文體，「整吟鞭」則以析詞手法，隱喻詩的修辭效果。二、農鄉，指平鎮市原為農業之鄉，現已農工並重的現況。讓人覺得快意盎然，突顯時代變遷的觀光，采風意境。三、轉句即用喻體來形容本體，結句是描述與中壢市的人文、地理關係，指望長遠共存共榮的美夢。總而言之，詩詞意境，言有盡而意無窮。

永安漁港

陳國威

歸帆入港萬燈懸，豐富魚蝦載滿船。
孤鶩落霞斜夕照，漁人沽酒樂悠然！

注釋 一、題解：寫桃園縣新屋鄉永安漁港的景象。詩押一先韻。二、孤鶩落霞：鶩，野鴨也。落霞自天而下，孤鶩自下而上。語出：「王勃滕王閣序」：「落霞與孤鶩齊飛」三、沽，音姑：買。四、悠然：形容閒適。晉陶潛詩：「悠然見南山。」

語譯 傍晚歸船進入永安漁港，此時已是萬家燈火了。漁火豐收載滿了魚蝦回來，港外落霞自天而下，野鴨自下而上飛起，伴著斜斜的夕照，真是美極了。漁人下船後一起買酒喝，實在是快樂又閒適呀！

探源 一、永安漁港位在桃園縣新屋鄉，觀光局規劃成「永安濱海公園」。設有烤肉區、永安森林遊戲區、滑沙場。為桃園最重要漁港，漁貨豐富。二、永安漁港又稱「崁頭厝港」，由於海景十分優美，吸引許多遊客來此戲水、觀濤，欣賞海景之餘，更能品嘗鮮美海味，飽享口福，令人嚮往。

讀詩學作文 一、「萬燈懸」，使用誇飾法。黃慶萱「修辭學」中說：「作者要出語驚人，滿足讀者好奇心理」。「漁蝦滿船」用象徵法。宋梅聖俞「續金針詩格」上說：「詩用象徵，欲盡其理，欲盡其象。」二、引用王勃「滕王閣序」的典故，有彩霞滿天的效果。即「文心雕龍」所謂「援古證今」。林正三「詩學概要」中說：「用典使立論有根據，以驗證作者之理論」。三、結語寫出太平盛世。陶潛飲酒詩「採菊東籬下，悠然見南山」。同樣「悠然」閒適。一寫盛世，一寫避世，值得對照深思。(**作者簡介請見四六頁**)

臺灣地名迴文詩

余紹桓

臺澎寶島玉山金，日月雙潭碧水深；

梅柳野鶯歌鹿野，一零一頂眺雲林。

作者 余紹桓，男，廣東人，西元一九二八年生，致力土木工程碌命，凡四十年，其目的在求一家溫飽，而今八十年，少習詩尚未成功，頑童仍須努力，求詩神教正。

注釋 一、題解：本詩記述臺灣十一個風景地名迴文詩，詩押十二侵韻，迴押十灰韻。二、起句有四地，臺灣、澎湖、金山、玉山、承句有兩地，日月潭和新店區的碧潭景點，轉句有三地，野柳、鶯歌和臺東的鹿野，結句有兩地，一〇一大樓和雲林。

語譯 臺灣的金山、玉山，金枝玉葉。日月潭和碧潭，水天一色，映照麗日當空，明月當頭。野柳的野鶯，鹿野的野鹿，鶯歌鹿鳴，聲聞四野。一〇一天高的頂樓，眺望雲飛林舞，目不暇給，心曠神怡。

探源 一、地名詩，初見於南朝宋，謝庄，字希逸。創作自潯陽至都集道里名為詩：山經亟旋覽，水牒倦敷尋。稽謝誠淹留，臺信遐臨。翔州凝寒氣，秋浦結清陰。渺渺高湖曠，遙遙南陵深。青溪如委黛，黃沙似舒金。觀道雷池側，訪德茅堂陰。魯顯闕微　，秦良滅芳香。訊遠博望崖，采賦梁山岑。崇館非陳字，茂苑豈舊林。十四個地名的五言古詩流傳至今。二、蘇東坡作七言絕句迴文詩其中一首：空花落盡酒傾紅，日上山融雪漲紅，紅焙淺甌新火活，龍團小碾斗前窗。

讀詩學作文 一、地名加迴文是遵古翻新之作，順讀迴讀，一變成雙，都依照正統唐詩規則；無孤平、不犯韻，隔句不重複用字，四句末三字避免三平三仄，是兩首合韻的七言絕句。二、迴讀：林雲眺頂一〇一，野鹿歌鶯野柳梅，深水碧潭雙月日，金山玉島寶澎臺。

新竹風

蔡瑤瓊

貴客初臨切莫驚，自來風勁謂風城；
吹乾米粉絲絲韌，柿餅因之播遠名。

作者 蔡瑤瓊，女，新竹市人，西元一九四七年出生，新竹師院畢業。現為新竹竹社理事長。喜歡大自然，白天躬耕於田園，晚上任鄉音班老師。編有竹社「松筠集」。

注釋 一、題解：本詩描寫新竹特色「風」，押八庚韻。二、貴客：敬稱外地來的賓客。三、風城：新竹因地形之故，秋冬季風冠於全島，古來即有「風城」的稱呼。四、米粉、柿餅：米粉晒乾，歷經十月到一月的霜風，柿餅製造過程需要秋季乾爽的九降風，二者均因特殊的風而有特別的口味。

語譯 初次造訪新竹的貴賓們，請不要被強勁的風驚駭呀！新竹的季風好強烈，古來就有「風城」的封號。經由東北季風吹乾製成的米粉。柿餅也特別香甜，聲譽遠近馳名。

探源 一、本詩主要描寫新竹風。本島前輩詩人蒲延年在「竹塹竹枝詞」裡寫到：「百里畿疆竹幾叢，少於松柏少於桐，竹南竹北皆稱竹，竹塹從來著勁風」。竹塹潛園主人林占梅在「西城樓憑眺即事」七言詩中，也說：「竹城西北地勢平，田園參錯續海坪，涼秋九月風怒吼，黃沙滾滾海霧生」，都提到新竹風的強勁。風是新竹的註冊商標與資產。

讀詩學作文 一、做詩要合律，但若求之過嚴，會以辭害意失去原味。出律時，要用拗救的方法。本詩承句第一字「自」出律，第三字用「風」來救。二、詩句不一定要華麗才算好詩，一首簡單易懂，切合實際，樸拙的詩，常能深印在讀者的心裡。三、要學習和大自然和平共存。善用它，因勢利導，也可造就不凡的效果，這是本詩的寓意。

錦山風情

范月嬌

錦山彷彿畫圖中，幽徑青楓煙靄蒙；
最是令人懷念處，長橋映水見驚鴻。

注釋 一、題解：本詩記述錦山風情。押一東韻。二、錦山：地名，在新竹縣關西鎮。三、青楓：植物名，即槭（音促）樹，槭樹新葉和成葉顏色美麗多變，和楓樹外形相似，極易混淆。四、蒙：遮掩。五、長橋，指錦山古橋。六、驚鴻：喻美女體態輕盈，曹植＜洛神賦＞「翩如驚鴻，婉若游龍。」

語譯 錦山好像是一幅圖畫，幽靜的小路，美麗的青楓，被雲霧遮掩；最令人懷念的地方，還是那條長橋在水面上的倒影，以及在橋上輕盈漫步的美人。

探源 一、錦山在新竹縣關西鎮偏遠山區，舊稱「馬武督」，是泰雅族語「在一起」之意。二、在錦山村子裡有一所小學，名「錦山國小」，地處鳳山溪上游，山明水秀，校園內有綠色廊道、藥用植物園和二十多棵漂亮的槭樹（青楓），這些槭樹是一九三九年詩人吳濁流在此任教職時親手栽種的。三、近年有統一公司在此興建「馬武督渡假村」，四面翠峰環繞，綠光森林成為著名的旅遊景點。四、每年四至五月間，油桐花在此地低海拔的山坡、丘陵到處可見，點綴在山間，十分美麗。六、錦山古橋，興建於一九四〇年，主要由磚石，紅毛土及糯米混合建造而成，造型典雅，三拱造型的橋樑橫跨在鳳山溪上，特別引人注目。

讀詩學作文 一、首句「錦山」直接破題。二、次句承首句寫錦山的景色「幽徑青楓煙靄」。三、第三句用另起一意的轉法，逼出結句，使詩情悠邈，引人遐想。四、結句說出懷念錦山風景的秀麗。（作者簡介請見六頁）

海天一線

黃　瓊

平灘浪湧鷺迴翔，竹塹風情任客洋；
夕影東移波映日，漁歌晚唱韻歡揚。

作者 黃　瓊，女，新竹市人，生於西元一九五六年，現為竹社理事。二〇〇一年入竹社鄉音班就讀，受教於蘇子建老師，習得作詩的能力，並沈浸於臺灣文學之美。

注釋 一、題解：本詩描寫新竹十七公里海岸風景區八景之一「海天一線」風光，七陽韻。二、平灘浪湧：指海岸旁的草坪及海中的浪潮。三、鷺翔迴：因鄰近濕地，常見白鷺在上空環繞飛翔。四、竹塹風情：居高臨眺，塹城海陸兩邊的風光均可一覽無遺。五、夕影東移：指太陽西下。六、波映日：夕照餘暉和水波相輝映。七、漁歌晚唱韻歡揚：漁夫高歌滿載而歸，一幅漁村昇平和樂之景象。

語譯 平坦的沙灘、翻湧的海浪，白鷺鷥在天空自在地飛翔。居高眺望，塹城美麗的風光盡現眼前。當夕陽映照著水面，閃閃發光時，大小漁船也滿載漁獲高歌而回。

探源 一、海天一線原址本為垃圾填起的高地，因為高出海平面二十公尺，擁有良好眺望海景的條件。新竹市政府於二〇〇四年做景觀改造，形成一個新的景點。二、傍晚是賞景最佳時間，遊客駐足觀賞，流連忘返。三、本區最為人稱道的除了大草坪、晚霞、漁船、浪潮外，還有世界級大師貝聿銘所設計的深具新竹傳統產業特色「玻璃」為外牆的環保局辦公大樓。

讀詩學作文 一、本詩以寫實法，直見即所見的景色，使人有親臨的感受。二、寫景的詩貴在自然、質樸、親切，本詩將所見的實景，扼要呈現，掌握精髓，值得學習。

詠內灣

蔡瑤瓊

山櫻故里盛觀光，懷舊老街迎客忙；
夏夜人潮螢賞去，野薑花粽四時芳。

注釋 一、題解：本詩描寫新竹縣橫山鄉內灣特色：櫻花、老街、螢火蟲、野薑花粽。押七陽韻。二、山櫻故里：日據時代，內灣支線遍植臺灣原生種山櫻，冬春盛開時燦爛非凡，景色足以和日人故里相媲美，特稱其為「櫻花故鄉」。三、懷舊老街：老街保留傳統街景，如內灣車站、舊戲院、歷史悠久吊橋等，令人發思古幽情。四、野薑花粽：內灣人研發以野薑葉包粽，或以野薑花根當成調味料，代替味精，蒸煮出的粽子特別清香可口，吸引許多遊客。

語譯 櫻花的故鄉內灣風景美麗，是觀光的好景點。古色古香的老街，每天為迎接客人不停的忙碌著。復育成功的螢火蟲，每到夏天吸引眾多遊客尋訪，別具風味的野薑花粽，四季飄香，擄獲來遊客人的味蕾。

探源 山中小城內灣，以前是盛產林木及礦產的尖石山區進出必經之地。在五〇年代，盛極一時，人潮洶湧，熱鬧非凡。後因林業、礦業沒落，絢爛歸於平靜。西元二〇〇〇年間，當地人籌組「內灣商圈管理推動委員會」，以老街為主，搭配內灣線鐵路帶動觀光。因用心經營，現已成為全國三大最熱門景點之一（另二個為平溪及集集）。

讀詩學作文 一、人間詞話作者王國維說，詞以境界為最上。境界有造境，有寫境。要合乎自然，也要接近理想。二、作詩和作文亦復如此。三、本詩歌詠山中小城內灣，誠實記錄她的美麗與人為努力造就的成功，可為後人留下一段歷史見証，並激勵成功操之在我的決心。（**作者簡介請見五三頁**）

高峰植物園

陳千金

天然植物族群豐，茂盛森林聳碧穹；

麗景怡神饒畫意，流連不覺夕陽紅。

作者 陳千金，女，新竹市人。生於西元一九四六年，業商。二〇〇二年加入竹社，詩學啓蒙老師為竹塹城名儒蘇子建先生。

注釋 一、題解：詩中記述新竹市高峰植物園有多元化植物。七言絕句，詩押上平一東韻。二、族群豐：園內有各種本土及外來稀有樹種、鳥類、昆蟲。三、聳碧穹：比喻古木參天夾道。四、麗景：翠綠森林鳥鳴蝶舞，優美景緻讓人流連忘返。

語譯 園內有非常豐富自然生態，珍奇樹種夾道，是休閒運動健身好去處，茂盛植物高聳立擋住烈日照射，讓人快意舒適怡神養目美景如畫有詩的靈感，直到漫天晚霞映照忽覺暮色已臨。

探源 一、高峰植物園位於新竹市寶山路邊，面積三十五公頃。二、與新竹十八尖山隔著寶山路相望，園內有三百多種植物、四十多種鳥類、廿多種昆蟲類，生態豐富自然教學功用。三、西元一九三二年日治時代，此處是培養樹苗的苗園。四、西元一九四八年與新竹縣農林改良場併為「赤山崎林場」。五、西元一九五二年與新竹市山林管理所併為「高峰苗園」。六、西元一九六〇年隨臺灣林務局改制，現隸屬於「新竹市林區管理局」。

讀詩學作文 一、本詩紀錄實景實寫，不矯情，採用具體修辭法，不藉用典故，文淺顯易懂，又能將植物園的奇與珍表露無遺。二、首句，族群豐是強調園有多種生物及植物。三、承句，聳字動詞彷彿身入其境，油然產生入眼皆文章的感動。饒畫意形容詞來裝飾凝結美的極致，耐人尋味的無限想像空間。四、結句不覺夕陽紅，描寫徜徉園內如畫美景生氣盎然，遊走其間樂和大自然對話。覺字增強了渲染植物園功用。

關西美里庄

陳真美

自古猶傳美里莊，衣山帶水好風光；
桂林仙境揚天下，不及關西著玉裳。

作者 陳真美，女，西元一九五八年生，高雄人。國立臺中技術學院畢，臺中教育大學美研所碩研生。中國詩人文化會會員兼任秘書組長，獲全國優秀詩人，著有陳真美畫集。

注釋 一、題解：本詩描述新竹關西南山里的美麗風光，有如仙境誘人遊賞。押七陽韻。二、美里庄：指關西鎮南山里。三、衣山帶水：青山三面環抱如玉衣，綠水一條繫住如玉帶。四、桂林仙境：桂林山水甲天下，有如仙境。五、玉裳：青山倒影於綠水下面，有如翠玉的下衣。

語譯 從古時還流傳著美麗村庄的盛名，三面青山環抱如衣，一條綠水繫住如帶，是很好風景的地方。天下傳聞桂林的仙境，卻不及關西南山里穿著翠綠的衣裳那樣美麗。

探源 關西鎮南山里位於新竹縣的東北方，三面環山，上谷間有鳳山溪和數條支流。處處青山綠水，風景綺麗。且空氣清新，飲用水質特佳，因此高齡人瑞極多。二百年前，將今南山里一帶命名為美里庄。由於山明水秀、風景怡人，是一個古色古香的村莊。且具有歷史意義，傳統建築又多。是一個作為歷史巡禮，旅遊觀光的勝地。

讀詩學作文 一、詩眼：「著」係擬人法動詞。二、衣山帶水，係均只有客體及主體，而無介體的略喻，且在句中對偶修辭。三、轉結句，倒裝修辭，黃永武教授說：「是指用字的排列次序，一變常法，特意顛倒，使平板爛熟的文句，產生新貌，達到加強語勢、調和音節，或變換語法的目的。」（字句鍛鍊法）

獅山勝跡

◎劉淦琳

七層寶塔矗獅山，暮鼓晨鐘醒世間；
十八靈岩聽貝葉，禪機佛法此中頒。

作者 劉淦琳，男，號一得，苗栗縣人，西元一九一八年至二〇一〇年。國校畢業後，從舅父學習中醫藥，一九五二年在現址開設思源診所懸壺迄今。一九六八年加入栗社，同年考取中醫師。曾任兩屆苗栗縣中醫公會理事長。栗社總幹事及副社長共十九年。曾任傳統詩學會顧問。二〇〇二年編著思源隨筆。

注釋 一、題解：本詩記述獅頭山的勝跡，詩押十五刪韻。二、獅山勝跡，是臺灣著名的勝地。苗栗八景之一。歷史悠久。有十八個洞穴，風光明媚，環境清幽，聞名於世。三、寶塔：指靈塔。四、貝葉：佛經別名。

語譯 獅頭山巍峩莊嚴。暮鼓晨鐘，日夜不斷，為警醒世人迷夢而鳴，如置身十八寺庵，耽聽佛經，足能了悟憚機，恩霑佛法。

探源 一、獅頭山位在苗栗縣三義鄉、南庄鄉和新竹縣峨眉鄉的交界處。因山如獅頭，名為「獅頭山」。二、獅頭山是佛道聖地。沿山建有許多寺廟，又有十八洞天之稱。三、獅頭山古木參天，濃綠青蒼，風景清幽，氣候冬溫夏涼，而且寺廟雲集，更適合參佛登山、觀光郊遊的勝地。

讀詩學作文 一、本詩以寶塔聳立，形容獅頭山壯觀莊嚴。二、承句「醒」字，含有使命感的重要之義。彰顯晨鐘暮鼓警世功效。三、轉結在十八靈岩修持，一定能夠領悟到佛教的道理。四、山景融入禪意，使詩意更為高雅。

南園之美

陳芳花

毓秀山巒翠欲流，簷廊曲水繞瓊樓；
南園美奪江南色，臥擁嵐光勝帝侯。

作者 陳芳花，女，原籍臺南，西元一九四四年生。護專畢業，曾任護理工作。喜好詩詞書法，涉獵迄今。參加詩社和書法班研習，並作為晚年修身養性的功課。

注釋 一、題解：本詩記敘新竹縣新埔鄉南園之美。詩押十一尤韻。二、毓秀：毓，同「育」，生也。三、簷廊：即屋簷走廊。四、曲水：即曲水流觴。意即置酒杯於曲水上流，雅士環坐於旁，酒杯停處，其人即取而飲之。語出王羲之「蘭亭集序」。五、嵐光：即山光嵐影。嵐，山的蒸潤。

語譯 育成秀氣的小山頭，樹木蒼翠好像要滴流下來。屋簷走廊，彎曲的流水，環繞著高聳的玉樓。南園的美色，採自江南的風格。在這裏臥擁山光嵐影，比當皇帝、諸侯，更加安逸快樂。

探源 一、南園位在新竹縣新埔鄉的山坡地，三面環山，視野廣闊。係由聯合報系創辦人王惕吾先生擇為退休安養晚年的福地。聘請建築大師漢寶德、登琨艷師徒設計，占地廿七公頃，具有閩南和江南式的林園特色，十分壯麗，於西元一九八六年完成。二、南園是臺灣第一林園，也開放民眾參觀。

讀詩學作文 一、「翠欲流」，運用「誇飾法」形容蒼翠欲滴的景色。二、「奪」是用「擬人法」，使文句更加生動。三、「臥擁嵐光」，也是「擬人法」，表示飽攬山光嵐影，比當皇帝更安逸快樂，反射出「南園」風光之美，比直言景色的美麗，更加婉曲優美。

遊竹南濱海園區

賴虹妙

竹南濱海海連天，此日來遊境似仙；
紫蝶園區生態勃，單車步道綠光綿。

作者 賴虹妙，女，籍貫：臺灣，西元一九四八年生。曾任：中國詩人文化會祕書長、國立空中大學臺中詩學社副社長。

注釋 一、題解：本詩記遊苗栗縣竹南濱海園區的景象。七言絕句，押下平聲一先韻。二、紫蝶：指紫斑蝶。三、綠光：綠光腳踏車步道。

語譯 座落於苗栗縣竹南鎮海邊的「竹南濱海園區」，今天到此一遊海天一色，宛若人間仙境般的美景；紫斑蝶培育園區內，到處可見生態蓬勃的景象，沿著海岸線有一條「綠光海風自行車道」更是人文、自然景點，讓人心曠神怡。

探源 位在苗栗縣竹南鎮西濱的竹南濱海森林遊憩區，南北長五公里，佔地約有一〇〇多公頃，分別規劃了假日、親子、常青三處，沿著海岸線風景優美，適合健行、騎自行車，是一處休閒好去處。蔚藍海岸的紅樹林生態保護區，是陸、海、空三類生物的天堂。每年冬季是紅樹林的水筆仔與濕地招潮蟹的繁殖期，候鳥南下過冬，均以紅樹林為棲息場所，蔚為奇觀。

讀詩學作文 一、竹南濱海的「濱」字是雙關語，當動詞用是指竹南鎮「靠近」海邊，另又為「竹南濱海園區」是專有名詞使用。「一語同時關顧到兩種事物或兼含兩種意義」的修辭是為「雙關」。二、「竹南濱海海連天」是為句中頂針格。三、第二句「境似仙」為譬喻格，喻園區如仙境。四、轉絕兩句為對偶。絕句本不須對偶，本詩特別對偶，因首聯不對偶，頷聯對偶，其結構像律詩之前半段，稱「前律絕」。

三義木雕城

陳秀娥

三義山城客湧鄉，木材藝品譽遐揚；
操刀不讓公輸巧，水美神雕並擅場。

作者 陳秀娥，女，苗栗縣人，西元一九五二年生。國立空中大學人文系畢業，國立彰師大公教系研究生。中國詩人文化會組長、理事，國立空中大學書畫社油畫指導教師，中部女性藝術家。榮獲優秀詩人、推展詩運、詩篇品評創作特優及評審優良獎、全國詩人聯吟金牌獎。作品入編全球華文詩詞藝術界名人錄等。

注釋 一、題解：本詩記述苗栗縣三義木雕山城，遊人如潮水般湧入觀光的盛況。詩押七陽韻。二、公輸巧：「孟子・離婁上」篇「公輸子之巧」，公輸為魯班的姓，現簡稱為魯班是古時魯國精巧木匠。三、水美神雕：即水美街神雕村，如水秀美，如神雕刻，意帶雙關多義性。

語譯 在三義的山城，客人如潮水般湧入鄉中，觀賞收藏木材雕刻而成的藝術品，所以名聲遠播。操持刀刻雕木完全不輸給公輸子的技巧。在水美神雕山城地區，並能專擅場面的情形。

探源 三義形成木雕城的景象，在三義交流道出口，往北方向的水美街。兩旁街道清一色木雕藝品，雕刻店約有一百七十多家。水美街為推廣形象商圈，店家招牌統一格式，電線地下化，規劃行人專用紅磚步道等。設有木雕博物館，遊客絡繹不絕，形成熱鬧觀光特色。

讀詩學作文 一、「湧」為擬物化；刀不讓的「讓」為擬人化。二、如梅之渙「題李白墓」詩：「采石江邊一堆土，李白之名高千古；來來往往一首詩，魯班門前弄大斧」。此詩引用公輸子之巧、魯班典故，諷刺在李白墓題詩者，與本詩公輸子之巧，兩者相似。增加美感效果。三、轉絕兩句為倒裝修辭。

大霸尖山

陳國卿

酒桶山峰世紀奇，石岩雄偉口皆碑；
毋招醉飲毋高傲，迓客謙謙萬世師。

作者 陳國卿，男，一九五五年生，臺灣省彰化縣人，現旅居台中市。政治作戰學校法律系畢業。曾任中部地方軍事法院第一任院長、高等軍事法院高雄分院襄閱庭長，現任中國詩人文化會理事長。

注釋 一、題解：本詩描述大霸尖山之雄偉景象。押用四支韻。二、酒桶山：大霸尖山俗稱酒桶山，遠望如酒桶覆蓋，因而得名。三、謙謙：出自易經謙卦，意指謙虛美德。

語譯 大霸尖山形如覆蓋酒桶，亦稱臺灣世紀奇峰，山石成岩，雄壯高偉，有口皆碑。另其酒桶已覆，故不招醉客；其山勢高偉，從不驕傲。只在歡迎遊客，恰如謙謙君子，堪為萬世宗師。

探源 大霸尖山是新竹和苗栗縣界，高三四九二公尺。山勢拔起，危峰孤峙，四面懸崖。遙望如覆置大酒桶，稱為酒桶山。素有世紀奇峰之名，都是登山客喜愛勝地。登山保健，勿誤以「酒桶山」係山傾酒桶醉飲。狂顛賞景恐造成山難，終必害己害人，殊非登山之道。

讀詩學作文 一、破題：以酒桶山及世紀奇峰，在首句惟「山」為明破法，餘多為暗破法，使大霸尖山名號躍然紙上。二、對偶：石、岩同為名詞，雄、偉同為形容詞，句中連續相對成偶；醉飲與高傲，句中兩字隔一字相對，以增儷句。三、擬物化：以「口」成為歌頌之「碑」，將人性化為物性。四、擬人化：迓客之「迓」，以山迎客，將山之物性化為人性。五、類字：毋招與毋高傲之「毋」及「謙謙」，為類疊修辭。

春遊萊園

劉清河

處士遺風在，鶯花二月嬌；
萊園春尚好，煙鎖木棉橋。

作者 劉清河，男，號笠雲生，一九四四年出生臺中市。先後受業於黃聯章、郭茂松兩夫子。為民間詩人，受聘於鄭順娘文教公益基金會漢詩講座擔任講席，至今十六年，詩主性靈，重寫實，以清新、典雅、平淡、自然為寫詩原則。

注釋 一、題解：本詩記敘萊園之遊，詩押二蕭韻。二、萊園：係採取老萊子戲彩娛親的典故，因名萊園。三、處士：指有才德而隱居不仕的人。四、木棉橋：係萊園十景之一。

語譯 （林家花園）萊園的祖先風範至今猶在，鳥語花香的季節，迷人的景色，尤其入口處的木棉橋，被瀰漫的煙霧濃罩著，如沒有主人的引導，要進去真的不易。

探源 萊園位於臺中市霧峰區九九峰火燄山麓，由第一代主人，前清恩科文舉人林文欽先生，為慕老萊子彩衣娛親之誌，重金所築之江南式的林家花園。花園占地三甲餘，分為頂厝、下厝、萊園三部分。建於清同治年間（西元一八九三年），毀於西元一九九九年的「九二一」地震，二〇〇九年復建完成。列為國家二級古蹟，位於霧峰的萊園路和民生路口。

讀詩學作文 一、本詩起句不押韻，用字簡潔，措詞醒目，且十分貼切，讀來有如行雲流水，尤其結句含蓄中寓不盡之意。二、首句記事，推崇林家先賢的風範外，其餘三句均為寫景，而在寫景中，語意高妙。所謂「文章本天成，妙手偶得之。」言盡而意無窮，給人無限的回味遐思。三、結句「煙鎖木棉橋」，使用擬人法，「鎖」字既是煙鎖，也有門户森嚴的意思，運用靈活生趣。

武陵農場

胡順卿

現代桃源境最珍，尋幽卻異武陵人；

農場步道森林浴，百病消除更健身。

作者 胡順卿，男，號志儒，一九四〇年生，嘉義縣人。過溝國校、國立空大畢，彰師大公教系碩研生，乙等特考人事行政及格。曾任地方及高分檢署科長、中國詩人文化會理事長、秘書長，空大臺中詩社長及指導教師。編著中國詩文選集等。

注釋 一、題解：本詩描述武陵農場森林步道健行，除病健身。詩押十一真韻。二、桃源：晉陶潛桃花源記，描述世外桃源避亂仙境。三、武陵人：即武陵漁人，傳說曾誤入桃花源，發現桃源樂土。四、森林浴：在森林中享受芬多精香氣的沐浴。

語譯 這裡是現代的桃花源，也是人間仙境，彌足珍貴。追尋幽雅清淨的遊客，卻與武陵漁人互不相同。在這農場裏的步道健行，享受森林芬多精的沐浴，既可消除百病，更能保健身心。

探源 武陵農場在臺中市和平區平等里。一九五八年中橫公路通車後，開始從事農墾。引用桃源典故，命名武陵農場。初期以農業生產為主，後來全力投入觀光事業，提供旅遊服務。為四季宜人，健行、休閒渡假的觀光勝地。

讀詩學作文 一、現代桃源：係引用桃源典故，以已知客體比為未知主體，只有客體，並無主體及介體的借用譬喻修辭法。二、現代桃源及卻異武陵人：模擬點化詩意，係自南宋謝枋得慶全庵桃花詩：「尋得桃源好避秦，桃紅又是一年春；花飛莫遣隨流水，怕有漁郎來問津」的「尋得桃源」及「怕有漁郎」獨特摹意方式。均引用沈謙修辭學模擬：「模仿作品，維妙維肖」的修辭。可使兩詩互相比照，由詩句及辭意互異，增加不斷懸思。

太平大潭仔

陳阿緞

狀如臺島傍江邊，毓秀鍾靈境似仙；
忍看財團填建閣，奇哉一震復成淵。

作者 陳阿緞，女，號過路客，臺灣嘉義縣人，西元一九三七年生，大學畢業，國中教師退休，現任太平長青學苑國語教師。潛修佛道，為紀念公婆成立嗣雍齋國學社闡揚國學，並與同事成立烏榕頭詩社，悠游於詩、書、畫藝。

注釋 一、題解：本詩描寫台中市太平區大潭仔幽美景色與神奇的靈氣。押一先韻。二、毓秀鍾靈：謂天地間靈秀之氣所聚；毓，孕育；鍾，匯聚。三、填建閣：財團買下此地，填土欲建別墅。四、一震：指九二一大地震。五、淵：深潭。

語譯 大潭仔形狀有如臺灣島，位在太平頭汴一江橋北邊，集聚天地靈秀之氣，青山碧水美如仙境；忍看財團填潭欲建別墅，不料九二一一震，再恢復一個深潭，真是神奇！

探源 一、大潭仔：位於台中市太平區望高寮（三汀山）山腰，海拔一五九公尺。傳說潭中原有棵老茄苳一發紅光，鹿港即有火災而被砍，其真實性令人存疑；但工人運土填潭，連連車翻人亡，致財團心慌作罷；又九二一一震，一江橋拱起斷裂遍地災難，大潭仔竟震出一個美麗的臺灣潭，此乃居民可以見證。大地自有靈氣，吾人當珍惜而和諧共存。

讀詩學作文 本文屬記遊詩，首句寫實法記述大潭仔的形狀及地理位置，形如臺灣暗寓大潭仔之珍寶。次句描摩法寫潭景之美，山環水映、鳥飛魚躍，宛如仙境。三句以抒情筆法寫美景不保，遭財團填潭建至而惋惜難忍。末句筆鋒一轉，寫九二一一震，大潭仔風華再現的奇蹟，呼應天地有靈性，不容破壞。

谷關溫泉

胡順卿

有隘難防駐玉顏，谷關何異美人關；
溫柔鄉是溫泉水，一浴無誰不忘還。

注釋 一、題解：本詩描述谷關的溫泉，使人沈迷於沐浴中，詩押十五刪韻。二、隘：意指險要的地方。三、玉顏：語出文選宋玉神女賦，形容白皙容顏的美人。四、溫柔鄉：語出漢書飛燕外傳，因有美色柔情的引誘，使人迷戀難忘的地方。

語譯 有一個險要難防的地方，駐守著一隊無敵的美貌娘子軍。使得谷關與美人關，並無什麼差異。此種柔情誘惑的不是美色，而是泡湯就能舒暢身心，保健延年的溫暖泉水。使人只要一入浴湯享受沐浴，就會如醉如痴，終致何人皆必樂而忘返。

探源 谷關夾於臺灣中部橫貫公路與大甲溪間，位在臺中市和平區博愛里。溫泉的泉脈，為無色無味、可飲可浴的弱鹼性碳酸泉。水溫約攝氏六十度，日治時即已建立簡陋澡堂。一直到中橫公路開通，才使世人競尚泡湯，享受有如甘露的溫泉。二〇〇五年建立溫泉文化館，以發展觀光泡湯文化。

讀詩學作文 一、玉顏：係與美女有密切關係，代替本體借代修辭。二、何異：為自問自答的提問修辭，使得詩句多彩多姿。三、「谷關」與「美人關」的「關」及「溫柔鄉」與「溫泉水」的「溫」，均是有規則重出的重複字，係間隔使用同類字修辭。反覆重出，加強語氣。四、「溫柔鄉」是「溫泉水」的「是」，係介體不明顯，將客體「溫柔鄉」暗喻作主體「溫泉水」隱喻修辭。五、模仿句式：馬君武哀瀋陽詩「溫柔鄉是英雄塚」，單純獨特摹句方式。修辭引用沈謙修辭學，藉以推陳出新，由巧而妙。六、無誰不忘：即負負得正皆忘涵意，由返正修辭，以解謎增趣。（**作者簡介請見六五頁**）

臺中自然科學博物館

胡順隆

自然科學館常開，中市觀光客滿臺；
宇宙人生掀奧秘，國家博物育英才。

作者 胡順隆，男，號願儒，一九四〇年生，嘉義縣人。過溝國校、國立空中大學畢業，國立彰化師範大學公教系碩士研究生，普檢與高檢、普考與特考、法院公證人簡任升考及格。曾任法院簡任主任公證人、中國詩人文化會理事長、秘書長、國立空中大學臺中詩社創社長及指導教師。編著中華詩選等書。

注釋 一、題解：本詩抒述臺中市國立自然科學博物館，觀光盛況及社教功能。押十灰韻。二、自然科學：研究自然物質及當然現象的科學。三、宇宙：上下四方為宇，指空間；往古來今為宙，指時間。四、人生：人類生命縱的時間及生活橫的空間。

語譯 自然科學博物館，時常開張的展覽，前來臺中市觀光的遊客，擁擠滿臺的盛況。在宇宙間人類生存的活動，從此掀開奧妙的秘密；國家利用博物的功能，藉以化育精英的人才。

探源 自然科學博物館，設在臺中市北區館前路一號。一九八一年聘請與大工學院長漢寶德開始建設，先後為四期設施主題：（一）科學中心。（二）生命科學廳。（三）人類文化廳。（四）地球環境廳。增設户外庭園、劇場教室、植物園及九二一地震教育園區等設施。並以科際整合生活化、藝術化及以人為中心的主題展示，提昇國人自然科學知識。

讀詩學作文 一、起承句，記述館時常開展，臺中市觀光客鼎盛，先寫時地及景物。轉結句，人生掀開奧秘，博物化育英才，再寫人事及情意。詩篇章法，結構嚴密。二、詩眼「掀」為動詞，作為揭開奧秘的社會教育。三、末聯全部對偶，文心雕龍：豈營麗詞，率然對爾。掀奧秘，育英才，藉以提昇意境。

大甲鎮瀾宮

劉金城

鎮瀾宮壯譽聲高，聖母威靈靖海濤；
三月出巡安四境，萬人徒步不辭勞。

作者 劉金城，男，字號：晨曦；籍貫：臺灣，西元一九五〇年生。曾任：(一) 中國詩人文化會第十四屆理事長。(二) 國立空中大學臺中詩學社指導老師。(三) 臺中市長青學苑詩詞研習社教師。(四) 臺中私立樹德汽車駕訓班班主任，兼交通法規講師、考驗員等。

注釋 一、題解：本詩記述臺中市大甲區鎮瀾宮媽祖出巡盛況。詩押四豪韻。二、聖母：媽祖的尊稱。三、三月出巡：每年農曆三月份，媽祖擇日出巡遶境。

語譯 大甲鎮瀾宮，廟貌巍峨壯麗，聲名早已享譽全國。宮內供奉的媽祖神蹟顯靈，平靖險惡的浪濤，使航行的船隻化險為夷。每年農曆三月出巡，隨行參香的信徒數以萬計，大都不辭辛勞以徒步的方式，浸沐在媽祖的恩澤，境內平安。

探源 一、臺中市大甲鎮瀾宮，始建於清朝雍正年間，奉祀湄州媽祖，姓林閨名默娘（西元九六〇年～九八七年），信徒眾多。二、每年三月媽祖遶境嘉義新港奉天宮，十餘萬信徒自大甲出發，八天七夜徒步來回，遶境隊伍跨越中部沿海四縣市，跋涉三百三十公里路，場景浩大。

讀詩學作文 一、宮的壯麗與聲譽的清高，以有形的外觀，襯托出無形的內在，儼然成為句中對。二、「三月猶媽祖」農曆三月廿三日是媽祖的聖誕日，「三月」為時間，安四境的「四境」是空間，以時空背景闡述民俗活動，唯妙唯肖。三、詩眼：「靖」為動詞，以「靖」作為平靜洶湧的浪濤之神威顯赫。

梨山紀行

鄧　璧

肥蔬趁擷經霜後，甜果爭收欲雨前；
正是一年山味好，已寒時節仲秋天。

作者 鄧　璧、男，一九二五年生於原籍安徽省宿松縣。曾任上校軍官暨中華民國古典詩研究社理事長等職。著有《征途吟草》《袖山樓吟稿》及《袖山樓詩選》等詩集。

注釋 一、題解：本詩為梨山遊之紀事，押下平聲一先韻。二、梨山：位於臺中市山地，在中部橫貫公路八十四公里處。三、蔬：蔬菜。四、擷：採取。五、仲秋：農曆八月。

語譯 把下過霜後的肥嫩蔬菜，趁時採取起來；把將要下雨前的甜美水果，爭先摘取下來。這些正是每年農曆八月間可口的山產啊。

探源 一、中部橫貫公路，是由軍中退伍下來的榮民所開闢而成的，隨後部份榮民便在梨山落户務農，種植蔬菜水果，二、當地屬高山氣候，入秋後便有涼意，凡經霜打過的蔬菜、號稱「經霜菜」，其味之美，確非平地生產者所能企及；至於水果中的梨、蘋果、水蜜桃等，亦皆甜美可口，聲播全臺。

讀詩學作文 一、本詩是仄起詩，依例第一句不押韻，而使與第二句互為對偶，該第一、二句內容，是各言其事其物，沒有「起」「承」關係，此與一般寫法不盡相同，但仄起者大抵如是。二、宋蘇軾的「荷盡已無擎雨蓋，菊殘猶有傲霜枝，一年好景君須記，最是橙黃橘綠時」句，與本詩形式完全相同，只是本詩所寫的是蔬與果，蘇句則為荷與菊，其不同者在此而已。三、本詩以寫實法，將梨山行忠實的記述下來。

后里馬場

柯淑女

馬場牧馬競驅馳，后里風雲足繫思；
萬國名駒力培育，健身娛樂兩相宜。

作者 柯淑女，女，本籍臺中市后里區，西元一九四九年生，國立中興大學中文系畢業，后綜高中退休教師，中國詩人文化會理、監事。慈濟、朝陽大學講師，玉風樂府總監。考試院中醫師檢定考試及格。

注釋 一、本詩在記敘家鄉臺中市后里馬場的盛況，七言絕句，押四支韻。二、驅馳：形容馬的奔跑發展。三、繫思：追憶懷念。四、名駒：名馬。駒，音居。

語譯 在后里馬場內，騎著馬，四處奔馳。回想著馬場的歷史，多少風雲人物與事件，曾在這裡展開，有著許多令人懷念追憶的歷史。今天培養著世界各國各種各式的馬，給人參觀，無論是來休閒娛樂，或保健身心，都是非常適宜的事情。

探源 臺中市后里馬場位於后里區廣福村。創辦於一九三七年，是日治時期臺灣總督府的產馬牧場，占地廣達三〇多公頃。飼養培育有世界各種名馬，是目前國內設備最完善的馬場和騎術訓練中心。

讀詩學作文 本詩在介紹馬場今昔之盛況，及內中設備和功用。「足」與「風雲」為雙關義之字眼，形容詞兼名詞用。一、從馬場的奔馳，記載相關歷史的奔馳，產生撫今追昔之感。二、馬有爭戰風雲的用途，也有娛樂健身的用途。此以景物與感想，交互表達，一語雙關為寫詩時常用的手法。簡略而能表達多重的內涵。黃永武教授說：「雙關是用一字兼攝二意，造作隱蔽的含義，使人讀來，領會言外之意，而感到心裁巧妙的方法。」（字句鍛鍊法）。

天冷風光

林茂泰

群山夾峙一溪橫，嶺上風光照眼明；
省識鄉居幽靜地，晨嵐暮雨寄餘情。

作者 林茂泰，男，號嵐影，臺中縣人。西元一九四二年生，淡江大學畢業，曾任國中教師十六年，校長十八年，服務教育界計卅四年，二〇〇一年退休，一年後轉入民營企業服務至今。

注釋 一、題解：本詩描繪臺中市東勢區天冷地區的風光。押下平聲八庚韻。二、夾峙：左右屹立也。三、一溪：指大甲溪。四、橫：橫流。五、照眼：耀眼也。

語譯 天冷地方群山環抱，大甲溪橫流其下，嶺上風光耀眼清明，居住在此清幽靜僻之地，彷如置身世外桃源，不論是晨嵐或暮雨，皆富詩情畫意，含不盡言外之趣，令人心曠神怡。

探源 天冷位於臺中市東勢區廣福里與麻竹坑（指新社鄉廣福村三～五鄰）間，為臺二一線省道之起點。海拔五百公尺左右，大甲溪橫流其下。山高谷深，險峰林立，兩岸山嶺壓迫，怪石崢嶸，嶺上因地勢高，故氣溫較平地低，如吹冷氣，因此取名「天冷」。嶺上有住戶數十家嶺上日出而作，日入而息，過著世外桃源般的生活。

讀詩學作文 本詩雖是描寫天冷風光，但主旨不在風光，而另有言外之體悟。第三句「省識」兩字為關鍵，能夠了悟山居之幽靜，俗慮盡蠲，即可「寄」托餘情於晨嵐暮雨中，心情怡悅。陶淵明〈飲酒詩〉其五「山氣日夕佳」點出自己之怡悅與大自然景色之美，「天冷」由於自然景色之美，是以不論晨嵐暮雨，皆足以使人心境歡快。

萊園訪古

◎胡順隆

江山勝蹟古萊園，林第登臨別有村；
校到明臺門外望，霧峰仙境勝桃源。

注釋 一、題解：本詩抒述造訪萊園古蹟的觀感。二、萊園：原霧峰林家花園，已列國家第二級古蹟。三、林第登臨：先哲林獻堂原來門第，作者與家兄順卿，二〇一一年元宵同訪。四、明臺：臺中市明臺高級中學，校址設臺中市霧峰區錦榮里萊園路九一號。五、桃源：陶淵明作「桃花源記」，描述世外桃源。

語譯 好山好水的名勝遺蹟，是古老的萊園。來到林家門第專程訪問，發見一個另有特色的村莊。在明臺高級中學校門，向外面遠望；覺得霧峰好像仙人的境地，遠勝過世外桃源。

探源 萊園於一八九三年，清代林文欽鄉試中舉後，築在霧峰山麓，奉觴演劇，侍其母羅太夫人欣賞。命名出自老萊子戲彩娛親涵意。其哲嗣林獻堂，曾邀請先哲梁啓超，一九一一年訪臺期間，題絕詩十二首詠讚萊園的名勝。現為明臺高中校園，其中有萊園十景：為木棉橋、擣衣澗、五桂樓、小習池、荔枝島、萬梅崦、望月峰、千步磴、夕佳亭、考槃軒。尚有櫟社名碑、櫟社百週年紀念橋等，獨具古蹟觀光和教育的特色。

讀詩學作文 一、詩眼：「望」為主要字眼，遠望及展望的涵意。二、江山勝蹟、登臨：唐孟浩然詠晉羊祜與諸子登峴山詩前四句：「人事有代謝，往來成古今；江山留勝蹟，我輩復登臨。」係仿擬暗引修辭，有引人入勝效果。三、校到明臺門外望：為到明臺校門外望的倒裝，以使辭句平仄和協，辭義活潑多姿。四、霧峰、仙境、桃源：句中對偶，有駢儷修辭的技巧，平衡易記作用。（作者簡介請見六八頁）

八仙山森林公園

曾美惠

溪水拖藍客似潮，雲煙靉靆返波嬌；
八仙山翠森林浴，入骨和風俗慮消。

作者 曾美惠，女，一九五六年出生，臺中人。逢甲大學歷史文物管理研究所畢業，國立空中大學推廣教育與面授教師，曾任中國詩人文化會副理事長、空大臺中詩學社社長。編著《詩學社師生作品集》、《臺灣鄉土語言教學講義》、《漫談古典詩的吟唱》等書。

注釋 一、題解：本詩描述臺中市八仙山森林公園的自然風光。二、押二蕭韻。三、客似潮：比喻遊客如潮水絡繹不絕。四、靉靆：音愛代。形容雲很盛的樣子。

語譯 溪水拖著澄藍，遊客如潮水般絡繹不絕，雲煙濃密，回波神色十分嬌媚。八仙山山巒翠綠，讓人佯徜在森林浴中，和風吹來清爽入骨，讓人把世俗憂慮都消除了。

探源 八仙山國家森林公園位於臺中市和平區，一九四五年統稱八仙山林場，全部面積一四六〇〇公頃。溪水清澈，山巒青翠壯麗。曾與太平山林場、阿里山林場，合稱臺灣三大林場。由於八仙山主峰海拔二四二四公尺，折算八千日尺而得名八千山，後來改為八仙山。山麓中「佳保臺」昔是臺灣八景之一。

讀詩學作文 一、「客似潮」比喻遊客似潮水，絡繹不絕。這是採用擬物法，把遊客比喻如潮水湧來。二、承句則是採用擬人法，把雲煙比喻如美人回眸的嬌媚。三、結句則用誇飾法，誇飾和風入骨，得以把世俗的憂慮都消除了。

臺中公園

朱湊良

滿園春意好風騷，亭外飛泉湧玉韜；
環岸垂楊鋪錦繡，泛舟湖上樂陶陶。

作者 朱復良，男，福建人，西元一九二二年生。私立福建學院。曾任岡山農校及斗南中學教師十二年，臺中師專兼任講師五年，中央日報省政特派員廿一年，香港時報臺中特派員及臺灣通訊社總編輯等十一年。著有遊蹤萬里、螢蟬集、舊曲重彈等書。

注釋 一、題解：本詩記述臺中公園風光。詩押四豪韻。。二、風騷：此指公園春色的風雅。三、韜：音滔。引劍的套子。玉韜，用玉製的劍匣。湧玉韜，比喻如玉韜湧出的劍光。四、錦鏽：形容景色美好。五、陶陶：喜樂的樣子。

語譯 臺中公園滿春色，真是非常風雅美麗，從湖心亭外飛躍而出的噴泉，彷彿玉製劍匣湧出的劍光，環繞湖岸的楊柳低垂，宛如鋪陳美麗的景色，來到湖中划舟，更是喜樂不已。

探源 臺中公園，位在臺中市鬧區，面積十餘甲，建於清光緒廿九年（一九〇三年），園內綠意盎然，花木茂密，規劃良好的環湖步道，尤具特色的湖心亭，造型古色古香，成為全臺取景的焦點。適於休閒散心的好去處，另有露天音樂臺、球場、兒童樂園、涼亭等，為臺中市著名的景點，可謂鬧中取靜，吸引國內外觀光客到此一遊。

讀詩學作文 一、本詩劈頭直點「滿園春色好風騷」之美，有引人入勝的巧妙。二、承句「湧玉韜」形容「飛泉」的氣勢，這是一種誇張的修辭。王充說：「實事不能快意，而華虛驚耳動心。」（論衡）羅悅玲說：「詩，不是實驗報告。」（詩境欣賞舉隅），用誇飾可以增加詩的情趣。三、結語「樂陶陶」，用疊字抒情摹神，且與首句前後相互呼應。

日月潭

王命發

孰將神斧借天兵，砍破銀河水半傾；
從此魚池開玉鏡，長教日月一潭明。

作者 王命發，男，臺灣雲林，西元一九四五年生，曾任臺灣南投地方法院檢察署文書科長、中國詩人文化會第十三屆理事長及獲內政部頒發「詩運獎」、全國詩人大會頒發「優秀詩人獎」、「詩教獎」。

注釋 一、題解：本詩係虛擬日月潭之由來，為七言絕句，詩押八庚韻。二、神斧：具有神力之斧頭。三、天兵：天上神兵。四、銀河：乃天文學名詞，又名天河、銀漢等。五、魚池：指南投縣魚池鄉。六、玉鏡：謂潭面平明若鏡，源自李白古詩洞庭湖：淡掃明湖「開玉鏡」，丹青畫出是君山。

語譯 不知道是誰將神斧借與天兵，使之破壞銀河，導致天河之水傾瀉而下流至魚池鄉，因此形成一處風平浪靜，清明如鏡的日月潭。

探源 日月潭位於南投縣魚池鄉，是臺灣最大湖泊，潭清如鏡，水映環山，美不勝收。潭中有一小島名光華島，惟自九二一震災後，島幾全毀，今經復建，更名為拉魯島。日月潭亦為邵族之發源地。相傳邵族之祖先為追逐一頭白鹿而發現日月潭，遂拓荒於此。目前定為國家風景區，遊客絡繹不絕，名馳中外。

讀詩學作文 本詩為意象作品，前一二句所敘故事純屬杜撰，爰以夸飾作為故事之開端，譬如：藉神斧之力，砍破銀河；喻銀河之水，傾入魚池。並在第二句運用一個詩眼「水」及兩個關鍵文字「破、傾」，復以魚池〔一指地點：魚池鄉；一指地形：池塘〕之雙關語作為轉化。最後更以合字法將「日月一潭明」作為終結。蓋「日月」二字合之為「明」，故日月潭亦稱明潭。

草屯九九發峰

◎黃宏介

平林漠漠九尖生，山自崔巍水自橫；
談笑灰飛帝王夢，一峰何處作長城。

作者 黃宏介，男，祖籍鹿港，現居草屯，西元一九四一年生。字百通，號閒王，署迎花書室主人，中興大學中文研究所碩士，考試院特考及格開業中醫師，玉風樂府創辦人，中國詩人文化會副理事長，中興、空中大學講師，天帝教天心樂府總教授顧問，著作有《雙花艷吟草》、《臺灣佛教史》、《玉風雅吟集》。

注釋 一、題解：本詩為記敘南投縣草屯地標九九燚峰之故事及感想，七言絕句，押八庚韻。二、平林：位於草屯鎮九九火燚山下，里地名。三、漠漠：佈列無聲狀。四、九尖：指九十九座山尖峰。五、崔巍：高大狀。

語譯 在平林里的地方，有九十九個山峰壯大高聳相接連，烏溪水環繞經過於此。傳說可出帝王的夢想，早已灰飛煙滅，成為茶餘飯後的談笑題材，那裏可來的增加一峰，作為長城呢？

探源 草屯鎮平林里九九尖峰火燚山，全境最高峰海拔七七九公尺，地質含有赭土，藏鐵、鋁等氧化物，故日照時形同火焰。傳說曾有螞蟻陣啣土營造第一百峰，而雷擊之，不使出帝王。後來有地方人士，以人工造一鐵架作山形狀，以湊成百峰，最後亦搬走，不了了之。

讀詩學作文 從山水的自然雄偉，隱喻帝王是天生的，不是人為可作。「漠漠」的自然景象，九九峰的自然美，不必以「一峰」人工造作來作人間的幻想美夢。「漠漠」、「一峰」為重要字眼，作強烈之對照襯托。黃慶萱教授說：「在語文中，把兩種不同的，特別是相反的觀念或事實，貫串或對列起來，兩相比較，互為襯托，從而使語氣增強，使意義明顯的修辭方法，叫作映襯。」（修辭學）

埔里采風

趙聯政

綠湖山映月，共醉美人鄉；
鳳蝶花間舞，泉甘韻味長。

作者 趙聯政，女，字玉君，祖籍河南輝縣，一九五五年生，中興大學臺文研究所肄業、中校教官退休。中國詩人文化會常務監事、慈濟大學及藍田書院詩詞吟唱講師，曾獲全國優秀詩人、宏揚詩教、玉山文學獎，著有《玉君吟韻-詩詞吟唱曲譜集》。

注釋 一、題解：本詩記敘南投埔里的風光。埔里鎮位於寶島中央，山川秀美、觀光資源豐富。詩押七陽韻。二、綠湖：埔里四面環山，蔥籠青翠，望之猶如美麗之湖，古稱「綠湖」。三、美人鄉：埔里多美女，又盛產俗稱「美人腿」的茭白筍。

語譯 如綠湖般的埔里，疊翠群山因明亮月光的映照而更顯蒼鬱，此刻我們正與山、月一起，品著佳釀而陶醉在這以女子美麗及茭白筍好吃而聞名的小鎮。這兒還能見到鳳蝶在繽紛花卉間自在的飛舞，也能品嚐清澈甜美的山泉，使口中久久都留有餘甘。

探源 一、「埔里酒廠」以紹興酒聞名。二、埔里盛產蝴蝶，又有「臺灣花卉之都」美名。

讀詩學作文 一、朱光潛之《詩論》：「寫景宜於顯，顯則輪廓分明；寫情宜於隱，隱則含蓄淵永」。本詩即由遠而近以情景交融的方式，來描述埔里景物風光的美好與獨特，讓人心生嚮往。二、字眼：「共」字，有邀請山月與訪客共賞、同遊人間仙境之含意，使全詩在景物鋪陳中，更添小鎮人情的溫暖與月夜的閒靜。如：李白《月下獨酌》有「舉杯邀明月，對影成三人」，辛棄疾〈賀新郎〉有「誰共我，醉明月」句。三、本詩用字淺白，卻蘊意無窮。袁子才《隨園詩話》：「家常語入詩最妙」。

乘日月潭纜車

李昆漳

纜車高架聳雲天，俯瞰明潭光霽妍。
萬斛塵氛拋海角，心同閒鶴快如仙。

注釋 一、題解：本詩敘述搭乘日月潭通九族文化村的纜車俯瞰沿途美景，使人心情舒暢放鬆流連忘返。七言絕句，押下平一先韻。二、纜車：採用纜繩高架軌道在半空中用電力推行。三、俯瞰：向下觀看。四、霽色：形容雨過天青，清朗的景色。五、斛：古時一斛有十斗，今五斛為一斗。六、塵氛：塵俗氣氛的煩惱。七、海角：意指很遠很遠的地方。

語譯 纜車高掛空中行駛彷彿身在雲端，由高空俯視日月潭雨過天青的清朗景色，把很多的凡塵俗事拋到天涯海角無影無蹤，內心就如雲鶴閒逸，快樂似神仙。

探源 一、日月潭位居臺灣的中央，屬於南投縣魚池鄉。四面環山疊翠，海拔七四八公尺，湖水如鏡、客艇穿梭，景色非常美麗，為臺灣唯一的天然大湖，名列臺灣八大景之一。二、日月潭纜車於西元二〇〇九年完成，更添勝景，招來遊客攬勝甚多。

讀詩學作文 一、起：開門見山直說纜車高架之雄偉。二、承：俯瞰日月潭清朗的景色。三、轉：讓人將塵俗的煩惱拋向大海。四、結：藉「閒鶴」形容欣賞美景所得到的心靈舒暢，如同神仙一般再無所求。這是一種取譬的修辭法，使感受更加鮮明生動。**(作者簡介請見八六頁)**

南崗攬勝

吳振清

綠美橋觀紅柱拱，猴探井賞白雲橫；
藍田聖跡貓溪水，十里風光瑞氣呈。

作者 吳振清，男，彰化人，西元一九四七年生。本業土地代書，曾任飼料公司廠長經理之職，因營商旅居草屯，好研傳統詩詞，現任南投藍田書院傳統詩學班教師，中華民國傳統詩學會常務理事。

注釋 一、題解：本詩記述南崗勝景，詩押下平八庚韻。二、綠美橋：現係地標，以鐵架造成拱圓形並以紅漆漆之非常壯觀。三、猴探井：位居八卦山稜線邊緣接臨百丈深谷，常有白雲籠罩。四、藍田書院為三級古蹟，院內祀奉文昌帝君及三恩主。五、貓羅溪穿梭南投市區，匯注大肚溪，鍾靈毓秀。

語譯 以綱架彎弧形搭建漆以大紅色的「綠美橋」非常壯觀，而「猴探井」旁常籠罩的白雲，也很令人陶醉，還有藍田書院逾百年的神蹟名勝及鍾靈毓秀的貓羅溪，舉目所極處處均顯得欣欣向榮的祥和景象。

探源 「綠美橋」跨越貓羅溪上，傍鄰福高是南投市（俗稱南崗）的地標，「猴探井」位居八卦山稜線邊緣，接臨百丈深谷，可遠眺彰化全景，昔時為一吉地良穴，猴群居此而得名。「藍田書院」為投市三級古蹟，「貓羅溪」是穿梭南投市的主要河川，鍾靈毓秀，對蓄洩洪流尤見其功能，以上均為南崗轄內舊有或新興之名勝古蹟。

讀詩學作文 一、七言絕句：「起句」如不押韻，則應以「承句」作為對仗，本詩以「綠美橋」對「猴探井」均是特有名詞，而「紅柱」對「白雲」亦屬相當工整之對仗。二、境內可攬名勝甚多，結句以「十里風光」概括作結，以符合「攬勝」之題旨。

藍田書院

歐禮足

藍田書院奉文昌，聖蹟修成蘊古香；
孕育英才垂德澤，神威顯赫耀邦疆。

作者 歐禮足，男，字藝龍，南投縣魚池鄉人，西元一九三五年生。國立藝專畢業。曾任南投縣議員、臺灣省政府經建會暨行政院研考會主任委員。藍田書院主任委員。

注釋 一、題解：本詩記述藍田書院奉祀文昌帝君為主神，聖迹顯赫。詩押七陽韻。二、文昌：指文昌帝君，神名，司人間祿籍，為士子崇敬之神。三、孕育：本指懷胎生育；此處可作培育講。四、本詩為平鋪直敘法，少有典故，用字淺近，但起承轉結頗流暢，近似唐朝白居易之作法。

語譯 藍田書院奉祀的主神是文昌帝君，對先聖的偉蹟修鍊成功而發出古色古香，長期培育英才遺留德澤，神威顯赫，光耀蓬萊。

探源 藍田書院位于南投市區，創建於清道光十一年（西元一八三〇年）。西元一九八五年指定為國家三級古蹟。亦為南投地區復興中華文化，宏揚倫理道德，淨化人心之聖堂。書院前殿奉祀主神文昌帝君，後殿一樓恭奉關聖帝君、孚佑帝君、司命真君。後殿二樓恭奉至聖先師孔夫子等神位。香火鼎盛，廟宇巍峩壯麗，古色古香，已成為南投地區宗教信仰中心。

讀詩學作文 一、七言絕句，首句可以不押韻，但第二、四句則必需押韻。絕句不必對仗，亦可對仗。例如唐朝詩人王之煥的登鸛鵲樓:「白日依山盡，黃河入海流，欲窮千里目，更上一層樓。」兩聯全對仗。二、本詩起、承兩句寫景，轉、結兩句記事，前後呼應，配合圓融，使一個幽靜的書院活躍起來，而成為當地的名勝景點。

風櫃斗賞梅

趙聯政

櫃嶺漫香雪，風來逸韻生；
梅王誇勁骨，占盡一山情。

注釋 一、題解：本詩記述南投信義鄉自強村風櫃斗賞梅景觀。二、本詩押下平八庚韻。

語譯 風櫃斗在梅花開放的時節，全境就如瀰漫在含有香氣的白雪中一般，當風一陣陣吹來，益加顯出其清雅脫俗的韻味，那棵有「梅王」封號的梅樹，以擁有蒼勁老幹而誇世聞名，它獨佔了滿山的梅景風情，令人驚豔。

探源 一、櫃嶺：南投信義鄉的風櫃斗山坡位於山風和谷風經過處，遠處聽來像拉風箱的聲音，古時便將此地稱為風櫃斗。二、香雪：風櫃斗滿山遍野的白梅開花時，當風一吹，飄散的梅花瓣絮，恰似含香的瑞雪一般。三、梅王：獲得「梅王」封號的梅樹。

讀詩學作文 一、香雪採用借喻的修辭法，即用喻體來代表本體，它的作用是可以化未知為已知，化平淡為生動。如駱賓王的《秋日送尹大赴京》：「竹葉離樽滿，桃花別路長。」其中的「竹葉」喻酒，「桃花」喻馬。二、勁骨：此句採用「象徵法」來強調梅花傲霜鬥雪、威武不屈的高潔品格，即藉由看得見的實體來表達看不見的抽象事物，使文章靈活生動。三、字眼：「盡」字，有獨占風情、傲視群芳之含意。林和靖的《山園小梅》有「眾芳搖落獨喧妍，占盡風情向小園。」句。四、元・楊載《詩法家數》：「詩貴含蓄」。本詩末兩句採用「雙關法」，即言在此而意在彼。表面上誇獎老梅的蒼勁，實際上表達作者對德高望重者的敬意與自我的期許，可謂言有盡而意無窮。（**作者簡介請見七八頁**）

草鞋墩記頌

李文卿

焰山毓秀碧山幽，玉帶烏貓二水悠；
自是地靈人即傑，翹才輩出砥中流。

作者 李文卿，男，本籍南投縣，號翰墨林，西元一九三八年生。自幼家學薰染詩書畫三絕。曾任南投縣文化局諮詢委員，九九畫會理事長，應邀全國美術參展數十次。

注釋 一、題解：本詩描寫草屯山川人文之美，詩押十一尤韻。二、焰山：指火焰山九十九峰，碧山位於貓羅溪畔，上有名剎碧山寺。三、玉帶；形容烏溪和貓羅溪二溪像玉帶環繞。四、翹才：傑出的人才。五、輩出：為代代擁出。六、砥中流：比喻獨立不撓之中流砥柱。即中流砥柱。

語譯 九九火焰山是多麼的秀麗，碧山岩寺又是如此的幽靜，烏溪和貓羅溪的流水，如此的悠長，有好的地理，自然人才輩出，擔當著社會的重任，就像在洪流中不屈不撓的砥柱。

探源 一、南投縣草屯鎮，古名草鞋墩，原屬洪雅平埔族，北投社領域，自清雍正後始有漢人入墾。地形東西細長，介於彰化、埔里橫貫，與臺中、南投縱貫二幹線交會之要衝位置。二、烏溪西流至烏日納貓羅溪後稱大肚溪。地名由來傳説，為出入內山之拓墾者、挑夫、商人之出入門户地點，夙為換棄新舊草鞋成墩之地，故得稱。三、草屯前後至今出有五位縣長及數位櫟社成員。

讀詩學作文 一、本詩從「地理山水」的美引起翹才輩出的盛況，靜態與動態交互輝映，從高點的山到低迴的水作對照，而人居其中，人與山水相襯托，這是情與景，人與物交錯的文筆手法，二、詩眼以「自是」虛字用法，為轉折要點之處。

天梯

王命發

欲渡銀河路不遙，往還猶似步雲霄。
于今既有天梯在，牛女何須藉鵲橋。

注譯 一、題解：本詩以現代的建物，位在南投竹山的天梯，賦予古老的傳說，共同編織而成的浪漫詩章。七言絕句，詩押二蕭韻。二、銀河：天文學名詞，又稱天河或銀漢。三、牛女：指牛郎與織女二星。四、鵲橋：據傳，銀河之東織女欲於每年七夕（農曆七月七日）渡河與牛郎相會，因無法飛越，乃使喜鵲搭橋為渡，故稱鵲橋。

語譯 天河之路已成，有意跨越者就在不遠處，往來的感覺就像在雲端上漫步，既然現在已經有橫越銀河的「天梯」，牛郎、織女意欲相會，應該不再需要喜鵲搭橋了。

探源 天梯原名為梯子吊橋，位於南投縣竹山鎮太極狹谷，建築雄偉，嘆為觀止。西元二〇〇五年，南投縣政府為改善筍農往來梯子嶺的交通，遂設計成梯子橋面，成為全臺首座有梯子的吊橋（後經調查係亞洲第二、全球第四），命名為「梯子吊橋」，長一三六公尺、深百餘公尺、兩岸高低落差二〇公尺、橋面階梯二〇八階。

讀詩學作文 一、本詩除隱含天梯的雄偉外，並假設其附帶功能—凌渡天河。詩中雖未敘明其壯觀及高度，但雄偉已在其中，此在修辭學上除夸飾外並含有隱喻在。二、另在破題技巧上，於首句使用關鍵文字「渡」。自古以來，須渡銀河者唯牛郎織女耳。此「渡」字正好留下與尾句「鵲橋」相互呼應，營造浪漫，引人遐想。（**作者簡介請見七六頁**）

霧社丹楓

蔡耕農

霧社尋幽鷺侶陪，丹楓遍嶺倚岩隈；
凝眸四境秋光麗，躑躅山區不忍回。

作者 蔡耕農，號宜學，友呼稱耕田，男，祖籍福建同安，西元一九三四年生，經國校、初、高中教師、司法官檢試及格。嗣考政大教育系畢，任二林工商組長，圖館主任退休。曾著談紀念節日、傳統詩研究入門等書。歷任香草社與興賢吟社理事。

注釋 一、題解：本詩記敘霧社之旅。押上平聲十灰韻。二、尋幽：尋找幽雅清靜的景緻。三、鷺侶：鷺指鷺鷥鳥，鷺侶喻為詩友。四、丹楓：楓樹是金縷梅科，葉掌狀，秋季變紅頗美麗。五、凝眸：聚睜遠看。六、躑躅：徘徊不進。

語譯 我到霧社尋找幽雅景緻時，有詩友陪伴著，遍嶺的楓葉已變紅了，楓樹仍然依靠在岩壁邊的土壤上屹立高聳，我聚精會神，以眼睛注視四方遠處的秋天景色，感覺非常的美麗，就徘徊在那山區遊觀，沒有想要回家。

探源 霧社位於南投縣埔里鎮之東，現改名為仁愛村，日人佔據臺灣時期，為一著名之番社，曾發生抗日之霧社事件。附近建有霧社水壩，很多山地同胞住在此地區從事耕農與營商。因風景秀麗與曾經抗日史蹟，而吸引很多觀光客到此遊覽。

讀詩學作文 一、起句採用明示破題，直指到霧社遊覽實況，二、承句遍嶺之詞欲藉喻很多楓樹受霜雪欺壓，猶然屹立不動搖。三、轉句之凝眸四境，是包括抗日事件之地點與楓葉變紅飄落四面，與日光相映所呈現美景之感。四、結句模仿賀知章「回鄉偶書」，使用虛字作結句「笑問客從何處來。」本詩結句「不忍回」，即採虛字，藉以含蓄而有留戀與依依不捨之感慨。乃作詩之技巧也。

奧萬大森林遊樂區

李昆漳

南投萬大闢遊區，瀑布楓林景緻殊；

擬似天梯成一絕，客來覽勝擬方壺。

作者 李昆漳，男，祖籍臺灣雲林縣，西元一九三六年生，國小畢業，於民國五十八年遷居南投縣埔里鎮，曾任南投縣國學研究會第七屆理事長。

注釋 一、題解:本詩記敘南投仁愛鄉奧萬大森林遊樂區景色。七言絕詩，押七虞韻。二、奧萬大：地名。三、楓林：楓樹遍佈之地。四、天梯：指如天梯的吊橋。五、方壺：指仙人所居住的山。

語釋 南投奧萬大森林新闢遊樂區，有連瀑、雙瀑、飛瀑和楓林，景色特別美麗，新建一座吊橋好像天梯，斜懸兩崖成為一大絕色。可讓來此尋幽訪勝的遊客享受全臺最高五萬單位負離子的森林浴之旅，來此覽勝的遊客皆比擬為仙境。

探源 一、奧萬大，位於南投縣仁愛鄉山區，多數原住民的故鄉，經由埔里進入仁愛鄉抵達山區。二、天梯吊橋高度約九十公尺，全長達一九九公尺。奧萬大遊樂區內設有賞鳥平臺，生態教室，楓林、松林皆有景觀步道。

讀詩學作文 一、本詩起承兩句，採用視現法，直敘奧萬大的美麗景色。二、第三句反轉直下，寫吊橋擬似天梯，有令人驚艷的功用。三、最後用方壺兩字比之、可任讀者自推其美，餘味無窮。

水里采風

陳輔弼

再訪蛇窯藝術園，青梅止渴去心煩；
蜿蜒鐵道添遊興，水里雲山潑墨痕。

作者 陳輔弼，男，南投人，西元一九五一年生。東海大學畢業，現任藍田書院詩學研究社總幹事，中華弘道書學會理事長。

注釋 一、題解：本詩在描繪南投縣水里旅遊之情趣。詩押十三元韻。二、蛇窯：源自大陸福州，順山坡地形以土磚砌成，窯身甚長，遠望似蛇而得名，以木材為燃料，是傳統的陶燒窯。三、蜿蜒：長而彎有盤曲之狀。音灣延。四、潑墨：傳統國畫的技法之一，講究自然之墨韻造型。

語譯 古老的陶燒蛇窯是一座藝術園區，入口生津止渴的青梅能消去暑熱的煩惱，坐著小火車行駛在小而彎的鐵道上，別有一番旅遊的情趣，而雨後的水里，山色有無中，頗有中國水墨畫的藝術風韻。

探源 一、南投縣水里鄉四面環山，溪水環繞，又有集集支線鐵道穿過，為這個小鎮帶來繁榮景象，二坪枝仔冰和梅製產品，更是觀光客的最愛。二、蛇窯藝術園區，創建於西元一九九三年，主要參觀內容有文物館、陶藝教室、多媒體簡報室，可了解蛇窯的歷史背景及製陶過程，並能現場拉坯、捏陶，具有觀光及教育功能。三、鐵道：往水里的鐵道是南投觀光鐵道，通過集集小鎮，終點是車埕，沿途景緻優美，具觀光價值。

讀詩學作文 一、起句「再訪」，點出水里勝景，值得再遊之情，並以古老鄉土產業說出水里藝術之美。二、承句道出青梅特產及止渴功能，並以去心煩指出人的存在。三、轉句以鐵道彎曲之動態狀況，說明遊興盎然之情緒。四、結句則用如潑墨畫之景觀，呼應起句所指出水里藝術之美。五、轉句的「添」，是字眼，使句子更活潑生動。

天地眼

郭雲樵

攬勝喜登杉木溪，天生雙眼果傳奇；

人心世事須衡度，天網恢恢漏不遺。

作者 郭雲樵，名晴岩，男，一九一五年生於江淮世家，副教授退休，工文學，善書法，為二十世紀國際知名詩人。書法風高氣重，獨成一格。著作甚多，如中國文學概論、雲樵閒話、郭雲樵詩書選集、北望樓詩選、總集宋句詩五百首，暨行草書詩卷等十餘種，刻於名山勝境或寺院之楹聯碑林者三十餘處。現任中華天風藝文學會會長。

注釋 一、題解：本詩記述遊覽南投縣杉林溪勝景天地眼，有感而發。詩押四支韻。二、天網恢恢：形容有罪之人，逃不過上天的懲罰。三、恢恢：廣大遼闊貌。

語譯 我高興的來到杉林溪，觀賞勝景，這裏傳說削壁上有天地二洞。人心世事要多平衡度量，上天的法網廣大，對做惡的人，一定會懲罰，就是疏漏也不會遺失。

探源 一、杉林溪森林遊樂區，位在南投縣竹山鎮，海拔一千六百公尺，這裏群峰巍峨，杉林廣袤連綿翠綠，園區內步道曲徑通幽，有氣勢磅礡的瀑布，牡丹花園，春來賞花夏避暑，是一個值得一遊的勝地。二、天地眼，園區內有巨大的削壁，由於長年的風雨侵蝕，生成如雙眼的天地二洞，名為「天地眼」。

讀詩學作文 一、本詩押四支韻，但起句押「溪」字，屬於八齊韻，叫做「飛燕入群格」。林正三先生說：「首句所押之韻，非在同一韻部之內也，稱之為飛燕入群格，或稱孤鶴入群格。唯仍須以古韻能通轉者為限。」（詩學概要）。二、起、承兩句寫景，轉、結句則變為「興」，因事起興，由天地眼而感嘆天網恢恢，疏而不漏令人深省。主旨高雅脫俗，另立一格。

溪頭雲海

曾　焜

一抹斜陽襯晚霞，叢林漸見滾棉花；
滄茫似海無涯際，翠竹青松盡失華。

作者 曾　焜，男，湖南寧鄉縣人，西元一九二二年生。為中國臺灣作家協會，中華文聯會、全球漢詩學會、中華詩學研究會、中華大漢書藝協會等文藝團體會員、理事、特邀顧問等。詩作曾獲盛世杯金獎，玉浩杯一等獎、中國奧運冠軍嵌名詩詞一等創作獎等，出版沁韻、南廂情話、客窗晚晴等三書。

注釋 一、題解：本詩是描溪頭叢林中「雲海」的景象，押上平聲麻韻。二、一抹：指自然景象在俄頃之間所留下的痕跡。三、斜陽：黃昏的夕陽。四、襯：伴隨之意。五、叢林：很多樹的山林。六、棉花：在這裡是形容白色的霧。

語譯 自然景象在頃刻時間，伴隨著西下的夕陽，輝映出黃昏的虹霞，這時山林中突浮現白濛的濃霧，好像棉花一樣的滾動，滄滄茫茫好像大海，看不到邊際。而那青翠的竹子，和蒼勁的青松都籠罩在大霧中失去了華麗。

探源 一、溪頭是南投縣鹿谷境內的一處名勝。鳥語花香，風光明媚。二、新穎的觀光旅社內有溫泉。三、雲是遊人最嚮往的景象，由參觀神木途中，每到夕陽西下的時候，由自然界所薰發的濃霧，儼然大海，徜徉其間，飄飄欲仙，令人心曠神怡。

讀詩學作文 一、本詩首先採用「一抹」呈現自然所泛出的景象：「斜陽」「晚霞」描繪一幅美的畫面，然後將濃霧，以滾棉花襯托出「雲海」，詩味十足。二、作詩要先確定韻律，力揣平仄而以優美文句對事物的描述。本詩對主題雲海，所泛出的情景描寫得極為細膩，韻律與平仄都非常完整，使雲海更為突出。

日月潭纜車

歐禮足

明潭勝景入詩篇，四季如春淑氣鮮；
高纜飛車通九族，山光水色好流連。

注釋 一、題解：本詩記述日月潭空中纜車，可以眺望四週之湖光山色之美。詩押一先韻。二、明潭：日月潭之簡稱。三、高纜：指空中纜車，創立於二〇〇九年十二月二十八日，全長一八七七.一五公里。四、九族：指九族文化村觀光景點。九族：指泰雅、阿美、排灣、卑南、布農、賽夏、魯凱、達悟、鄒族。

語譯 日月潭風景好，氣候佳，也是詩作的好體材，搭乘空中纜車自日月潭直通九族文化村，可以眺望四周美麗的湖光山色，令人流連忘返。

探源 一、日月潭風光早期為臺灣的八景之一，風光明媚，享譽國內外。亦係詩人詩作好體材。四季如春，其主要景點包括：涵碧樓、文武廟、玄奘寺、光華島（那魯島）及空中纜車。景色之美，可以媲美大陸之蘇杭名勝，現已與大陸西湖結為姊妹潭矣。二、日月潭位在南投魚池鄉，海拔七六〇公尺，環湖公路約卅三餘公里，南北二湖狀如日月，因名日月潭，有「雙潭映月」的美譽。三、二〇〇九年完成空中纜車，飽覽山光水色，更增情趣。搭乘遊艇環潭也是觀光客的最愛。

讀詩學作文 一、本詩所採章法，首句為明起方式，寫日月潭景色，結句「好流連」，前後呼應。二、本詩第三句轉折極佳，同時點到纜車主題，使結句更加出色完美。三、首句「入」字，係有擬人法，使句子更加活潑生動。字句必需用心推敲，就是鍾鍊的工夫。王國維說：「雲破月來花弄影，著一弄字，而境界全出矣。」（人間詞語），可見鍊字的重要。**（作者簡介請見八一頁）**

杉林溪賞牡丹花

劉啓亮

杉林溪放洛陽花，魏紫姚黃國色誇；
絡繹人來爭攝影，芳姿艷質壓群葩。

作者 劉啓亮，男，字光明，臺南市人，西元一九四九年生。初中畢業。師事吳中夫子，研究詩文，喜好吟詠，現為鯤瀛詩社監事，臺南縣國學會常監，學甲謎社理事，學甲藝文推進會監事。

注釋 一、題解：本詩押六麻韻，描寫南投鹿谷杉林溪賞牡丹花之盛況。詩押六麻韻。二、魏紫姚黃：形容花色繁多。三、國色：牡丹花譽為花中之王，有詩云：「天香國色冠群花。」

語譯 在大地回春之際，杉林溪獨有的牡丹花盛開，有紅、紫、黃、白、粉等各種花色，麗質天成，遐邇聞名，吸引無數參觀人潮，優美花姿，華麗的色澤，許多遊客的爭相採影，由於牡丹花花朵碩大，雍容富貴，美壓群芳，被譽為花中之王。

探源 一、杉林溪：位在南投縣鹿谷鄉，是臺灣唯一培植牡丹花的地方。二、洛陽花：武則天詔遊後苑，百花俱開，唯獨牡丹不遵，后怒，乃將其貶于洛陽，唐宋時，洛陽牡丹花嬌美為天下之冠，故名洛陽花。三、魏紫姚黃：魏紫，出自魏仁溥家，千葉色紫。姚黃，出自民間姚家，一歲數朵，色黃。錢思公謂人曰：「人謂牡丹為花王，今姚黃真其主，而魏紫乃其后也。」

讀詩學作文 一、本詩首句描寫盛春之際，杉林溪牡丹花怒放。二、承句形容牡丹花顏色雖異，但均壓倒群芳，有詩云：「盡屬皇州富貴家」、「傾國如狂不惜金」。所以譽為國色天香。三、轉句寫牡丹花盛開，總能吸引眾多遊客，流連忘返。四、結句寫牡丹花優美的姿態，華麗的色澤，真不愧為花中之王。五、詩眼「壓」字，雖較霸氣，但可更襯托其王者之風。

糯米橋

楊維仁

砌石為墩韻致饒，幾經風雨未磨銷。

百年人事隨流水，屹立依然糯米橋。

注釋 一、題解：本詩詠讚南投縣國姓鄉三級古蹟「糯米橋」。押二蕭韻。二、砌：堆疊。三、墩：橋墩，此處可以代指整座橋。四、韻致：風采神韻。五、饒：豐富。六、百年：比喻時間的久遠。糯米橋實際上未達一百年歷史。

語譯 前人堆砌石塊築成的「糯米橋」，外觀具有富饒的韻味，它歷經了不知多少次的風風雨雨，卻從來不曾因而敗毀。近百年來，世間多少的人物、事蹟都隨著橋下的溪水而流逝了，而這座糯米橋卻依舊屹立不搖。

探源 一、「糯米橋」位於南投縣國姓鄉，始建於日治時期，昭和十五年（一九四〇）竣工，目前為國定三級古蹟，也是唯一的橋樑古蹟。二、糯米橋以石塊堆砌而成，當時水泥仍屬昂貴而稀有的建材，前人於是利用糯米混合紅糖、石灰等物質作為黏合石塊的材料，因此稱作「糯米橋」。三、幾十年來，糯米橋經歷多次風雨災害，橋梁迭有損壞，但是主要結構依舊屹立不搖。

讀詩學作文 一、依照起承轉合，起句簡介糯米橋的材質與風華，承句讚嘆糯米橋歷經風雨而未頹圮，轉句的詩筆作一轉折，跳開糯米橋本身不談，而寫百年來人事變化消逝，結句歸結到糯米橋的屹立不搖。二、第三句「百年人事隨流水」，感嘆百年來多少的人物和事蹟，都隨著橋下的流水而消逝，與久經風雨而依舊屹立的糯米橋形成強烈對比。三、糯米橋的歷史迄今六十餘年，詩中所謂「百年」僅是概括性虛指多數而已，不必過度拘執於實際年代。古今詩詞作品之中，「百年」、「千秋」、「萬里」這些數字常指多數，不必過分拘泥。**（作者簡介請見二三頁）**

棋盤石

黃宏介

一逕春風罩野岑，水分方石歲華深；
仙人留下無名局，惹引凡塵過客心。

注釋 一、題解：本詩記述南投縣中寮鄉「棋盤石」之風景，「比」、「興」點出世間的歲月痕跡與過客人生的感受，押十二侵韻。二、徑：小路。三、野岑：郊野的小山丘。四、歲華：猶言歲月，年月的意思。五、無名局：不知誰下的殘棋棋局。六、凡塵：即塵世。蘇軾詩：「日月何促促，塵世苦局束。」

語譯 一路上，春風籠罩著郊野的小山丘，流水將地上的石頭畫成棋盤形狀，年代已久。好像是傳說中的神仙曾在此對奕留下棋局，引動了我們凡俗過客的感想，來此觀賞，倍覺感慨人生如棋局。

探源 棋盤石位於南投縣中寮鄉，是和興村南邊的殊勝美景，因大石頭受到大自然風化及水流的切割而成，面積約有三千平方公尺。傳說仙人指劃成棋盤與友人下棋，離去時忘了將大地還原，而留下了本棋盤。四周群山圍繞，就近觀賞時，在豆腐般石板塊之間的縫隙裡，你會發現細水涓涓而流，由遠處眺望，於夾縫中生存的綠色青苔就是棋盤上壁壘分明的楚河漢界了。而神仙常聚此下棋飲酒，憑添了無限的想像空間與神祕氛圍。

讀詩學作文 用春風襯出明媚風光，由仙人到凡塵過客對照時空與人物。「一徑」由小到大。「野岑」從荒漠到繁華人間世，「無名局」用以感慨人生的棋局，在文章上這是一種對照比喻法。黃慶萱教授說：「譬喻是一種藉彼喻此的修辭法，凡二件或二件以上的事物中有類似之點，說話、作文時運用那有類似點的事物來比方說明這件事物的，就叫譬喻。」（修辭學）（**作者簡介請見七七頁**）

紫南宮

楊耀騰

紫南宮聳社寮莊，借貸資金利萬商；
浩蕩恩波垂寶島，仁風佈處美名揚。

作者 楊耀騰，男，號修心，南投人，西元一九五二年生。國小畢業，經介紹入振生藥房當學徒，店主葉鐵雄創設錦湖詩社，耳濡目染而生興趣，涉獵至今。二〇〇七年當選南投縣國學研究會第九屆理事長。二〇一〇年連任第十屆理事長。

注釋 一、題解：本詩記述南投縣竹山鎮社寮社區的紫南宮開放借金的情況。詩押七陽韻。二、浩蕩：形容恩波的盛大。

語譯 供奉土地公的紫南宮位在竹山社寮里，在每年元宵節，免費提供母金借貸，扶助各行各業，受惠無窮，廣獲好評，神恩盛大，仁風廣佈，名揚遠近。

探源 一、紫南宮位在南投縣竹山鎮社寮里，已有三百餘年，供奉土地公、土地婆和石頭公，該里居民往年向土地公借錢投資，都能大發利市，翌年再來還錢。二、這項傳奇被全臺信眾獲悉，也前來借錢，一九九〇年，正式開放「借金」，但都要向土地公擲筊獲允，最多可借六〇〇元，因經商獲利，第二年加倍甚至十倍、百倍奉還，使該宮首先獲得鉅利。三、二〇〇七年五月該宮耗資三千八百八〇萬建造一座七星級的廁所，名叫「金筍迎客」，更加轟動。

讀詩學作文 一、詩中以海波盛大，春風廣佈來形容「神恩」和「宮仁」使句子更生動。二、本詩直接以示現法把紫南宮的借金敘述出來。沈謙說：「透過豐富的想像，運用形象化的語言，將某一個人或某件事物描繪得活靈活現，狀溢目前，讓讀者如身歷其境，親聞親見的修辭方法，是為示現。」（修辭學）

溪頭神木頌

項毓烈

蟠枝巨幹獨撐天，歷盡人間幾變遷；
永葆堅貞傲霜雪，留將蒼翠壯山川。

注釋 一、題解：本詩係讚頌鹿谷溪頭神木之堅貞精神，詩押一先韻。二、頌：稱其美也。三、蟠：音盤，盤曲也。四、變遷：經過變化。五、葆：音保，蘊藏也。六、堅貞：堅固貞潔的本性。七、蒼翠：青綠的顏色。

語譯 一株偉大的神木，枝條盤曲，體幹粗壯，獨自盎然生長，撐向天空。它確是已經歷過人世間漫長歲月的變化，永遠保持著堅固貞潔的本性，不怕霜雪的侵凌，而毅然生長出茂盛青綠的枝葉，讓這山川更加美麗雄壯起來！

探源 溪頭位於臺灣南投縣鹿谷鳳凰山，海拔一、七〇〇公尺，茂林修竹，珍禽繁多，風景絕佳，為旅遊勝地。其中有古樹一株，稱「溪頭神木」，遠近馳名，標記樹齡已近二千年，軀幹粗壯，枝葉茂盛，吸引遊人駐足讚賞。

讀詩學作文 一、本詩平直起敘，從容承接，結句意境高邁，尤以第三句最為警策，特別指出神木之堅貞精神，深具啓示性。自古大詩家均認為絕詩之宛轉變化工夫，全在第三句（轉句），若於此變化得好，則第四句（結句）如順水之舟，而整首詩亦自臻成熟矣。此種卓見，我們實應奉為圭臬。二、凡律、絕詩均忌孤平，即上下是仄聲，中間是平聲，如「仄平仄」。本詩第三句：「永葆堅貞傲霜雪」，第六字應仄聲，而「霜」字為平聲，即是孤平，但可不算孤平，因第五字本應平聲，而「傲」字為仄聲，因有拗救，此即是作律、絕詩的句中自救法。**（作者簡介請見二〇八頁）**

朝登鼓山寺後山

林翠鳳

晨鐘鼓寺聽，醒世尚清寧。
濃霧行方定，欣登早覺亭。

作者 林翠鳳，女，臺灣彰化縣人，西元一九六六年生。國立中山大學文學博士，國立臺中技術學院應用中文系教授。曾榮獲全國優秀詩人獎、宏揚文化貢獻獎等。編著有《陳肇興及其陶村詩稿之研究》等十餘部著作。

注釋 一、題解：本詩記敘清晨登臨田中鎮鼓山寺後山至早覺亭的情景。五言絕句，押九青韻。二、晨鐘：佛寺平日朝叩鐘，暮擊鼓以報時。三、行方：行動的方向。

語譯 清晨，鼓山寺的鐘聲響起，喚醒了沈睡的人們。這時天地清幽寧靜，十分動人。早起的人登山健行，即使濃霧瀰漫，只要立定方向，持續向前，很快就可以到達早覺亭。

探源 鼓山寺位於彰化縣田中鎮田中森林公園內，地處八卦山南麓，屬參山國家風景區。寺後山形似鼓，因稱鼓山，寺亦因此得名，供奉釋迦牟尼佛。沿寺後登山步道而上，山腰有早覺亭可供休憩泡茶，越嶺可接南投松柏坑，是養生的旅遊勝境。

讀詩學作文 雙關語是一個字、詞或句子，可以理解為兩種或多種的意思，有時也可以視為比喻。本詩以實地景觀鼓山寺與早覺寺為啓發，融合對人生的體會，而多用雙關語。如首句描述清晨聽聞佛寺叩鐘，採倒裝句，以此暗合「暮鼓晨鐘」警醒之意，為後續預作鋪陳。次句寫鐘聲醒人，延伸為醒世；藉表述晨間清寧景況，隱喻悟道首重清心寧靜。三句「濃霧」比喻人間許多迷惘，「行方定」既指登山客循路前進，更提示人生處世堅定正向的重要。四句，亭以「早覺」為名，正寓有勸世意涵，「欣」字如實寫出一般蒞亭者的心情，也寄託對力行者終得善果的祝福。

卦山大佛書法長廊

吳東源

莊嚴大佛聳山隈，環繞龍池筆陣開。
放眼長廊書滿壁，篆分眞草展新裁。

作者 吳東源，男，字滾泉，號讓龕，彰化人，西元一九二八年生，早歲熱愛中華詩書文藝，因之樂遊其中，曾加入半閑吟社，歷任彰化縣詩學研究協會理事長，中華民國傳統詩學會副理事長，臺灣古典詩刊社社長，鹿江詩書畫學會和彰化縣書法學會顧問。

注釋 一、題解：本詩歌詠彰化八卦山大佛前書法長廊，由縣籍書法家揮毫，各盡其妙。七言絕句，押十灰韻。二、隈：音威，角隅。三、長廊：九龍池前一彎弓型之建築物，頂面作為空中觀景步道。遠眺鹿港，近瞰彰化市夜景。四、篆分真草：篆書、隸書、楷書、行草書之謂。

語譯 彰化大佛高聳在八卦山上，法像偉岸莊嚴。前面廣場，有一座九龍戲珠的噴水池，池邊環繞長廊，兩面壁上，邀請縣籍書法家揮毫，觀瞻優雅，儼然筆陣宏開，眼看滿壁書法各體兼備，全憑書法家展現新裁之意。

探源 一、彰化市大佛建於一九六一年八卦山上，採取坐姿，幾欲高聳入雲之勢，為臺灣中部地區著名之風景名勝。

讀詩學作文 一、本詩把八卦山的大佛書法長廊，介紹得一清二楚。從高聳的大佛立於山隈、九龍池，以迄池邊長廊粉壁上的書法，由大而小，由外而內，層層推進，條理分明，使整體空間凝聚起來，惟書法家數體兼備，別出心裁，復因情性天份各異，故書法之意境，在在可以讓人的思慮無限地延伸。二、黃永武的「字句鍛鍊法」上說：「以文字來刻劃形容，使讀者覺得『狀溢目前』，如身歷其境，親聞親見一般，這種修辭法，叫作示現。」

登定軍山

張儷美

定寨接蒼穹，登臨樂在中；
林間參古佛，佛我共蟬風。

作者 張儷美，原名麗美，彰化人，一九五六年生，研究所碩士生。中華詩壇雙月刊總編輯，中華民國傳統詩學會常務監事，彰化縣詩學研究協會常務理事。

注釋 一、題解：本詩記登彰化八卦山風光和感受。詩押一東韻。二、蒼穹：指天空。

語譯 定軍山靜靜地盤伏在彰化古都中，渾然與天際相銜合。此時登高眺遠，在山光天色間，更覺林鬱風清，怡然自得。凝望中，古佛高聳在相思樹林裡，使人生出一種琉璃心；坐忘間，只覺得佛在拈花我在笑，陶然在隨風傳來的蟬鳴聲中。

探源 《彰化縣志・八景》定寨，定軍山上磚寨也。定軍山即彰化市八卦山。雍正間，巡道倪象愷平大甲西社番林武力等之亂，乃建亭山上，名山曰定軍。嘉慶十六年，邑令楊桂森倡建縣城，又於定軍山上造磚寨，曰定寨。門樓高敞，登臨一望，遠矚全邑之形勝，近瞰一城之人烟，甚壯觀也。

讀詩學作文 一、首句寫景點題，定軍山在凝目中與天相接，是尊題手法。次句述事登臨之樂。轉句用「參」字，寫古佛參立林間，也寫自己朝聖的洗禮。結句用「蟬」字一語雙關「禪」意，是全詩之趣。一扣時間正是暑夏，二扣滿山相思樹林之景，三扣蟬聲的聽覺效果，四扣佛心禪意，五扣物我交融。二、前兩句一放一收，後兩句一實一虛，使佈局更有起伏變化。三四句，後前「佛」字，運用頂真手法，使短短的五言詩能貫成一氣。不用生冷的典故來增加溝通的距離，只單純地寫出景象的「有情」、生命的「得趣」，來增加詩者與讀者的共鳴。

辜館采風

吳榮鑾

維多利亞古洋樓，辜氏瓊軒氣勢優。
一館欣存文物盛，大和風概許長留。

作者 吳榮鑾，西元一九五二年誕生於鹿港古都，政大、行專畢業。現任薦任公務員，一九九三年全國績優民政人員，一九九四年及九五年鹿港區書畫學會副秘書長，一九九五年內政部優秀詩人獎，一九九八年全國詩運獎得主，自少喜玩墨耽詠。

注釋 一、題解：本詩記敘彰化縣鹿港鎮辜館的風采。詩押下平聲十一尤韻。二、維多利亞：係仿建文藝復興時期豪華歐式洋樓，三、瓊軒：華美的高樓。四、大和：辜顯榮創設大和行株式會社於此，故鹿港人習稱大和洋厝，

語譯 日治時代鹿港富豪，望族辜顯榮故居，仿建文藝復興時期豪華歐式洋樓，氣勢雄偉壯麗，一九七三年辜振甫昆仲自動捐獻成立鹿港文物館，館內收集許多當代鹿港文物，包含食衣住行育樂器具，及宗教禮俗和節日慶典八類藏品。古意盈然，令人思古幽情。長期展示，使辜家之仁風流芳百世。

探源 一、辜家名列臺灣五大家族之一（早期的臺灣五大家族是：板橋林本源、鹿港辜顯榮、高雄陳中和、基隆顏雲年、霧峰林獻堂），這是全臺第一座私人的綜合性博物館，收藏清朝中葉以來民俗器物。二、展示以用心來欣賞文物及建物，以愛心來保護文物及建物。三、辜館采風為鹿港文教基金會列入鹿港區（含福興）百大景點。

讀詩學作文 一、作詩立意，貴有新意，學詩若循習陳言，規摹他人舊作，而不能自出新意，則詩句無法超脫清新。二、宜以宏觀思維起筆，如寫景、寫情，不宜相礙，且忌意雜。三、本詩以直賦法，記敘辜館的風采，躍然紙上。

湖水坑覽勝

吳春景

寺校同庭景特殊，開林頂禮賞明湖；
文風蔚起民風樸，果嶺幽遊興不孤。

作者 吳春景，男，字梅軒，彰化縣員林鎮人。西元一九五四年生。從事農業、果園等工作，歷任彰化縣國學研究會理事長、彰化縣詩學研究會常務理事、中華民國傳統詩學會監事。

注釋 一、題解：本詩記敘員林鎮湖水坑之旅，七言絕句，押七虞韻。二、開林：指開林寺。三、明湖：指明湖國小。四、頂禮：佛家語，參佛的禮節。五、蔚：音畏，紛起。六、文中開林寺、明湖國小、果嶺皆稱湖水坑。

語譯 湖水坑的開林寺和明湖國小，同在一起。景觀特別，來到開林寺參佛，又可賞遊明湖國小。文風蓬勃，民風也很純樸，果嶺的風光清幽，遊興濃厚，絕不會孤單。

探源 一、員林鎮的湖水坑開林寺建於乾隆初年，咸豐七年重建，西元一九五六年無償提供廟地建立明湖國小，一九八〇年重建今之廟貌，然而開林寺乃是八卦山脈九坑十八寮三巖二寺的一座古剎，奉祀五佛，香煙鼎盛。二、文風蔚起民風樸，句中兩字風，聯珠句也，因有寺廟、學校教育而蔚起文風，文化水準高，自然民風樸實，值得大家暢遊。

讀詩學作文 一、詩與文本是同樣方法，起、承、轉、合及詠情詠景必須分明，用典、用字也要慎重。二、本首詩的「寺校同庭」是罕有名詞，開林頂禮賞明湖，是兩大系統「宗教」與「國教」。三、文風蔚起民風樸、句中連用兩個「風」重出，黃永武說：「一字再現，或數字出現，叫做重出。」（字句鍛鍊法）地方的文化教育愈高，自然人民的智慧與修養愈端正。四、結句果嶺幽遊乃本首主題，興不孤，雅興勃勃遊興多多也！

田尾公路花園

魏秋信

萬重花樹色爭妍，影動香塵蝶舞翩；
田尾公園驚艷處，風情引客共留連。

作者 魏秋信，男，筆名竹樵，臺灣彰化人。西元一九四八年生。早年從事散文創作，出版「綠的心園」、「浮生掠影」二本文集。曾榮獲優秀詩人獎，曾任臺中屯區社區大學漢詩寫作班教師，現擔任香草詩詞班指導老師。

注釋 一題解：本記記敘彰化縣田尾鄉公路花園之風光。押一先韻。二、萬重：層層疊疊，眾多之意。三、色爭妍：競相展現最美麗的色彩。四、香塵：形容百花怒放，連飄浮在空氣中的粉塵都是香的。五、驚艷：形容看到艷麗的景色，不覺一陣驚喜。六、風情：指風月之情。

語譯 一重重的奇花異卉，各自展現鮮豔的色彩，群蝶翩翩飛舞，連影子也跟著動起來，四處散佈著香塵；在公園的每一個景點，都有新的驚喜，其情其景，總令遊客流連忘返。

探源 田尾公路花園，位於臺一線西側，是全臺花卉供應區，各類花木齊全。走一趟花園，除了賞心悅目，達到休閒的目的之外，更可認識各種奇花異卉。

讀詩學作文 「影動香塵」是倒裝句法，應該是蝴蝶飛舞，影子才會動，因為蝴蝶的拍動，把香氣擴散開來。倒裝句法在求合乎平仄及使意境突出；例如常建之破山寺後禪院詩「山光悅鳥性，潭影空人心」。此為「鳥性悅山光，人心空潭影」之倒裝也。又杜甫秋興八首之「香稻啄餘鸚鵡粒，碧梧棲老鳳凰枝」。為「鸚鵡啄餘香稻粒，鳳凰棲老碧梧枝」之倒裝句。

夜訪普興寺

林翠鳳

青燈古佛悠悠世，暮鼓晨鐘渺渺音。
月掛梢頭風影動，普興靜定啓禪心。

注釋 一、題解：本詩記敘遊訪普興寺的觀感。七言絕句；押十二侵韻。二、青燈：燈光青熒，指寺中燈燭。三、悠：長也，遠也。四、渺：微遠。五、梢頭：樹梢。

語譯 普興寺內青燈奉佛歷史已經十分悠久，每天暮擊鼓，晨敲鐘，彷彿散發出警世的意味。然而道者雖諄諄，聽者多渺渺，人們內心的體悟又能有多少呢？夜訪至此，但見月兒高掛樹梢，風搖影動，令人沈醉。想起惠能法師「不是風動、旗動，仁者心動」的啓示，回觀普興寺，依舊莊嚴屹立，似乎正默默地啓示著禪意。

探源 普興寺位於彰化縣田中鎮復興里，供奉觀音佛祖，為參山國家風景區內名剎。始建於日治時期，寺中常住尼眾僅數位，清修自持。寺廟為茂密的相思林所圍繞，十分幽雅清靜。旁有贊天宮，前有聖敬園，後為長青自行車道，是民眾遊憩的好去處。

讀詩學作文 一、本詩藉映襯法以寄託感慨。首句以寺內青燈與古佛的靜寂長駐，對映時間悠遠無聲的流逝；次句以日日震耳的鐘鼓聲，強調冥頑凡心啓悟之不易。映襯法多將兩種不同或相反的事物或概念，對立比較，相互映照襯托，而使意義或語氣增益強調的效果。二、下聯借用禪宗六祖惠能法師啓示「不是旗動，不是風動，仁者心動」的公案典故。劉勰《文心雕龍．事類》專論用典，謂：「事類者，蓋文章之外，據事以類義，援古以證今者也。」（作者簡介請見九六頁）

詠番挖

吳錦順

昔時番挖草萊開，冬季飛沙撲面來；
蓽路於今成樂土，芬芳苑圃譽中臺。

注釋 一、題解：本詩記述彰化縣番挖（今稱芳苑）昔今演變的情況。詩押十灰韻。二、番挖：芳苑之原名，亦稱沙山。三、草萊：荒蕪之野。四、撲面：拂面也。五、蓽路：古柴車所行之路，喻未開墾之地。六、樂土：快樂的地方。七、苑圃：凡薈萃之庭稱苑。園為圃。

語譯 以前番挖這地方是荒蕪未開闢的一片沙地，一到冬天飛沙撲面，滿天飛來，頗不堪居住，現在已經開墾成一片良田，成為人間居住的樂土，到處都是芬芳園圃，在中臺灣地區是有名的彰化縣芳苑鄉呀！

探源 一、芳苑鄉是彰化縣二十六鄉鎮之一，是濱海之鄉，北接福興鄉，南鄰大城鄉，東面二林鎮，西面臨大海，是風頭水尾之農村，風頭是海風吹來首當其衝，水尾是農田灌溉困難，水頭優先也。二、芳苑以前叫做「番仔挖」，後來改名「沙山」，後來才改為文雅的「芳苑」。這裏有工業區，也出產肥嫩鮮美的蚵仔，也靠捕魚為生。三、「王功漁火」是彰化八景之一，夜晚的點點漁火，十分美麗，海邊聳立的王功燈塔也十分壯麗，日落時刻的滿天紅霞，吸引許多遊客，前來觀賞。

讀詩學作文 一、本詩是賦體詩，據實直寫從昔日荒蕪而今開闢成樂土。二、本詩起句和承句寫昔時番挖的情況；轉句陡然轉為今日的情況，結句則指出今稱芳苑的美譽。前後做出鮮明的對比，這是舖陳的高妙，使全詩的神韻，更加優美出色。（**作者簡介請見三三頁**）

臺灣鳳梨酥

楊龍潭

滿山滿野鳳梨坪，飛入酥糕絕品生；
恰似酸甜人世味，竟教四海識鯤瀛。

作者 楊龍潭，南投人，一九五二年生。中華詩壇雙月刊負責人，中國詩人文化會副會長，彰化縣國學研究會常務監事。

注釋 一、題解：本詩記述臺灣鳳梨酥的美味風靡。詩押八庚韻。二、鯤瀛：指臺灣。

語譯 滿山滿野的鳳梨坪，經過臺灣美食界的妙手，成了糕點的絕品。那酸甜交融的滋味嘗來，不正是充滿辛酸和甜美的人生。讓天下人知道有個地方叫臺灣。

探源 鳳梨酥以纖維細緻的鳳梨冬瓜醬製作，不黏牙，甜而不膩，晶瑩黃澄中透著鳳梨香，再搭配酥鬆的外皮，創造出獨特風味。鳳梨酥是臺灣辨識度極高的糕餅，聞名世界，成為觀光客必購之物，可以說是食品中的外交官。

讀詩學作文 詩的寫作絕不只一條路徑，在此提供一種詠物詩的寫法，詠物若只作平輔直敘，容易流於平淡，而且詩歌的特質在轉化，若不是幾經曲折，怎得那耐人嚼咀的詩味呢！清・吳喬（一六一一至一六九五）在《圍爐詩話》中云：「文之詞達，詩之詞婉，書以道政事，故宜詞達，詩以道性情，故宜詞婉。」所以本詩先具物象，經由比擬，而歸入印象，來完成詩歌的轉化特質。由實景實象的鳳梨坪描繪出主角的原相，經由臺灣糕餅的研發而成絕佳美味。把那酸甜交融的滋味，比擬人生的歡笑和辛酸。誰無歡笑和辛酸，尤其是經過辛酸後的歡笑，更是令人刻骨銘心，把鳳梨酥的滋味和讀者的人生經驗相結合，也就能成為一首扣動人心的作品。

鹿江雜詠

吳肇昌

鹿仔港開帆影飛，八郊雲集暢商機。
宜樓詩酒楊橋月，依舊文風拂四圍。

作者 吳肇昌，彰化縣鹿港鎮人。西元一九五八年生，幼承家父東源先生之學，文化大學中文系畢業，曾任中學國文教師，鹿江詩書畫學會理事長，彰化縣書法學會理事長，現任文開詩社社長，並創組半缸書會。獲邀彰化縣美術家接力展，出版「意有所極」吳肇昌書法集。

注釋 一、題解：本詩記述鹿港昔時風華，詩押五微韻。二、鹿江，即鹿港。

語譯 想當年的鹿港日日帆船熙來攘往，各類行商雲集商鼎盛，十宜樓上騷人墨客詩酒酬酢，楊橋公園吟風弄月，常嘆雖遺跡尚存而景物已非，可幸崇尚古文之風依然傳承至今。

探源 一、鹿港昔有泉、廈、南、橄、糖、油、布、染八郊，即今日之商業同業公會組織。二、十宜樓、楊橋公園皆昔時勝景，今遺跡尚存。十宜樓是一座連結街兩側的跑馬樓，因跑馬廊與底下的金盛巷形成十字，且因「宜琴、宜棋、宜詩、宜酒、宜畫、宜花、宜月、宜博、宜煙、宜茶」，故取名之。

讀詩學作文 一、首二句憶昔；轉句密集排列著六個實字，雖楊橋已化約成地名，而疊用實物確能使詩意愈工，黃培芳「唐賢三昧集箋注」所謂「三疊句法」乃作律秘旨，實字多用，能使詩意繁複，意象更為具體生動，且因缺乏連接詞之故，往往造成筆斷意連現像。「詩」、「酒」、「月」其實還兼攝動詞意味，騷人墨客齊聚吟詠、酣飲、敲詩賞月，何等聲色動人，尤足令人發思古之幽情。二、今之鹿港飛帆，八郊已渺，商機不再，聊可嘆也！可幸文風尚存，殊堪慰也。詩若憶昔，其實著意在今。

水越臺遠眺

陳佳聲

秋光遠眺喜心開，鷺侶登臨水越臺。
鷹鳥橫空增氣色，卦山美景富詩材。

作者 陳佳聲，男，彰化人，西元一九四五年生，中興大學中文系畢業，臺灣師大教研所結業。二林高中校長退休。現任中國標準草書學會副理事長，彰化縣興賢吟社常務理事。

注釋 一、題解：本詩記敘登彰化市水越臺遠眺之情景。詩押十灰韻。二、詩眼：喜、富。三、鷺侶：泛指騷人墨客，文人雅士。四、水越臺：日人水越先生所築之臺。五、卦山：指彰化八卦山，是臺灣八景之一。

語譯 在這秋高氣爽的季節，滿懷喜悅的心，和詩友們同登這高曠而幽遠的水越臺上，盡覽八卦山之自然美景。霎時一群秋鷹從遠方橫空飛來，多麼的悠然自得，真為大地增添不少氣色。這些情景，是詩家最美好的吟詠題材。

探源 一、水越臺位在彰化市八卦山之銀行山上，即中彰快速道路快官至花壇段中間之最高點。約在一九三〇年，水越先生擔任彰化市郡守時所建，每年於中秋佳節，宴請文武百官賞月之處。二、水越：是日本人之姓，無人知郡守之真實大名，當時均以水越先生稱呼。

讀詩學作文 一、由景入情。秋光、鷹鳥是實景。喜心開、增氣色是情境。兩種情景交融而產生的詩境與畫面自然生動。如宋人辛棄疾詞：「我見青山多嫵媚，料青山見我應如是。」是詩人的移情作用，希望情景交融之後而產生「嫵媚」之情愫。二、所選用之韻腳與詩眼均為響字。響者，聲也。俗亦謂聲之高者也。如唐人賈島詩：「鳥宿池邊樹，僧敲月下門。」宿、敲均為響字。凡詩能多雒誦幾遍，自有抑揚頓挫之感而覺韻味無窮。

春日遊華陽公園

黃色雄

華陽園翠卦山邊，春日鷗盟笑拍肩；
得意情人橋下望，詩心陶醉一溪煙。

作者 「黃花廣潤三秋色，碧海長淘兩岸雄」黃色雄，男，嘉義人。一九五〇年生，業公。幼嗜文學，進入詩壇，寫詩是個人的興趣，二〇〇四年曾獲臺中市第七屆大墩文學獎傳統詩第二名，現為中華民國傳統詩學會會員，中國詩人文化會理事。

注釋 一、題解：本詩描寫春天幽遊彰化市華陽公園的感受。七言絕句，詩押下平聲一先韻，本詩用邊、肩、煙三韻腳。二，翠：蒼翠。三、卦山：即彰化八卦山，為臺灣旅遊名勝地。四、鷗盟：指隱士居江湖與水上鷗鳥結盟，此比喻詩人聚會吟誦。五、陶醉：快樂得像醉了一樣。

語譯 蒼翠的華陽公園位於彰化八卦山的旁邊，因為風景優美，在春天的季節，和一些詩人聚會吟誦，大家談笑風生，互相拍著肩膀。在此幽遊最高興的是往情人橋的下面探望，那一整條溪水雲煙四起，頓時我的詩心快樂得像醉了一般。

探源 華陽公園位於八卦山的旁邊，園內綠草如茵，花木扶疏，並有健康步道，是極佳休憩場所。公園內有一座紅色華陽吊橋，命名情人橋，與縣立體育館相通，別有風情。春秋之交，各式各樣鳥禽齊集，所以亦為校外自然教學的最佳場所。

讀詩學作文 本詩明寫題目原意。就旅遊景點，以起句「華陽園」首破式點出空間；以承句「春日」中破式點出時間。又句中「鷗盟」即詩會替代，以物之具體借代抽象。明破法有如「開門見山」，代字法增加「鮮明生動」。轉結句寫作者即見景生情之感動，第四句承第三句二合為一，一氣呵成。人、事、時、地、物之描述是旅遊詩之不二法門。

鹿津訪古

洪嘉惠

宜樓詩酒好吟哦，二鹿風華古蹟多；

九曲鏗鏘天籟巷，飛帆影渺盪餘波。

作者 洪嘉惠，男，字惠風，嘉義民雄人，西元一九四二年生，淡江中文系畢業，師大研究所結業，高中教師退休。歷任：民雄文教基金會董事和顧問、民雄詩社創社社長、嘉義縣詩學會理事、嘉義市詩學會常務理事、中國詩人文化會理事、臺灣瀛社詩學會、中華詩學研究會會員。榮獲推廣詩運獎，著有「用語三書」（名人出版）　、「民雄八景」（民雄文教基金會出版）等。

注釋 一、題解：本詩記述探訪鹿港古蹟。詩押五歌韻。二、宜樓：又稱十宜樓：宜琴、宜棋、宜詩、宜酒、宜畫、宜（種、賞）花、宜（望、賞）月、宜（打麻將）博、宜（水煙槍）煙、宜（茗）茶。三、九曲巷：在鹿港的金盛巷。素有「曲巷冬晴」雅稱。

語譯 十宜樓宜詩宜酒，真是吟詠詩歌的好地方；鹿港風采文華鼎盛，古蹟特別多。中秋過後，颳起九降風，吹入曲折的九曲巷，彷彿發於自然的音響，嘹亮悅耳。鹿港昔日飛帆的盛況，帆影已杳，衹剩餘波盪漾不已。

探源 鹿港屬於彰化縣。早年開臺有「一府、二鹿、三艋舺。」二鹿，即為鹿港，又稱鹿津。現已無昔日盛況，但是名勝古蹟，民俗藝術和著名小吃，依然是風華迷人的文化城。

讀詩學作文 一、轉句將九曲巷，運用析詞拆開，另行造句新鮮出奇，更富詩意。二、結句「飛帆影渺盪餘波」，昔日的盛況已失，僅存餘波盪漾，無窮遐思，張夢機教授「詩學論叢」書云：「意旨深遠，自然不盡之意，讓讀者自己去細細體味，才能稱得上風雅。」三、飛帆的「帆」指「船」修辭的借代格，可以使文辭更新鮮雅趣，突顯借代的事物。

螺溪硯

呂碧銓

價重車渠珍異品，螺溪美石琢成形；
龍劑象管長隨伴，句寫黃庭道德經。

作者 呂碧銓，男，號碧峰山人，彰化縣人，西元一九三〇年生。家學淵源，家父啓蒙。並拜師蕭河山、陳希孟、陳雲鵬夫子。研究經史和詩學，業商。歷任蘭社社長、彰化縣詩學研究協會理事長、彰化縣國學研究會理事長、中華民國傳統詩學會名譽副理事長，著有碧銓吟草五集共七千陸佰餘首詩行世。

注釋 一、題解：本詩記述西螺溪硯石的珍貴和使用。詩押九青韻。二、螺溪：即西螺溪，又稱濁水溪。三、車渠：屬輭體動物斧足綱，殼厚彎曲，內有光澤，產在印度熱帶海中，十分珍貴，稱為七寶之一，可做飾品。四、龍劑：即龍香劑，墨也，劑，平聲。雲仙雜証：「明室御墨曰龍香劑。」五、象管：筆也。以象牙為筆管，故稱象管。六、黃庭：即黃庭經，道經名，道家養生之書。七、道德經：李耳著，主張無為而治。

語譯 西螺硯比車渠高貴的珍奇物，是由西螺溪優美的石頭，琢磨形成硯臺。平日攜帶墨、筆與之隨行，書寫道家的黃庭經和道德經，以養生修身。

探源 一、西螺溪，又稱濁水溪，是彰化縣和雲林縣的交界線，溪中有許多品質優美的石頭，琢磨成硯台，受到大儒墨客的喜愛和珍藏。二、早年書寫以毛筆為主，故有文房四寶：紙、筆、墨和硯台，是文人必備的工具。

讀詩學作文 一、本詩起句用比擬修辭法，取珍貴的車渠來比擬珍貴的螺溪硯，以突顯主題。二、轉、結句寫隨身攜帶筆、墨和硯台，以書寫經文，這是一種含蓄的修辭，暗喻書法修身養生的藝術作用。使情餘言外，讓人深思，餘韻無窮。

斗六采風

陳永寶

濁水溪南文旦鄉，湖山岩景盛名揚；
太平街道堪稱老，新建棒球寬賽場。

作者 陳永寶，男，雲林斗六人。西元一九四六年生。任教於中臺科技大學、中興大學、臺中教育大學等校。中興詩社指導老師。擔任：傳統詩創作與吟唱、漢音學、閩客語、易經、佛學等課程，以及傳統詩詞宗、閩客語朗讀及演説評審。

注釋 一、題解：斗六市為雲林縣政府所在，本詩介紹其特產及重要景點。詩押七陽韻。二、濁水溪介於彰化和雲林之間。

語譯 在濁水溪南岸的斗六，是盛產優質文旦的地方，而斗六最有名的景點首推「湖山岩」，其次是太平老街。最近又興建臺灣第三大的國際標準棒球場。

探源 一、斗六文旦：近幾十年來「斗六文旦」品質大為提升，揚名遐邇。產地以鎮北里東「大片仔」（臺語）青色韌泥所種植的品質最佳。汁多、味甜、無子、肉纖維細，未採收前即被臺北許多國際飯店來訂購。二、湖山岩：位於斗六湖山、梅林二里之間。湖光山色、使遊客流連忘返！三、太平老街的建築，分別建於日治時代三個不同的時期，距今百年仍保存完整。四、斗六棒球場：位於斗六市朱丹灣，耗資八億臺幣，擁有一萬五千個座位，並設有雙層看臺。於二〇〇五年九月完工啓用，為臺灣第三大的國際標準棒球場；斗六也是申辦國際比賽的熱門場地。

讀詩學作文 一、本詩以平鋪直敘的方法，介紹斗六位置、特產及重要景點。並以太平老街與新建棒球場作新舊對比。二、本詩也採用「演繹法」，首句「濁水溪南文旦鄉」先破題，點出「斗六」是在濁水溪的南岸，並盛產文旦。再説出如「湖山岩」、「太平老街」、「棒球場」等各式多樣的重要景點情況。

螺橋遠眺

謝清淵

螺溪雄壯比湘江，橋跨雲彰氣勢龐；
遠望長虹連數里，蘆花點綴麗無雙。

作者 謝清淵，男，字光明，臺南人，西元一九三七年生。一九八六年榮獲美國亞利桑那州世界大學榮譽文學博士、一九八七年世界詩人大會榮獲國際桂冠詩人榮銜。現任中華民國傳統詩學會理事長。

注釋 一、題解：本詩記述西螺大橋之景觀。詩押三江韻。二、螺溪：指西螺溪。三、雲彰：雲林與彰化縣。四、湘江：中國廣西，北轉入湖南洞庭湖之河流也。五、長虹：橋長數公里，頗為壯觀。六、蘆花：時在秋日蘆花正開。七、點綴：陪襯也。

語譯 西螺溪寬闊雄壯可比中國之湘江，橋長橫跨雲林（西螺）和彰化（溪州）兩縣，遠遠望去一九三九公尺長，點綴岸邊盛開的蘆花，更顯景緻之美。

探源 一、西螺溪橋跨越雲林、彰化兩縣，于日據末期奠基興建，一九五〇年續建竣工，橋長一九三九公尺，橋寬七·三二公尺。於一九五六年竣工通車，使臺灣南北暢通，其功厥偉。二、西螺大橋橫跨濁水溪，北為彰化溪州鄉，南為雲林西螺鎮，景色美麗有「紅橋夕照」美譽，當年曾有「東亞第一鐵橋」封號。由於時代的進步，新橋完成，高速公路開通，西螺大橋轉為觀光景點，憑橋觀望，留下美麗的餘暉。

讀詩學作文 一、本詩點出溪之雄壯，與跨越兩縣的雄偉長橋。次觀其秋月美景，兩岸蘆花陪襯，更顯非常美妙，而怡遊人雅情。二、造詞鮮活生動，勝景當前，令人陶醉不已。

華山風光

魏嘉亨

翠谷青山適健行，咖啡美味獲高評。

茶園竹影幽相伴，假日人多媲入城。

作者 魏嘉亨，男，字之應，臺灣雲林人。西元一九四〇年生。醫學士，現任醫師，雲林縣詩學研究會常務理事，著有：應元醫論集、應元史事考證、雞鳴集。

註釋 一、題解：本詩記述華山風景區之特色，詩押下平八庚韻。二、翠：翠綠。谷，山尖為峰，山間低凹者為谷。三、咖啡：古坑咖啡，由於風味醇香，成為遊客的最愛。四、幽：清幽。五、媲：可比。

語譯 翠色溪谷，青色山脈，最適合登山健行了。其咖啡口感的優美，獲得最高評價，尤其在幽靜的茶園，搖曳的竹影下，沾上一口，令人悠然，週休假日車水馬龍，就像進城一樣。

探源 一、華山位於雲林縣古坑鄉，由於林蔭蒼翠，巒山疊起，風景十分美麗。海拔一千三百餘公尺，可以爬山健身；居高臨下，又可以遠眺雲嘉景色，特別在夜間，一面品用咖啡；一面俯瞰，萬家燈火閃爍，令人心曠神怡。二、按咖啡原產於南美巴西，味苦而香，內含咖啡因，有提神解疲之效，古坑的荷苞山日治時代已引進種植，不斷改良，此地咖啡竟至斐聲全球。

讀詩學作文 本詩題寫華山，實對於華山之幽景奇光健康步道，與特有之咖啡產物作一番旗鼓相當，相呼相應之描寫。不只形容咖啡之味道，而且注重氣氛，沒有茶園竹影的配襯，何來華山咖啡之獨步全國，揚名海外，出產咖啡之地不少，而只能像巴黎街頭之為人作倀而已，其能身歷其境，悠然於化外者，豈只華山乎？是造成華山今日之人潮不斷也。筆者以媲入城形容之，一語道破爾。

箔港歸筏

李仁忠

觀潮箔港湧人群，漁筏歸來日欲曛；
牡蠣成堆爭搶購，微風吹送帶腥葷。

作者 李仁忠，男，號雲鋒，臺灣雲林縣人，西元一九五四年生，北港宗聖高職畢業，雲林縣四湖鄉調解委員會主席，雲林縣詩學研究會常務理事，雲林縣美術協會會員。

注釋 一、題解：本詩描寫四湖的箔港風光，七言絕句，押上平聲十二文韻。二、筏：古時是用竹仔所絞成的小船，今日均以塑膠管替代。三、曛：太陽西下的餘輝。四、牡蠣：貝殼類，又名蚵。五、腥葷：魚腥味。

語譯 箔港有許多遊客前來觀賞浪潮，黃昏時漁民捕魚紛紛歸來，將漁貨集中叫賣，民眾爭相購買，微風吹來，整個漁港瀰漫漁腥味。

探源 箔港位於雲林縣四湖鄉，臺灣西海岸，屬於沙質海岸，港口形成不易，箔港地理內縮，擋住強勁東北季風侵襲，作為漁船停泊之所，也是與澎湖往來客輪載客據點，漁民早出晚歸，與大海博鬥，太陽西下，滿載漁貨入港，微風吹來，遊客可聞到一股漁腥味，平添風光。

讀詩學作文 本詩雖是形容討海人的辛苦，但主旨還是暗示為人要有堅毅精神，不畏大風大浪，勇往直前，詩中「觀潮」意味著長江後浪推前浪，有同工之妙，在當今社會，生活緊張，難得假日放鬆，很多人都往郊外散心，坐在海岸上，看著海水漲潮、退潮，洶湧澎湃，也藉此激發出一些靈感，亦謂仁者樂山，智者樂水。

石壁風景區

魏嘉亨

石壁煙嵐觀望奇，龍湖仙谷美含詩。

夕陽雲海生靈感，最令心開吉運隨。

註釋 一、題解：本詩記述石壁風景區之特殊風光，詩押上平四支韻。二、石壁：地在雲林縣古坑鄉，與草嶺相鄰，而景色更勝草嶺一籌，因少斧斤之患，實為雲林之瑰寶，後望無限也。三、煙嵐：嵐，音闌，山氣蒸潤，其狀如煙。四、觀望：近觀和遠望。五、龍湖：指幽龍湖。六、仙谷：指石壁仙谷

語譯 石壁如煙如嵐的景色，近觀或遠望，都會令人感到奇妙。龍湖仙谷的美，含有無限的詩意，尤其是黃昏的夕陽和午後的雲海，置身其間，更能靈感百出，也給人帶來開心和好運。

探源 一、石壁位於雲林縣古坑鄉草嶺村，草嶺之東北，天然峭壁，風光奇特。二、幽龍湖，四周翠竹圍繞，令人置身夢幻之中，九弓神木，齡高三千，樹幹結瘤，甚著奇觀。三、石壁以山川自然的美景取勝，夕陽和雲海，置身其間，如在仙境，石壁天成，登上嘉南雲峰可以觀賞日出、雲海可飽覽風光。

讀詩學作文 一、首句以石壁之煙嵐逸境，觀望，無不孕異涵奇而揭開序幕。二、次句以其中最有名之幽龍湖與石壁仙谷之滿含詩意接之。三、三句轉為對夕陽與雲海之遍生靈感，思潮洶湧，俗慮盡拋讚賞。四、結句則以能帶來開心與好運作收，孰非眾客之期望哉！五、本詩以寫實法，直敘所見景色，結句轉為借景抒情，相互呼應。許清雲教授說；「借景抒情，又稱緣情寫景，指的是詩人帶著強烈的主觀感情接觸外界景物，並把感情注入其中。寫法有兩種，一是選取和情一致之景來抒情，一是選取和情相反之景來抒情。」（近體詩創作理論），本詩屬於前者抒情。**（作者簡介請見一一二頁）**

古坑咖啡

陳永寶

斗六近郊好地方，咖啡國產美名揚；
華山聳翠如西嶽，步道景觀生態良。

注釋 一、題解：本詩記敘雲林縣古坑鄉為臺灣種植咖啡最早且最多的地方，詩押七陽韻。二、聳翠：高聳蒼翠。

語譯 在斗六的近郊有一個美好的地方，那就是古坑了。古坑不但有聞名全臺的國產咖啡，更有美如大陸中原的西嶽華山；以及十五條的咖啡步道，保存美好的生態景觀。

探源 一、咖啡：市面上的咖啡，大多是由國外進口的，唯獨古坑咖啡是自己國內生產的。因地理環境及氣候的關係，使得古坑咖啡具有獨特的風味。二、華山：古坑不僅以咖啡聞名全臺，境內的華山步道更是使去過的人讚不絕口。華山，義為「華麗山村」，有雲林縣的「陽明山」之雅稱，此地因有綠樹叢叢、群山聳翠，可媲美大陸中原的西嶽華山。三、西嶽：位在陝西省華陰縣南的華山，五嶽中稱西嶽。四、華山的咖啡步道有十五條。沿途有野生的植物生態，非常幽美。

讀詩學作文 一、本詩以平鋪直敘的方法，介紹古坑位置、特產及重要景點。二、本詩也採用「演繹法」，前二句先後破題，第一句點出「古坑」是在「斗六近郊」；第二句點出「古坑」盛產「咖啡」；再說出「華山」、「咖啡步道」等各式多樣的重要景點情況。而第三句「華山如西嶽」，則採用修辭學上的「明喻法」。三、所謂的「明喻法」，它句型的基本構成是：甲（喻體）＋象（喻詞）＋乙（喻依）亦即：甲（華山）＋象（如）＋乙（西嶽）四、用「明喻法」的功效：可讓人想像華山景色，有如西嶽的壯麗。**（作者簡介請見一一〇頁）**

阿里山神木

胡傳安

參天古木越千年，步道森森峻嶺巔；
閱盡人間多少事，逡巡光武樹神前。

注釋 一、題解：本詩記敘阿里山神木之壯觀。詩押一先韻。二、阿里山是代表臺灣的聖山，亦是世界知名的觀光勝地，尤以千年之紅檜，名聞遐邇，號稱神木。三、森森：形容樹木茂盛的樣子。四、逡巡：走走停停的樣子，與徘徊相仿。五、光武樹神：「光武檜」樹齡二千三百餘年，生於東漢光武帝年間，故名。樹圍十二點三米，高四十五米，位在阿里山慈雲寺後面，枝幹挺拔神俊，望之肅然生敬。

語譯 高大聳入天際的叢林，都是千年以上的神物，行走在海拔二千公尺的峻嶺上，感到造物的神奇，這些神木曾經歷幾千年的滄桑歲月，看盡了人間的風雲變幻。我徘徊在最高大的光武神木前，油然生敬，更感到生命的短暫與自身的渺小。

探源 阿里山位於臺灣中南部的嘉義縣，海拔一千至二千公尺之間，向以登山鐵路、森林、雲海、日出、晚霞五奇著稱。尤以千年以上之紅檜著名於世，號稱神木，是臺灣重要的觀光資源，享譽世界。阿里山除五奇外，尚有茶園、櫻花盛開之美景，風雨晨昏，四時風物有不同之風貌，遊樂區遍佈，遊客如織，為蓬萊仙島首屈一指之觀光聖地。

讀詩學作文 一、本詩首句破題，次句承題，「森森」寫神木之壯盛綿延。二、以千載神木，突顯人生之短暫，「逡巡」有省思、把握光陰及時努力的寓意。三、前半寫景，後半言情，情景交融，言有盡而意無窮。（作者簡介請見一九三頁）

布袋港紀遊

蔡中村

嘴稱布袋海為邊，逐浪漁舟現眼前；
鄉夢未抛經卌載，最饒風味是蚵煎。

作者 蔡中村，男，原籍嘉義縣布袋鎮，後遷居嘉義市，西元一九三七年生。幼入私塾，研習漢文、四書五經等，喜好詩詞和書法。早年從事鹽田、養魚工作，後移居嘉義市經商。歷任中華民國傳統詩學會理事長、嘉義市詩學研究會理事長、嘉義市文獻委員會委員等。

注釋 一、題解：本詩記述布袋港的風光和鄉情。詩押一先韻。二、鄉夢：早年故鄉的美夢。三、卌：音戲，四十。四、蚵煎：以鮮蚵為主，加入蔬菜、雞蛋和太白粉，煎成的小吃。現在已成中國和香港旅客最喜歡的夜市小吃。

語譯 布袋舊稱布袋嘴，位在海邊，追逐浪潮的漁舟，就呈現在眼前。我離開故鄉已四十年，但早年的回憶卻未輕易抛棄，最富有風味的美食蚵仔煎，回味無窮。

探源 一、布袋漁港是嘉義縣最大的漁港，位在西南海邊，鄉民早年從事曬鹽工作，但現僅存布袋鹽場，供人回憶參觀。此外討海（捕魚）、養蚵維生，工作辛勞，因而人口外流，不勝慨嘆。二、現在布袋發展觀光魚市場，一到例假日，人潮洶湧而至，飽覽海景風光，大啖海產和購買鮮魚、熱鬧非常。

讀詩學作文 一、本詩造句新鮮、活潑、生動。二、前二句寫布袋景況，以賦起句；後面轉結句則富鄉情，最堪回味的小吃是蚵仔煎，令人垂涎三尺。三、本詩寫景抒情，使情景交融，餘韻無窮。

南華大學

李正治

桉林如陣護黌宮，春誦秋弦樂未終。
誰蟄鸞崗教不倦，木棉颺雪召荷風。

作者 李正治，男，臺灣苗栗縣人，西元一九五二年生，師大國文系學士、碩士，臺大中文系博士，現任教於南華大學。

注釋 一、題解：本詩記述南華大學之美與師生教習之樂。二、桉林：南華大學成均館對面原為臺糖土地，其上種植大片桉樹，現為南華擴大校區，正進行擴校工程。二、春誦秋弦：原來的成語是「春誦夏弦」，其意指因應不同季節，採取不同的學習方式，後世用以泛指讀書學習。此處略微更動字面，以切合學年度的上下學期。三、鸞崗：原指鸞鳳棲集的山崗，此處用以隱喻南華大學人才濟濟。

語譯 一大片桉樹林好像布了陣勢一樣，保護南華大學不受外界干擾。學子在這裏讀書研習，經春徂秋，其樂無窮。是誰隱居在這人材濟濟的山中教書，一點都不覺得厭倦呢？大概是因為荷風吹起的時候，這裏有木棉飛絮，猶如滿天飛雪的奇景把他吸引住吧！

探源 南華大學，位於嘉義縣大林鎮中坑里，西元一九九六年由佛光山所創辦。籌備期間，星雲大師曾發起「百萬人興學」的捐資活動，集百萬信徒的願力終底於成。二、木棉颺雪，為南華五月奇景。創校期間，我曾寫詩詠南華木棉，園丁遂於教學大樓「學海堂」後，夾道種木棉樹，每年三月開花，五月飛絮，飄絮時猶如漫天飛雪。

讀詩學作文 一、首句以「如陣」為桉林進行想像轉換，添增情趣。二、轉結以問答生趣，收結以景，答如不答，使全詩更耐人尋味。

白水湖漁港

蕭玉杉

松津港口近漁家，遊攬觀光賞晚霞；
北望猿江帆影麗，南瞻壽島浪淘沙。

作者 蕭玉杉，嘉義縣東石鄉人，一九三三年生，小學畢業，從事漁業和養蚵工作。利用閒暇在私塾進修，雅好詩文，歷任嘉義縣詩學研究會常務理事。

注釋 一、題解：本詩記述嘉義縣東石鄉的白水湖漁港的風光，詩押六麻韻。二、松津港：就是白水湖港，從前又稱成仔港。三、猿江：東石的舊稱。四、壽島：位在白水湖南下約二公里處，日治時代設有壽島海水浴場。

語譯 白水湖港口附近有幾戶漁家，也有許多遊客，到這裏欣賞夕照西下，晚霞和孤鶩齊飛景色；往北眺望東石港點點歸帆的麗影，再往南看壽島波浪淘沙的壯闊，洗盡胸中的鬱悶。

探源 一、白水湖位在嘉義縣東石鄉白水湖，在港口西望夕陽西下，時常出現晚霞與孤鶩齊飛的美景。二、本人家居白水湖，在成仔港一帶從事養蚵工作。臺灣最為人讚美的東石蚵，肥大鮮美，就是因為這一帶水域清澈沒有污染。三、試詠「東石蚵」：「潮來潮去盡清流，海岸遙通外傘洲；產地鮮蚵誇第一，任憑煎煮味均優。」

讀詩學作文 一、本詩用示現法，來寫白水湖港的美，沈謙教授說：「將事物描寫得活靈活現，狀溢目前，讓讀者如身歷其境，親聞親見的修辭方法，是為示現。」（修辭學）二、轉結兩句，借著猿江和壽島的景觀，以映襯白水湖之美，有綠葉紅花的效果。三、陳正治教授說：「映就是映照，襯就是襯托。在語文中，把兩種觀念、事物或景象，相互對照或襯托，使情意增強的修辭法，就叫做映襯。」（修辭學）

玉山雲海

李能學

凝凝寒露遶身前，風捲層巒撼大千；
霧抹群山疑積雪，雲翻白浪欲吞天。

作者 李能學，男，筆名雨凡，江西寧都人，西元一九三〇年生。音樂學士，西洋文學碩士。上校退休。曾出版《路》及《鬱鬱孤影叩江南》二部長篇，並開設《雨凡中國古典詩詞欣賞》電子報，以推廣中國古典詩詞於世界。

注釋 一、題解：本詩描敘玉山雲海之情形。為七言絕句，押下平聲一先韻。二、凝寒露：即凝結的寒露。三、層巒：即層層的山峰。四、吞天：幾乎把天都要吞食掉了，表示氣勢雄偉。

語譯 週身都是凝結的寒露，大風吹過層層的峰巒，好像整個世界都要震動。濃霧遮抹了群山，好像積了雪一般，雲霧翻起白浪來，好像連天都要吞食掉。

探源 一、玉山位於嘉義、南投、高雄三地的交界處，是臺灣最高的中央山脈主峰，山高三九五七公尺，終年寒冷積雪。二、由於潮濕的霧氣，經氣流上下急速的推擠，產生絕熱效應而構成令人驚艷的雲海。稜線下的雲海，則在群山之間舒展翻騰，山峰成為一座座的列嶼，也像是矗立在橫波迴瀾的砥柱。

讀詩學作文 一、七言絕句共有四句，第一句為起句，第二句為承句，第三句為轉句，第四句為結也，除第三句外，其他各句均要押韻，始為合格。故本詩用了「前」、「千」、「天」，三個先韻。二、本詩描寫玉山週邊雲霧縹緲的勝景，使人置身雲海的仙境中，但是妙在結句。三、本詩取勝在第四句結句，尤其是字眼「吞」，氣勢雄偉，尤為妙用。

阿里山賞櫻

蔡義方

朱櫻阿里笑春風，品格欣瞻艷不同；
我愛冰肌頻放眼，數枝描入畫圖中。

作者 蔡義方，男，字策勳，號海濤閣主人，布袋鎮人，西元一九一七年生。少承庭訓，性好吟詠，曾從前清舉人新化王則修等十二位名儒為師，朴子高等科畢業，業西藥、藥品製造，歷任麗澤吟社社長、嘉義市詩學研究會理事長、福建東石鎮龍江吟社名譽社長等職。

注釋 一、題解：本詩記述前往嘉義縣阿里山鄉的阿里山賞櫻的情景。詩押一東韻。二、朱櫻：紅色的櫻花。三、冰肌：形容櫻花潔白如冰。

語譯 阿里山開滿紅色的櫻花，笑迎春風，各類品種的櫻花又各有不同的艷麗，我最愛潔白如冰的櫻花，頻頻向我放電，枝枝秀色，如在圖畫中。

探源 一、阿里山是國際間聞名風景區，以高山鐵路、森林、雲海、日出和晚霞等五奇著稱。但是滿山遍植的吉野櫻、緋寒櫻，一到四、五月間櫻花盛開，繽紛美麗，吸引許多賞櫻的遊客，成為阿里山觀光旅遊的新焦點。二、阿里山森林鐵路由於搬運木材的需要，一九〇三年，臺灣總督府進行規畫，一九〇五年開始施工。於一九一二年，嘉義至二萬坪正式完工通車，全長六六・六公里。一九一三年嘉義至阿里山全長七一・四公里，完工通車。是世界著名的登山森林鐵路。

讀詩學作文 一、笑春風和放眼，都是把櫻花擬人化，「笑」和「放眼」使櫻花人性化，句子更加明顯生動。二、李漁說：「意新、語新，而又字句皆新，是謂諸美皆備。」能夠創新自然不落俗套，本詩正是朝這方面創作。

北回歸線

陳富庠

臺灣勝蹟北回紅，嘉義居西瑞穗東；
溫熱區分連一線，觀光景點入詩中。

作者 陳富庠，字金昌，男，籍貫雲林，西元一九三九年生。業商，現任嘉義市麗澤吟社理事長。

注釋 一。題解：本作品是闡述馳譽全球的勝蹟北回歸線。七言絕詩，詩押一東韻。二。北回紅：非顏色之紅，是遊客最喜愛的玩賞地區，亦如藝人之紅也。三。西與東：北回歸線分兩點，西部是嘉義水上，東是花蓮瑞穗。四。溫與熱：是熱帶及副熱帶之分界。五。入詩中：騷人將此勝蹟美景寫成一首詩。

語釋 北回歸線勝蹟，名馳遐邇，是觀光團最嚮往的公園，西邊是嘉義水上，東邊是花蓮瑞穗，兩地各建立一座亞熱帶與熱帶分隔，連成一線，相互交流，其公園的美化觀光景點與眾不同，騷人藉此撰詩吟詠入筆記之中。

探源 臺灣北回歸線有二：一、西部矗立於嘉義市南郊，水上鄉北端建有富麗堂皇的太陽館，及多項遊憩設施，風光明媚。二、東部立於花蓮瑞穗鄉舞鶴村北側，古早名稱「掃把頂」，並聳立兩枝石柱歷史悠久，西望綠湖，東瞻山谷，鍾靈毓秀，茶香、柚香撲鼻，令人心曠神怡，也是觀光第一景區。

讀詩學作文 一、七言詩絕句，有四句，共二十八字是七律的半首，亦稱截句。二、首句韻腳，「紅」字，如王安石，泊船瓜洲，春風又綠江南岸的「綠」字意同辭異，以名詞作形容詞，來形容北回勝蹟的聲聞。三、東西古蹟，雖是關山相隔，在詩中，似縮成咫尺，情景交融，益加親切。四、溫帶與熱帶用一線區分精準定位，不偏不倚，似吾人允執厥中。五、本詩以輕鬆活潑，不致苦求字句，若白居易的風格，平實直白成章。

梅山公園

李正治

高亭目可攬嘉南，剪翠裁紅仔細看；
一夜相思梅化雪，滿山遊客不知寒。

注釋 一、題解：本詩記述嘉義縣梅山公園遊賞之趣。詩押十四寒韻。二、高亭：梅山公園有「梅亭」、「介壽亭」，可賞梅遠眺。三、剪翠裁紅：以目框截取風景，或以相機截取風景。四、梅化雪：梅花盛開，其白如雪，好像滿山梅樹都化成了雪。

語譯 從高處的涼亭縱目遠望，可以擁抱整個嘉南地區的美景，我看哪邊的景緻漂亮，就趕緊用相機把它拍照下來，然後再仔細的觀賞。冬天時候，山上的梅樹好像因為相思的原故，一夜間全部盛開，化成了滿山白雪，遊客聽到梅花開了的消息，立刻聚集到梅山公園賞梅，根本忘記了這是冬天，天氣正異常的寒冷。

探源 一、嘉義縣梅山鄉，舊名「糜仔坑」，是商旅進入山區的必經之地。這裏是原住民和漢族的交界地域，清領時期立有漢番界碑。二、梅山公園，位於嘉義縣梅山鄉市區，當年是嘉義八景之一「梅坑月霽」所在。日治昭和年間即已種植梅樹，但數量不多，西元一九三四年梅山庄長移植三千株後，始有今日規模。公園勝景，以梅花為最，每年歲暮，滿山白花如雪，是嘉南地區首屈一指的名勝。

讀詩學作文 一、古典詩注重「意新語奇」，強調其創造性，其主要方式，都靠偏離日常語言思維與組合的慣性。如首句字眼「攬」字，偏離「目」與覽、眺、望的慣性組合，使目可擁抱風景，但又包涵覽眺之意，其藝術性比使用覽眺等字更高。二、轉句寫梅花盛開，添加「相思」作為一夜白頭的原因，這是運用想像為單純的開花一事增添情趣。**（作者簡介請見一一八頁）**

蔗埕文化園區

黃哲永

百年糖廠五分車，器物琳瑯景色賒。

故事感人生態美，精詳導覽譽交加。

作者 黃哲永，男，西元一九五三年生於嘉義縣。曾榮獲內政部頒發全國優秀詩人獎、教育部頒發漢語方言研究著作獎、教育部頒發教育文化獎章。屢任全國語文競賽評審、各縣市國小教師母語研習營講師。二〇〇〇年起擔任臺灣文學館《全臺詩》編纂小組總校。

注釋 一、題解：本詩記述百年糖廠演變成蔗埕文化園區。位在嘉義縣六腳鄉蒜頭村，詩押六麻韻。二、五分車：以兩軌間的寬度（七六・二公分）而言，臺糖的小火車為五分車。臺鐵是七分車。高鐵、捷運（一四三・五公分）則為十分車。三：賒：音奢。長也、遠也。四、琳瑯：比喻器物的美好。

語譯 臺糖公司蒜頭糖廠已有百年歷史，如今留下載運甘蔗的小火車、琳瑯滿目的糖業文物，以及沿線秀麗的風光和動人的故事，經過導覽員的詳實解說，贏得遊客讚賞不已。

探源 一、蒜頭糖廠位於嘉義縣六腳鄉，創建於西元一九〇六年，二〇〇二年起，轉型為「蒜頭糖廠蔗埕文化園區」，成為親子、產業、文化之旅，與學生校外參觀教學的最佳場所。二、園區的解說員在小火車上沿途解說，並帶隊參觀工廠，在其幽默風趣的報導中，使遊客充滿知性與感性的甜蜜情懷。

讀詩學作文 一、本詩以寫實破題，首承句寫景，引人入勝，轉結句則記事，記敘園區的美譽，隱寓值得一遊之意。二、本詩寫景記事，前後呼應，配合得宜，使蔗埕文化園區，更吸引觀光客，技巧高明不俗。

梅山卅六彎

魏秋信

太平縣道接梅山，遐邇聞名卅六彎；
回首嵐光多變化，迎風亭已湧雲間。

注釋 一、題解：本詩記述嘉義縣梅山卅六灣的奇特景觀。詩押上平聲十五刪韻。二、遐邇：遠近。三、嵐光：充滿山氣蒸潤的風光。

語譯 一六二線道從梅山至太平之間，最奇特的是一段遠近聞名的三十六個彎道，在途中，只要向左或向右回頭望去，所接觸到的風光新奇富變化，抬頭仰望，迎風亭已經被濃霧籠罩著，彷彿飄浮在雲端一般。

探源 卅六彎是一六二縣道從嘉義縣梅山攀升到太平村之間一段蜿蜒道路，每轉一個彎，海拔升高一層，視界景觀大不相同。迎風亭可眺望嘉義平原，過迎風亭約二百公尺，是太平老街及三元宮，宮前竹林中有「孝子路」步道，兩旁有孟宗竹林以及桂竹林，不妨加以辨識。這裡氣候溫和、群山環抱，有望風臺，可以眺望山下的梅山、大林風光，值得一遊。

讀詩學作文 本詩屬於遊記詩，第三句「回首」二字，看似平凡，卻含哲理，在人生的道路上，有些人總會不顧一切的往前衝，結果衝得焦頭爛耳；如果能夠定下腳步往回看，結果，從不同的角度，卻會有不同的感觸。有些事情，自己以為已經掌握到它，就像本詩的「迎風亭」，本來已經呈現在眼前，瞬間又被雲層籠罩著，像飄湧在雲間一樣，讓人摸不著邊際，因此，得與失之間，如何去看待，端憑自己的角度來認定，有時候，回首前塵，卻會有不一樣的領悟。（作者簡介請見一〇一頁）

天長地久橋

林瑞煌

懸空跨谷兩橋橫，地久天長步步情。

牽手相扶濃愛意，青山綠水證鴛盟。

作者 林瑞煌，男，一九四二年生於嘉義竹崎鄉。政治大學企管系首屆畢業，就職於中油公司，曾任課長、副主任、經理等職。愛好登山、射箭、網球、書畫。現任嘉義市詩學研究會理事長。

注釋 一、題解：本詩記述嘉義縣番路鄉觸口的天長地久橋情景。二、觸口擁有天長、地久兩座吊橋，更能引發情人遐思而前來漫遊。希望來此愛情「天長地久」。

語譯 懸在空中橫跨溪谷有兩座吊橋，走在地久天長橋上就覺得每一步都有甜蜜的情意；兩人牽著手相扶走過微微顛簸的橋，愛意更濃烈了，願青山綠水見證我倆要成一對鴛鴦的約定。

探源 觸口村是阿里山公路進入山區的關口。天長吊橋與地久吊橋最早建於昭和十二年（一九三七年），是為祝賀天皇與皇后的愛情永浴而命名。天長橋架於深谷之上，地久橋橫跨八掌溪，兩橋是公興村山美村龍美隙頂等出入孔道，八掌溪上後又增建通行汽車之水泥橋與地久橋平行。一九五九年八七水災兩橋嚴重損毀。水泥橋很快重建，但吊橋直到一九九六年十二月才重修完工。

讀詩學作文 一、本詩先寫兩座吊橋橫跨溪谷的景象，再點出步上「天長」「地久」能令遊人將橋名與感情相聯結。用「步步」疊字法強化，形容每走一步都希望是感情邁向「天長」「地久」的一步；步步都關情，也是本詩的關鍵字。二、轉句牽手互相扶持走過兩段顛簸吊橋，愛情更加濃密。三、結句以青山綠水為見證，愛情天長地久。四、本詩用詞簡約而句句緊扣，串成一個浪漫而情境歷歷的定情之旅。

藝苑春風

◎戴在松

民雄藝苑釀春風，水榭亭臺劇院雄；
曼舞雲門人共醉，歌聲裊裊繞瀛東。

作者 戴在松，男，嘉義民雄人，西元一九五六年生。高雄醫學大學醫學士。曾任臺中榮民總醫院新陳代謝科主治醫師，現任嘉義基督教醫院新陳代謝科主治醫師。嘉義市詩學研究會理事，民雄文教基金會常務董事，臺灣樂齡發展協會監事。

注釋 一、題解：記述嘉義縣表演藝術中心之美。詩押一東韻。二、雲門：即雲門舞集。林懷民先生創辦於一九七三年。雲門舞作溶入了臺灣的社會與藝術文化，把臺灣文化成功的推向國際舞臺。三、裊裊：餘音不絕，曲折繚繞的樣子。四、瀛東：指臺灣。

語譯 位於民雄的表演藝術中心，釀造了如沐春風的環境。建築精美的水榭舞臺、涼亭和樓閣，還有雄偉的國家級表演廳。廳內曼妙的雲門舞姿，令人如癡如醉。歌聲餘音繚繞著臺灣的天空，不絕如縷。

探源 藝苑：即嘉義縣表演藝術中心，位於民雄鄉建國路，是民雄八景之一。二〇〇五年四月啓用，佔地六・五公頃，閩南式建築，古色古香，有國家級劇場，水榭舞臺等。園區造景美麗，結合表演、教育、展示和休閒等，多元功能的藝文園區。

讀詩學作文 一、明謝榛「四溟詩話」說：「凡起者當如爆竹，驟響易徹。」本詩起句開門見山，即點出藝苑功能如釀春風，提昇生活之情趣和水準。二、「裊裊」是疊字，「詩中運用疊字，使其餘五字精神畢現，最佳。」（趙克宜）。三、結語餘音繚繞，頗有餘味。文心雕龍云：「克終底績，寄深寫遠。」（附會）詩文要首尾安排得妥善完美，才能寄意深刻，寫得深遠餘味無窮。

阿里山

徐 震

女郎如水男如山，阿里高峰幾度攀；
今日朝陽牽手看，成家立業在臺灣。

作者 徐 震，男，字伯揚，安徽太和人，西元一九一九年生。美國聖路易大學社會福利研究所畢業，曾任東吳大學社會學系教授、系主任兼文學院院長、臺灣大學社會學系兼任教授，現任東吳大學社工系研究教授。著有「東海詩選」(臺北松慧文化公司出版)。

注釋 一、題解：本詩的主旨：在借詠「阿里山」，說明「臺灣是一個成家立業的好地方。」詩押十五刪韻。二、「女郎如水」，「男如山」出自阿里山歌句。三、牽手：即攜手。

語譯 一位美貌的女郎和一位結壯的青年，已經來回阿里山好幾次了，今日又「手牽手」來看「日出」，看樣子就要「成家」了，而成家立業之地方就在臺灣！

探源 阿里山位於臺灣嘉南平原，距嘉義市七二公里，海拔二、六六三公尺，為觀測「雲海日出」之勝地，有三千年之「神木」及專用之「小火車」，是臺灣遊覽之勝地，亦臺灣歷史文化之景觀也。

讀詩學作文 一、白描法：此詩用「白描法」。白描法為作法之另一手法。此法不用典故，不用古語，以自然手法之方法，寫出詩中之含意與作者之思想，使其更易於為現代一般人士所接受與了解。二、通俗句：詩中借用「阿里山歌」之通俗與流行之用語，如「女郎如水」「男如山」及「牽手」之在地語，皆取其通俗與易於了解，此亦「白描法」之另一手法也，現代人作詩能否多用現代人之言語而少用「古典」呢？亦現代人作詩中之另一爭議也。

東石漁市場

紀世加

場寬漁市貨多銷，叫賣聲喧破寂寥；
石港歸舟魚滿載，海鮮待沽湧人潮。

作者 紀世加，字振聲，男，嘉義縣東石鄉人，西元一九二八年生。東石國小畢業後到日本海軍技術廠，研修製造飛機技術，歸臺後入私塾讀漢文習詩，從事勘輿業，現任嘉義縣詩學研究會理事長。

注釋 一、題解：本詩記述東石漁市場的盛況，押韻二蕭。二、石港：就是指東石漁港。三、寂寥：寂靜空洞的意思。四、待沽：待價而沽，貨物等待好價錢時再出售。沽、販賣。

語譯 寬暢的東石漁市場魚貨很多，叫賣的聲音打破了寂靜。東石漁港出帆捕魚都滿載而歸，海鮮待價而沽，湧現了購買的人潮。

探源 一、東石漁市場位在嘉義縣東石鄉，每到中午過後漁船滿載魚蝦回港，東石漁市場內，滿地舖排著各類魚蝦，不久開始叫賣魚販的呼叫聲，此起彼落交易熱絡，很快就成交一樁買賣，人聲鼎沸，不多久魚蝦販賣一空，人潮散去，又恢復了漁市場的平靜。二、這裏批發出去的新鮮魚蝦，就成為海鮮店老饕的最愛。

讀詩學作文 一、本詩有兩個字眼用得巧妙。一是「破」，用擬物法把寂寥擊破，更為生動；二是「湧」，也是把人視為潮水的擬物法，湧現出來。二、本詩用寫實法將東石漁市場的盛況展現出來，且層次分明，逐句推進。

外傘頂洲

吳文遠

外傘頂洲生態妍，雲嘉南跨本天然；
觀光筏載清遊客，臨境宛如海上仙！

作者 吳文遠，男，嘉義縣東石鄉人，西元一九三四年生，國校畢業，師成吳莫卿、吳辛金、黃秀峰三位老師，曾從事東石蚵批發商，喜看書。

註釋 一、題解：本詩記述嘉義「外傘頂洲」美麗觀光景點，詩押一先韻。二、傘：禦雨蔽日的工具。洲，在水中的小陸地。筏，編竹渡水。三、宛如：好像，詩經：宛在水中央。四、海上仙：列子書：「渤海之東，海中有孤島，惟飛仙可居。」

語譯 外傘頂洲這個所在，有很多美麗生態，是大自然創造出來的，地點在雲林、嘉義、臺南三縣市的外海，要去遊賞，可以乘坐豪華觀光筏很舒服，踏上這個遠離塵囂的洲上，就會產生飄飄然像仙人般的感覺。

探源 一、本島自地殼變動浮出海面，展傘形沙洲，堆積在雲嘉南外海高聳遼闊，以形取名：「外傘頂洲」，手挖窟窿，淡水源源湧出可飲用，漁產豐富，養殖牡蠣、蛤蜊，沿海漁民視為黃金海域，而賴以營生。但長年東北季風削蝕，堆沙快速流失，如不速維護，將成「消失國土」。二、觀光筏：用直徑十六英吋塑膠管編疊成筏，蓋蓬頂、豪華裝飾，專渡客人遊覽海上風光。

讀詩學作文 一、本詩以寫實手法，扣緊主題入門，次則挑明地點。二、「海上仙」借喻的巧妙法，藉寫景物，以虛切入，頗具絃外之音，突出精華結構。又招攬樂水的智者，來享旅遊的樂趣。三、黃永武教授說：「舉一件真有的或假設的例子，來譬喻要說明的事理，使讀者由一事的已然，而相信另一事亦然，這種修辭法，叫做取譬。」（字句鍛鍊法）

達娜伊谷

邱素綢

溪水蜿蜒峻嶺中，鯝魚保育建豐功。
歌聲迴盪忘憂谷，鄒族傳奇動客衷。

作者 邱素綢，女，一九五七年生於南投縣。學生時代即創作散文、新詩。結婚後，改學古典詩，師事林劍泉先生。曾榮獲一九八六年度嘉義縣音樂比賽成人組古箏獨奏甲等獎、二〇〇〇年全國鄉土語文競賽社會組寫作項第一名。曾任「全臺詩」編纂小組助理。

注釋 一、題解：本詩記述達娜伊谷的風光和特色。詩押 一東韻。二、蜿蜒：音灣延。彎曲盤繞的樣子。三、鯝魚：生在江湖中，扁身細鱗白色，必須在沒有污染的水中才能生長，頗為珍貴。四、迴盪：即迴腸盪氣。比喻歌聲動人。

語譯 達娜伊谷的溪水彎曲盤繞在崇山峻嶺間，鯝魚保育成功，建立了豐偉的功績。鄒族的歌聲迴盪在使人忘憂的山谷，自然生態的保育傳奇，感動了遊客的心。

探源 一、達娜伊谷位於曾文溪上游，在阿里山鄉山美村，是鄒族的大本營。二、達娜伊谷溪中孕育豐富的國寶級魚類「鯝魚」，然因河流污染嚴重，山美村民展現生態保育的決心，訂下村民自治公約，終使生態保育有成。一九九五年二月「達娜伊谷自然生態公園」正式成立對外開放，假日遊客如織，成為臺灣保育歷史中璀璨的一頁。

讀詩學作文 一、本詩以寫景破題，承句讚美保育鯝魚成功。轉句寫歌聲的美妙，結句因事「興」感。全詩餘韻盪漾，令人動容。二、本詩不僅寫景記事，言外之意，含有讚美鄒族原住民保育和環保的奇功。

文化夜市

張健生

文化聞名夜市場，飪烹玉食藝能強；
粿湯潤餅雞絲飯，下馬加餐齒頰香。

作者 張健生，男，廣東人，西元一九三四年生。中醫特種考試，乙等考試第一名及格。在嘉義市懸壺濟世，開設南山診所。家學淵源，擅長古典詩，西元二千年加入嘉義市詩學研究會，任理事長。

注釋 一、題解：本詩記敘嘉義市文化路夜市的情景。詩押七陽韻。二、飪烹：指煮熟食物。飪，音認。三、玉食：美食。四、粿湯：即粿仔湯。粿仔用在來米磨漿做成，彈Q紮實，有嚼勁，再加油蔥增加香味，湯中放入豬腸、粉腸、豬肚、豬血、酸菜和韭菜等配料，內容豐富好吃，文化夜市的最愛。五、潤餅：即春餅、春卷。六、雞絲飯：雞肉飯。

語譯 嘉義市文化路的夜市聞名全臺，攤販調理美食的技巧，十分高明。著名的小吃有：粿仔湯、春餅和雞肉飯等。逛街的遊客和老饕聞香下車，都來品嘗美味，滿嘴留著餘香。

探源 一、文化夜市北從中央噴水，南至垂陽路間的文化路，在黃昏時即擺滿各色各樣的美味小吃。此外，尚有賣衣服、裝飾品、鞋子等商店，逛街人潮如湧。二、嘉義市新八景：（一）蘭潭。（二）文化中心。（三）嘉義公園。（四）北門驛。（五）植物園。（六）蘭潭後山公園。（七）彌陀寺。（八）文化路夜市。

讀詩學作文 一、本詩首句破題指出夜市地點，次言烹飪技術；轉句則指出主要的小吃美味，最後則以留香餘味作結，令人嚮往，全詩一氣呵成，這種修辭即為「摹況」。二、陳正治教授認為摹況修辭的好處：「（一）可以具體地反映事物情狀。（二）可以使語言生動、活潑。」（修辭學五南出版）。

蘭潭泛月

高明誠

嫦娥韻事感偏濃，影入蘭潭展笑容；
蘇子遊江情可擬，清輝萬里豁吟胸。

作者 高明誠，男，字敏翔，嘉義市人，西元一九三〇年生。臺灣師範大學國文系所畢業，曾任國立嘉義女中、國文科教師兼圖書館主任。近著：敏翔詩珠、詩法發微。歷任嘉義麗澤吟社理事、兼顧問。嘉義詩學研究會理事，文藝作家協會監事。

注釋 一、題解；本詩記述嘉義市蘭潭泛月之樂趣。二、嫦娥韻事：指嫦娥奔月的故事。三、蘇子；指蘇軾。宋朝人，字子瞻，號東坡居士。散文豪氣縱橫，詩清逸，善書畫，擅琴棋，並多才多藝之文人。著「前赤壁賦」云：「壬戌之秋，七月既望，蘇子與客泛舟。」四、豁：音或，氣度寬宏。

語譯 嫦娥奔月的韻事，令人感到濃厚的興趣，當月影投入蘭潭時，展現愉悦的笑容，與當年蘇軾泛舟赤壁的情形，可以比擬，清明的月光萬里，使人更開拓寬宏的吟胸氣度。

探源 一、蘭潭位在嘉義市東郊，月夜泛舟潭中，明潭似鏡，輕舟若蟾，如遊廣寒之宮，可滌塵世之煩，享神仙之樂，為嘉義勝蹟之冠。二、月夜欣賞蘭潭水庫，其心情可比擬蘇東坡之遊赤壁。三、蘭潭為嘉義八景之一。

讀詩學作文 一、本詩藉嫦娥奔月與蘇軾遊江之典故，敘賞月之樂趣。二、用典的要求，許清雲教授説：「（一）普通常見。（二）剪裁合宜。（三）鎔鑄得當。（四）推陳出新。（五）貼切合機。（六）自然拈出。」（新體詩創作理論）作文用典，亦復如是。

排雲山莊夕景

陳友儀

冷杉孤影伴蒼松，秀麗丹霞繪彩龍；
腳踏祥雲觀日沒，雲層底下俗塵濃。

作者 陳友儀，男；廣東梅縣人，一九三二年生。一九七一年起，習作稿散見於臺北、龍潭、濟南「廿世紀中華詞苑大觀」、北京「華夏吟友」等詩刊。詞十一闋入選濟南「廿世紀名家詞選」，並列入「廿世紀中國國家文學年鑑」。與「美國國會圖書館」和「聯合國教科文機構」珍藏。

注釋 一、題解：本詩記述嘉義排雲山莊，觀賞日落景象有感。七言絕句。詩押二冬韻。二、蒼松：青翠的松樹。三、丹霞：紅色的彩雲。四、日沒：即落日。五、俗塵：人世間的凡俗世務。六、濃：形容俗情之多。

語譯 排雲山莊觀賞暮色中的冷杉與老松孤影，令人感慨萬千。絢麗的彩雲宛如飛龍，也激起觀賞日出和日落之樂，心胸開闊，暫可忘卻雲層之下的煩人俗情。

探源 一、排雲山莊位在嘉義縣海拔三千四百〇二公尺，處在玉山主峰山腰。經常都在雲層之上，尤其日落時，天空映現狀似飛龍的彩雲，更是美得不行，真是絕好的雲層之上，觀日出日沒的好地方。二、欲登玉山，大都從嘉義或南投經新中部橫貫公路進入塔塔加登山口，步行約七小時（長八點五公里），抵達排雲山莊，第二天清晨，再行攻頂，全程二點七公里，由於山路峻峭危險難走，需要三小時左右，排雲山莊是登玉山的中途站。

讀詩學作文 一、「孤」意味著在人生暮靄蒼茫中的淒涼晚景。「伴」襯托出冷杉與蒼松形影不離的永相隨的美妙關係。二、「繪」反映了天空彩霞巧妙繪了絢麗的飛龍活現。三、結句「雲層底下俗塵濃」，有登仙脫塵之感，更增雅趣。

埤仔頭林場

陳登科

實驗林場埤仔頭，北回歸線此經由；
環球異木奇花萃，絡繹遊人似水流。

作者 陳登科，男，嘉義人，西元一九三一年生。性好吟詠，公務員退休，歷任嘉義市詩學研究會常務理事，中華民國傳統詩學會秘書長、顧問。嘉義市藝文書道會理事長等職。

注釋 一、題解：本詩記述埤仔頭林場的創立目的及地理位置，覽客之眾。詩押十一尤韻。二、北回歸線：北緯二十三度二十七分，每年夏至，太陽光直射北半球到此為止，亦為太陽直射最北之處。三、絡繹：相連不斷的意思。

語譯 埤仔頭實驗林場地處亞熱帶，北回歸線由此過，因此地球上很多的奇花異木聚集在這裡，連續不斷的遊客如流水般的湧來。

探源 一、埤仔頭林場在嘉義市博愛陸橋邊，它創設於日治時期西元一九〇八年，為一處平地橡膠苗木的推廣與試驗林地，後改為熱帶與亞熱帶的造林試驗場。二、目前場區規劃為灌木、藤蔓、花卉、竹類、草皮、喬木等植物區，具有休閒遊憩、綠化教學參觀、學術研究等多元功能，因此遊客不斷地從各處湧來。三、埤仔頭林場，因為地處偏僻，不易找到，但林場內樹林、花卉，十分優雅清幽，值得尋幽探勝。

讀詩學作文 一、本詩誠如黃永武教授於「字句鍛鍊法」中所說的以自然字代生硬字，陸行直「詞旨」云：「用字貴便」，「便」是生硬的相反義，也就是純熟自然。二、詞源云：「詞中用一生硬字不得。」生硬晦澀，是詩文的病忌，然而自然並非平淡，必須含有深致、方屬上乘。三、本詩以自然而不以生硬的詞句為文，足做為初學者的典範，進而體會到作詩、作文的要領。

嘉義植物園

林金郎

千種林花積翠重，市民休憩最情鍾；
雄心早寄雙池鯉，來日契機可化龍。

作者 林金郎，男，西元一九三九年生。生於雲林縣口湖鄉蚵寮村，受教碩儒李西端求得軒門下數載，四十七年來嘉從事木材業，當過嘉義市木材公會第三屆理事長、義勇消防隊顧問團長、雲林旅嘉同鄉會五、六屆理事長、麗澤吟社二、三屆社長、嘉義市林姓宗親會理事長等職。

注釋 一、題解:本詩描寫陪嘉義人走過百年史的嘉義植物園，諸羅八景之一「林場風清」。詩押二冬韻。二、情鍾：即鍾情，情意專注的意思。三、雙池鯉：兩個池塘裏的鯉魚。四、契機；事情的轉機。五、化龍：鯉魚化成龍。

語譯 嘉義植物園有許多樹木和花卉，森林疊翠，風景美麗，是市民休閒最喜歡的地方。雄壯的心早就寄意在雙池的鯉魚，將來有機會鯉躍龍門，出頭成功。

探源 嘉義植物園在嘉義市東郊，占地八六公頃，海拔一八二公尺，是嘉義八景之一「林場風清」，綠意盎然，花樹種類多，爭奇鬥艷，花磚步道四通八達，條條通往嘉義公園，近二七公頃，也是嘉義八景之一「公園雨霽」，兩園相輔相成，市民早晚追求身、心、靈健康、跑步森林浴最好去處，連外地人來嘉，慕名而踏上幾遍渾然忘我，成為休閒觀光的好地方。

讀詩學作文 一、本詩前兩句寫景，後兩句轉為觀鯉有感，能躍龍門，事業成功。二、由賞景而興起有感，格局不凡，使普通的覽景，成為勉己勉人的鼓勵結局，立意甚高，創新出色。黃永武教授說:「能獨運靈思，一洗恆俗的藻飾，造成一種清新的境界與美感，叫做創新。」(字句鍛鍊法)

蘭潭後山采風

劉光照

潭後岩多峻，峰迴曲九彎；
煙嵐迎客笑，拾翠樂忘還。

作者 劉光照，男，雲林縣人，西元一九四一年生。東海大學外文系畢業。歷經家扶中心社工人員，國中教師。退休後追隨白河宿彥邱瑞寅老師學漢文古典文學及傳統近體詩。

注釋 一、題解：本詩在敘述嘉義市勝景蘭潭後山的風光。押十五刪韻。二、峻：高而陡峭。三、峰迴：山路曲折。四、煙嵐：煙一般的山氣。五、拾翠：野外郊遊。

語譯 嘉義勝景，蘭潭後面的崖岸高而陡峭，峰峰相連，山路曲折綺麗。林木蒼翠，蒸潤的雲氣拂面如在歡迎遊客。置身在此奇景，目睹群芳，任何人都會快樂得流連忘返。

探源 一、西元一六六〇年荷蘭人（國人素稱為紅毛人），在嘉義市東郊鹿寮里開鑿大埤，俗稱「紅毛埤」，即今之蘭潭，做為民生飲水灌溉之用，因景色絢麗而聲名遠播。二、蘭潭東側，山巒起伏，森林密佈，很適合市民晨昏爬山健行，政府因而興建小橋、步道，兩側花木蒼翠，風光更加旖旎，成為最適合散步健行的場所和觀光的景點。三、蘭潭後山公園，係嘉義八景之一。

讀詩學作文 一、本詩描寫景色如飄浮在眼前，用字簡潔淺白易懂。轉句把景色擬人化，與遊客融為一體，使人更覺親切。二、陳正治教授說：「擬人法又叫做人性化的修辭法。就是把事物當做人而加以描述的修辭法。擬人的方式有三種：生物的擬人、無生物的擬人、抽象事物的擬人。」（修辭法）轉句「煙嵐迎客笑」，就是無生物的擬人。因為煙嵐就如風、雨、河流、石頭是沒有生物的物質，當做人來描述「迎客笑」。

民雄鬼屋

洪嘉惠

鬼屋傳奇數打貓，幽魂未遇遇鄰嬌；
聊齋韻事風靡遠，未若劉家魅影飄。

注釋 一、題解：本詩記述民雄鬼屋的傳奇。詩押二蕭韻。二、打貓：民雄在漢人開臺之前，原為洪雅平埔族人的居住地，原住民稱為「TANEAW」，先民以閩語譯為「打貓」，西元一九二〇年日本人始更名為民雄。三、聊齋：即聊齋誌異，明蒲松齡著。

語譯 鬼屋，最著名的要算「民雄鬼屋」，很多人來此探尋，鬼魂並沒有遇到，卻遇到鄰居阿嬌。聊齋的鬼故事，十分風行，但還不及劉家傳說的鬼影，來得風靡。

探源 一、民雄鬼屋：在嘉義縣民雄鄉與中村義橋。由劉容如（西元一八八一～一九五一年），人稱「打貓員外」阿裕舍，於一九二九年建造的閩洋混合式磚造三樓豪宅，後來傳出鬧鬼之說，有謂借駐士兵思鄉舉槍自盡，或謂婢女投井，眾說紛紜，鬼屋之名更盛。二、網站進行「鬼地方」票選，「民雄鬼屋」奪得第一名。也是民雄八景之一，「民雄八景」指藝苑春風、中正瑤池、電臺懷古、酒館飄香、大士琳宮、寶林曉鐘、民雄鬼屋、虎崁映月。洪嘉惠策畫主編，民雄文教基金會出版。介紹民雄的鄉土風情、美景和美食。

讀詩學作文 一、第二句「幽魂未遇遇鄰嬌」，有鬼無鬼，已在言表，是用「頂真格」，沈謙教授云：「後面的開端，與前面的結尾，重複同樣的字詞或語句，前後緊接，蟬聯而下，使得文章緊湊而顯現上遞下接趣味的修辭方面，是為頂針。」（修辭學），頂針也稱頂真，本句為句中頂真。二、先言聊齋的風行，後說鬼屋的風靡，用的是倒裝修辭。**（作者簡介請見一〇八頁）**

玉山高

涂　震

太平洋上有高山，如玉如雲不可攀；
借問神仙何處有？蓬萊自古即臺灣。

注釋 一、題解：本詩的主旨，在借詠「玉山高」，以歌頌臺灣自古以來，即有「蓬萊仙島」之稱，而今吾人居住於「蓬萊仙島」之上，亦有「不是神仙，也似神仙」之感乎？二、詩押十五刪韻，與另作「阿里山」同韻

語譯 太平洋上有高山，其高入雲，具潔如玉，由於高不可攀，乃有「蓬萊仙島」之稱，而今，我們已知古人所稱之「蓬萊仙島」，亦即今日吾人所居住之「臺灣寶島」，然而，吾人居於「蓬萊仙島」之上，亦應努力，以達到生活似神仙之意境也。

探源 玉山位於臺灣中部，其主峰高達三、九九七公尺，為臺灣島上之最高峰，東見太平洋，西窺東海灣，亦為臺灣之「守望臺」也。蓬萊，海中仙山名，《漢書》〈郊祀者〉「使人入海，求蓬萊、方丈、瀛洲。此三神山者，具在渤海中。」見《辭海》。而今日蓬萊一詞，已成為臺灣之代名詞。

讀詩學作文 一、聯想法：兩詩之間，主旨或詞句上，常有互為聯想之意，例如李白：「登金陵鳳凰臺」一詩，論者謂其詩係由崔顥「黃鶴樓」聯想而來，故作詩常有「互為聯想」之作用。二、互補法：自己作詩，使前後兩詩，用同一音韻，謂之「同韻」，由於兩詩用同一音韻，則前後兩詩之間，互為補充，至為明顯，例如：上例「阿里山」詩，己稱臺灣為「就業成家」之地，而「玉山高」一詩又以「蓬萊仙島」相比，是以用後者「玉山高」一詩之詞句，以增加前者「阿里山」一詩之效益，而使用「同韻法」，乃只是一種作詩之技巧，使兩詩在音韻上完全相同，以增加兩詩間互為補充之關係而已。**（作者簡介請見一二八頁）**

大仙擂鼓

邱瑞寅

貫耳如雷響碧空，聲聞大地聽鼟鼟；
漁陽三擊仙岩鼓，一樣推開醒世功。

作者 邱瑞寅，男，字文虎，臺南市人，西元一九三七年生。（一）余幸得師事林春水先生，遂略識傳統詩學之美。（二）現參加中華傳統詩學會為會員。（三）現擔任白河玉山吟社社長。（四）國中小本土文學教師。（五）店仔口臺語文學讀書會講師。

注釋 一、題解：本詩乃記敘大仙寺鼓聲之雄壯。詩押一東韻。二、貫耳：穿透耳朵。三、雷：陰陽二氣相搏激則發電，響即成雷。四、碧空：天空。五、鼟鼟：雷聲亦云鼓聲。六、漁陽：地名。後漢禰衡擊鼓作漁陽參撾。參撾，即參撾，擊鼓的方法。七、三擊：言三撾擊鼓之法。八、仙岩：指大仙寺。

語譯 大仙寺之鼓聲不但聲聞於天，而且震撼全大地，莊嚴不殊，禰衡之漁陽三撾，一樣可以推開世人迷路之功能。

探源 大仙寺矗立於臺南市白河區仙草里枕頭山（玉枕山）之西麓關仔嶺群山之尾閭，俗稱舊岩。據載清康熙五十八年（西元一七一九），參徹禪師奉觀音神像來臺宏法，路經此地知是牛眠龍穴，遂闢山斬棘，結廬供奉觀音于此。迄今三百餘年，不但香煙鼎盛，神威亦極顯赫，榮獲列為三級古蹟保護。

讀詩學作文 一二句誇揚佛門聖地鼓聲之雄壯，不但震響天空，而且迴響大地，轉結句言及禰衡之漁陽三撾竟擊響大仙寺之鼓聲，並與漁陽鼓聲一樣推開警人醒世之功能，此一擊雙邊響之作法，乃運用移東接西之筆，加以連成絕妙之句。就如宋載復古之〈夏日〉詩云：「東園載酒西園醉」之句，戴云：「余載酒往東園遊宴而後又往西園酣飲。」此景僅以七字即把東西園雙邊去來情事，一句連成，誠絕妙之筆法也，余敬而效之。

七股鹽田風光

吳登神

當時盛況日中天，曬玉晶瑩景色妍；
極目茫茫銀世界，不勝今昔憶綿綿。

作者 吳登神，男，字吳中，臺南市人，西元一九四七年生。六歲開始受漢學啓蒙習傳統詩文寫作。一九六七年起參加全臺各地聯吟會。一九八五年任臺南縣鯤瀛詩社社長。現任中國詩人文化會理事長、曾獲內政部宏揚詩教獎、全國表揚大會詩教獎、教育部母語著作獎等。

注釋 一、題解：本詩寫出台南市七股鹽田今昔風光。詩押一先韻。二、曬玉：指曬鹽。因鹽色，如玉之潔也。三、晶瑩：光明透徹。指鹽之結晶體。四、極目：放眼的意思。五、銀世界；指鹽白如銀的廣大鹽場。

語譯 當年曬鹽的盛況，真是如日中天啊！那光明透徹的鹽巴，也形成了一番美景，放眼望去，著實成了銀色的世界，真是美麗極了。可是如今停止曬鹽了，那美麗的鹽景難見了，想起以前的美景和如今的情景對比，真是令人不停的回味啊！

探源 七股鹽場據傳於明永曆年間由陳永華將軍設置。當年曬鹽確係盛極一時，後來因成本不符乃停曬，然因設立了七股鹽山及鹽業博物館，仍吸引了不少觀光客。

讀詩學作文 一、本詩以傳統寫詩依序完成。由當年的盛況，寫到現今的情形，以不同的情況對比的寫法，寫出今昔的不同，可說是一篇以詩創作的小小文章。二、若將本詩加以補充、渲染則可改寫成一篇文章，因此吾人認為詩和文的結構、內容實有非常密切的關係，甚至可說是「詩」是「文」的精簡版文字。三、起句以「日中天」喻盛況，承句以「景色妍」喻美景，轉句以「銀世界」喻鹽景；結句以「憶」喻今昔情況之不同。

假日遊億載金城

吳東晟

三聲爆竹擬硝煙，想像軍威巨砲前。
時值太平登古蹟，護城河上見遊船。

作者 吳東晟，男，本籍南投，西元一九七七年生。目前是成功大學中文所博士生。擔任大學講師，並為瀛社、彰化縣詩學研究協會、楚騷、古典詩學研究社等詩社社員，玉風樂府顧問。著有古典詩集《愛悔集》。

注釋 一、題解：本詩為作者於假日遊臺南市億載金城觀砲火秀後所作。有感於戰爭時代已過，軍事重地已成觀光景點，作者作此詩，表示珍惜安樂和平的一般生活。七言絕句。押一先韻。二、前二句：億載金城現於星期六、日，有砲火秀，解說員身披將軍盔甲，帶領兩位穿著士卒服裝的工讀生，在展示用的仿製古砲前，解說億載金城的歷史源流，並用砲座施放爆竹，營造打仗的感覺。三、護城河上見遊船：億載金城外有護城河，河上有噗噗船，供民眾租用。

語譯 施放三次爆竹，代表施放三砲。在古砲的仿製品前，想像當年擊退外敵的壯盛軍威。現在是太平時節，我來古蹟遊玩，在護城河上看到有很多給遊客玩的噗噗船。

探源 臺南市二鯤鯓砲臺，俗稱億載金城。清同治十三年（西元一八七四年），沈葆禎來臺籌辦海防。沈氏奏請在安平建造西氏砲臺一座。砲臺於光緒二年（西元一八七六年）完工，即億載金城。該砲臺除鎮守臺南外，平日為練兵場所。今日已是國家一級古蹟。

讀詩學作文 本詩使用烘托的技巧。詩中雖然使用與戰爭有關的詞彙（如硝煙、軍威、巨砲、護城河），但卻不是寫戰爭場面，而是用來烘托假日遊玩的歡樂氣氛。

文湖洩洪

郭崇城

出閘狂流氣勢雄，翻波湍湃欲排空；

長江浪與黃河水，那及文湖濺洩洪。

作者 郭崇城，男，臺南縣人，西元一九三三年生。青年時師承劉淵源習傳統詩。榮獲十三、十四、十六屆南瀛文學獎，作品入選臺南縣文學史，中國詩人大辭典，著作〈耕舍詩文集〉列入南瀛文化叢書。現為臺南縣鯤瀛詩社顧問。

注釋 一、題解：本詩記述曾文水庫（又稱文湖）滿水位時洩洪之形勢，詩押一東韻。二、湍：水流急速的樣子。三、湃：音派，水勢洶湧激盪的樣子。

語譯 出閘門的洪水，順著落差百丈之三座洩洪道瀉下，其雄力、湍流、水煙，翻上半空中，其聲如雷。當下意識到長江浪與黃河水，未必比文湖洩洪雄壯也。

探源 一、曾文水庫位於嘉義縣與臺南縣之交界處，是臺灣第一大之人工湖。當其滿水位洩洪時，勢如萬馬奔騰，百丈瀑布，聲震巖谷，水波飛空，氣勢雄壯。二、曾文水庫（又稱文湖），是西元一九七三年十月三十一日完工之人工湖，匯阿里山諸流之水攔蓄而成，一片汪洋，山光水色，引人入勝。

讀詩學作文 一、本詩起句，點題寫景，以啓其端，寫出百丈落差成瀑布之景象。二、第二句，承接其形狀之雄，排空之湍浪，雖未寫聲而聲在其中矣。三、轉句，觀賞之當下，驚歎水勢之雄大，急浪之狂奔，一時無以名狀，而以倒裝法用長江波浪與黃河水以襯托。四、結句總結以讚歎洩洪水勢。五、李白詩：「桃花潭水深千尺，不及汪倫送我情。」（贈汪倫）沈德潛曰：「若說汪倫之情，比於潭水便是凡語，妙境只在一轉換間。」此即倒裝修辭之妙。

遊走馬瀨農場

莊秋情

瀨原走馬本風流，縱目農場景色幽。

賞罷奇花兼異獸，一杯果酒樂忘憂。

作者 莊秋情，男，字丹楓，臺南市人，西元一九三八年生，臺南師院畢業，國小校長退休，現任學甲謎社社長、學甲藝文推進會理事長、臺南縣國學會會長、鯤瀛詩社常務理事、臺南市民俗禮儀協會副理事長等、著有臺灣鄉土俗語、臺灣謔詰話、丹楓詩集、物謎燈華、丹楓耕文集等。

注釋 一、題解：本詩乃敘述遊臺南走馬瀨農場美景，令人悠然忘憂。押十一尤韻。二、瀨原：近溪邊的沙埔地。三、風流：能在走馬瀨跑馬遣興、賞景怡情，誠係一風雅韻事。四、果酒樂忘憂：走馬瀨農場設有觀光酒莊，令之暢懷忘憂。

語譯 在走馬瀨跑馬賞景，本來就是一種風雅韻事，而且還可以盡情的欣賞農場幽美景色，遊客賞完場內奇花異獸以後，到觀光酒莊喝一杯香醇國產水果酒，必能讓人忘了一切俗事的憂煩。

探源 走馬瀨農場位於臺南市玉井區與大內區交界處，山林毓秀，並有曾文溪奔流而過，相傳係古時荷人在此牧馬而得名，後經臺南縣農會規劃成觀光休閒農場，可露營、烤肉、跑馬、滑草、品酒、森林浴等活動，是一處老少咸宜的山林遊樂區。

讀詩學作文 一、將「走馬瀨」三字皆仄換成「瀨原走馬」，使用剖析法，一則符合平仄規格，再則使文詞更加生動。二、場內有遊樂設施，並有奇花異草、珍禽野獸供觀賞，廣開遊客視野。三、遊客至此可跑馬、賞景、品酒，享受山林之幽趣，更展現走馬瀨之遊是何等逍遙風流。四、結句中之「樂」字，與首句「本風流」前後呼應，點出解悶忘憂之樂。

蓮海飄香

周春進

朵朵欣開出水蓮，朱華玉質鬥芳妍；
詔安庄畔花如海，不遜西湖六月天。

作者 周春進，男，臺南市白河區人，西元一九五一年生。成大工業管理系畢業，嘉義師範學校畢業，一生為國民小學教師，曾任教導主任八年退休後，專任兒童才藝補習班主任，兼任補教協會常務監事二年，曾加入鯤瀛詩社、麗澤吟社總幹事。著有國民小學輔導專書，詩選賞析。

注釋 一、題解：描述臺南市白河特殊景觀一蓮海飄香，聞名全省。七言絕句押一先韻。二、欣開出水蓮：蓮花均出於水面而不染。三、朱華玉質：紅色華容氣質如玉般高雅氣質。四、不遜：乃不亞於蓮花盛開古城西湖的勝景。

語譯 千萬朵蓮花，盛開於廣大無際蓮田上，其紅華的氣質，嬌豔如玉般的高雅純潔為人讚嘆不止，蓮田圍繞純樸詔安庄畔，到處皆是一片花海，數大就是美，其特殊景觀，不亞於古城勝地西湖六月之美。

探源 一、白河自古以來盛培蓮花，栽種蓮花種類繁多，又專業技巧培養，其生產之蓮子又大又白又Q，口味鮮美，廣銷全臺有口皆碑。二、一鄉一產物，白河以蓮為榮耀，因經濟價值開發，大量推廣，成為本地大經濟效益。

讀詩學作文 一、字眼「出」水蓮，有出污泥而不染之意，而其動力頗強，可引人注意。二、朱華玉質乃為將物擬人化，形容其高雅氣質，而相互鬥芳妍，可看出一朵比一朵嬌豔之暗喻手法。三、古人詩詞以興比賦為基礎之筆法，而今卻與譬諭、擬人法來取而代之，不以直敘法顯述詩詞含意之美。詩詞之美忌於直舖述法，而以含意或譬諭法來襯托描述對象，淋漓透徹技巧含意，猶如脫繮野馬，才是一首足堪回味之上乘佳作。

梅嶺覽勝

林展南

臘月楠西客萬千，嶺梅花發傲霜妍。
灣丘玉樹飄香雪，勝境悠遊興欲仙。

作者 林展南，男，號九如，籍貫臺南，白河玉山吟社社員，西元一九五三年生，陸軍官校四十四期畢業，上校退役。

注釋 一、題解：本詩記敘臘月至臺南楠西梅嶺覽勝之情景。七言絕句，押下平聲一先韻。二、臘月：農曆十二月。三、香雪：梅花之代名，乃引用宋朝詩人盧梅坡「雪梅」之詩句「梅須遜雪三分白，雪欲輸梅一段香」，將梅花比喻為「香梅」。

語譯 每年農曆十二月，楠西這個地方就會湧入大批的遊客，至梅嶺欣賞梅花盛開的美景。在寒冬中，滿山遍野盛開的梅花，自樹上飄下芳香的花瓣，有如下雪一般，使人感受到梅樹不畏霜雪的旺盛生命力，置身其間，有如在仙境般的快樂。

探源 梅嶺位於臺南市楠西區灣丘里，原名香蕉山，種有梅樹十萬多株，面積二千公頃，為臺灣最大梅林區，嶺上有前臺南縣政府所立之「嶺梅映雪」之勒石，為南瀛勝景之一。

讀詩學作文 東坡論詩曾云：「以奇趣為宗，反常合道為趣」（詳見宋魏慶之所撰「詩人玉屑」卷十），本詩起句以「起筆突兀法」起興，歲末寒冬竟有大批遊客湧入楠西之異事，引人深思，承句點出原因及題旨「梅嶺覽勝」，即是本反常合道之旨趣而作。轉句寫景，結句抒情且一語雙關，言有盡而意無窮，將梅樹隱喻為君子，與其交遊，將使人身心靈安適，獲益無窮。

曾文水庫攬勝

林振輝

遍野繁花茂樹培，登臨壩頂綠波洄；
觀臺遠眺山嵐絢，綺麗風光寶庫開。

作者 林振輝，男，字倫毅，籍貫：臺南縣，西元一九三八年生。臺南師範四六級及成大中文系畢業。二〇〇三年退休後，積極從事書法、傳統詩、歌謠、國畫等研究、創作，並投入志工行列。樂在其中，悠然自在！

注釋 一、題解：本詩記述位於嘉義縣大埔鄉和臺南市東山區、楠西區的曾文水庫綺麗風光的點點滴滴。七言絕句，詩押十灰韻。二、壩：攔水的建築物。三、洄：水流迴旋轉動的樣子。此指綠波。四、嵐：山林中裊繞的雲霧。五、絢：色彩華麗。六、綺麗：華麗。七、寶庫：存放珍貴東西之地。

語譯 在水庫到處是綻放的花朵、茂密的樹林；站在壩頂看去，一片綠波蕩漾，迴旋轉動。登上觀臺遠望，那山林中雲霧裊繞，美得令人迷醉！整個水庫風光綺麗，像是寶庫開啓著。

探源 一、曾文水庫於一九六七年動工興建，一九七三年完工蓄水啓用。二、水庫行政區域涵括嘉義縣大埔鄉及臺南市東山區、楠西區，面積廣達五五八三公頃。這是嘉南平原最重要水利措施，兼具防洪灌溉、發電、儲水，以及觀光，好山好水，值得一遊。

讀詩學作文 本詩係「排比」句法的運用：用結構相似的句法，接二連三表出同範圍同性質的意象，叫做排比。（黃慶萱修辭法）。「茂樹培」、「綠波洄」、「山嵐絢」均寫水庫之美，句法性質類似，故為排比。後句以「寶庫開」作結，將水庫景色之美、功能之多表露無遺。孟子滕文公篇：「富貴不能淫，貧賤不能移，威武不能屈：此之謂大丈夫」，即為排比句法佳例。

運河中秋觀月

陳進雄

一輪皓魄正圓時，月下行舟繫遠思；
莫問運河興廢事，清輝依舊照牛皮。

作者 陳進雄，男，字儷朋，臺南市佳里人，西元一九三八年生，師承黃生宜，李步雲，白劍瀾等先生授業唐宋清詩選，及古文經典。曾任臺南高等法院書記官，監察院協查秘書。現任延平、南瀛二社社長，及成大鳳凰基金會臺語班講師，秀峰國學班老師，傳統詩學會理事、常務監事召集人。

注釋 一、題解：本詩記述臺南市運河中秋觀月有感，押四支韻。二、臺南市運河是臺灣最早運河，長三七八〇公尺，寬卅七公尺，歷經蒼海桑田之史蹟。三、皓魄乃謂月之魂魄。四、牛皮地：引用舊誌所載，荷蘭人初至臺灣，求居地於土人不可，乃曰：「得一牛皮第足矣。」土人許之，荷人剪牛皮如縷圍里餘築城居之，含赤崁城，又名王城。

語譯 一年最圓的中秋月下行舟，有感於一幅美景在眼前。不要問運河的滄桑史。清輝的月光依舊照在牛皮地。

探源 一、臺南市古稱東寧府，後改稱一府，因種植鳳凰樹，改名「鳳凰城」。二、運河於清道光年間，臺江內海淤塞，為保南市與安平之間航運順暢時所建，兩岸花草迷人，波光瀲灩，漁舟唱晚，無限風光！

讀詩學作文 一、本詩平起七絕詩，係屬擊鉢詩體，作裁剪之手法。二、借運河行舟觀光，上句承接下句，俾使上輝下映之美景，情趣幽然也。三、若問運河興衰事跡，「運河無常」與「人生無常」異曲同工之感！四、古今明月依舊，地理演變，人文變遷，牛皮地已非，人事地理隨時代環境而異，令人梗概之感嘆？

安平古堡

吳素娥

堡聳安平水一涯，碑銘國姓逐荷時。
炮臺雉堞今猶在，觸起遊人繫古思。

作者 吳素娥，女，一九三九年生於臺灣。幼承父啓蒙，背誦唐詩，後入私塾研習詩文。加入詩社聯吟，著有：聆月吟草。曾駐鹽分地帶漚汪文史館詩學講師。

注釋 一、題解「安平古堡」，原稱熱蘭遮城的臺南名勝古蹟，押四支韻。二、古堡為古代的小城池。三、國姓指鄭成功。四、雉堞，又稱女牆，即城池上的短牆，高約一丈。

語譯 一個古代建造的小城池，聳立於安平的港邊，城上碑文記載鄭成功開臺驅荷的事蹟，炮臺女牆，歷經三百餘年依然存在，給遊人思古幽情的感觸。

探源 一、安平古堡，原名熱蘭遮城又稱紅毛城，位於臺南市安平港邊，明朝時代，荷蘭人於西元一六二四年所建造，作為統治臺灣堡壘和防敵之用。堡上炮臺戰壘文物，歷經三百餘年荷蘭人所築的遺跡，已斑駁而滄桑矣。二、鄭成功驅荷開臺後，將熱蘭遮城改成臺灣府居住於此，又稱王城。三、清末受戰火波及，一度荒廢，至日治時期，將城拆除改建，始有今日，方型臺階，紅頂白牆的風貌，終戰後再重建改稱安平古堡。

讀詩學作文 一、字眼「聳」指古堡的位置，「逐」字，驅逐荷蘭人意，「繫」含有寄懷思古之情。二、寄懷寫景，託物興起，緬懷三百年前，荷人曾經在此佔據築城，經鄭成功驅逐所遺留之史蹟，幾歷滄桑，登臨於此撫今思古，能不令人有江山依舊，人事全非之感慨。

鹽水蜂炮

莊秋情

瘋狂炮箭射紅天，十里街原盡火煙。

鹽水元宵如戰夜，人車走避未能前。

注釋 一、題解：本詩描述臺南市鹽水區蜂炮徹夜狂射，宛如戰場之可怕。七言絕句，押一先韻。二、射紅天：意指四面八方萬炮齊發，火光將暗夜射成紅色雲空。三、十里街原：指鹽水方圓十里之市街及原野。四、如戰夜：鹽水蜂炮之夜，炮火亂竄，宛如戰場夜空，危險可怕。

語譯 瘋狂的蜂炮，像飛舞的箭一般，將暗夜射成紅色雲空，方圓十里的鹽水市街及附近原野，都籠罩在火煙之中，使鹽水元宵夜有如炮火夜戰般危險可怕，行人和車輛紛紛走避而不敢前行。

探源 臺南市鹽水區的蜂炮，乃於元宵節所舉辦的熱鬧又震撼的傳統民俗活動，據民間傳說，係光緒年間鹽水發生瘟疫，地方奉祀之關聖帝君，指示元宵夜遶境驅疫，是夜民眾大放鞭炮以助神威，果然一舉而消除瘟疫，從此以後年年舉辦，並隨時空轉變而逐漸演變成現在之蜂炮，不但已成鹽水人的重要活動，獨特祭典方式，成為宗教觀光之一大盛事，但因安全性和造碳嚴重，蜂炮的存廢，仍有待商榷。

讀詩學作文 一、以「瘋狂炮箭」形容蜂炮亂竄及快速發射的震撼力和恐怖場景。二、以「射紅天」顯示蜂炮的威猛及數量的龐大，萬炮齊發，造成漫天火花的火紅夜景。三、「十里街原」係形容廣大的市街和村野。四、結句以「人車走避」收尾，將蜂炮之震撼與可怕做了最實際的印證，使本詩更具臨場真實感。五、轉句中之「如」字，道出鹽水元宵夜宛似夜戰般危險與可怕。（**作者簡介請見一四四頁**）

烏山頭水庫攬勝

周博尚

疊疊青山接遠天，波光瀲灩映嵐煙；
名潭景麗渾如畫，放棹優遊俗慮蠲。

作者 周博尚，臺南縣人，西元一九四一年出生，臺中師範（今臺中教育大學）畢業，一九九六年國中美術教師退休，從事水墨書畫、傳統詩創作、出版水墨畫集一冊。現為中華民國國風書畫學會、臺南縣美術學會、中華民國傳統詩學會會員。

注釋 一、題解：本詩描述烏山頭水庫秀麗風光。七言絕句，押一先韻。二、瀲灩：水滿溢蕩漾的意思。三、嵐煙：山氣。四、渾：整個事物不可分的樣子。五、棹：在船邊撥水，使船行進的槳。六、蠲：音捐，除去。

語譯 重重的青山，接連到遙遠的天邊，水波蕩漾的光芒，映照著山間的雲煙，珊湖潭的景色，就像一幅美麗的圖畫，我划著船，悠然自得，忘卻了世俗的憂愁。

探源 烏山頭水庫位於臺南市六甲區與官田區交界處，是由日本水利工程師八田與一規劃興建，於一九三〇年完成。其中最艱難的工程為埋通烏山嶺地下三千多公尺的隧道，大壩石堤、堤防岸壁送水口及遍佈嘉南平原的大圳灌概工程。水庫由空中鳥瞰，水域蜿蜒曲折，形似珊瑚外觀，故有「珊瑚潭」之美稱。潭中浮著近百座小島及半島，周遭山林面積廣大，景緻秀麗迷人，獲選為「新南瀛八勝」。

讀詩學作文 一、起承兩句為示現法，寫所見景色破題。二、轉結則寫心中的感受，即詩經「賦、比、興」三法的興，引發感情也。三、「疊疊」則是疊字的修飾法。陳正治教授云：「可以強調語意，收到表達的效果。」（修辭學）本句使「青山」更為壯闊高遠。

遊赤崁樓

吳東晟

新闢庭園地百弓，古碑羅列紀豐功。
議和圖上荷人立，引得阿爺釋異同。

注釋 一、題解：本詩為詩人遊臺南市赤崁樓所作。赤崁樓庭園中立有「鄭成功受降圖」雕像，最近已改為「鄭成功議和圖」；呈降書的荷人，由跪姿改為俯首而立，歷史詮釋產生微妙的轉變。七言絕句。押一東韻。二、「新闢」句：赤崁樓入口處庭園，於西元一九六六年整修時闢建。弓，量詞，丈量地畝的計算單位。一弓，地五尺。三、「古碑」句：園區古碑叢立，尤以乾隆平定林爽文御製九碑最為著名。

語譯 臺南市的赤崁樓新闢庭園地約半畝，園中古碑林立，記載執政者豐功偉業。在最近翻修的「鄭成功議和圖」上，原本跪著的荷蘭人站起來了，這有趣的變化，引得老爺爺對人解釋前後差異。

探源 臺南市的赤崁樓，原名「普羅民遮城」，是荷蘭人在臺灣興建的西式城堡。明鄭時期曾為承天府府署。入清以後，城堡傾圮，僅存地基，原址另建文昌閣、海神廟、大士殿、蓬壺書院等建築物。今以「赤崁樓」主建築，赤崁樓歷經五個時期不同執政者的統治，留有豐富時代痕跡，是瞭解臺灣發展史最佳的教材。二、赤崁樓建於明朝永曆年間（西元一八五三年），目前是臺南地區，保存最久的一級古蹟，招徠許多國內外的遊客到此一遊。

讀詩學作文 一、前二句表面上單純寫場景，實則暗含兩個不同時期赤崁樓的面貌。後二句描摹客觀外象，沒有說破；但暗喻批判，讓讀者用自己喜歡的方式去領會。此為含蓄之手法，是詩歌常見的寫作技巧。二、字眼：立。一個姿勢的改變，可以看出時代的變化。此字統攝了本詩主旨。**（作者簡介請見一四二頁）**

麻豆文旦

洪阿寶

麻豆知名文旦柚，汁多肉軟齒留香；
中秋賞月團圓夜，佳果登盤樂滿堂。

作者 洪阿寶，男，籍隸臺南縣，西元一九五〇年生，大學畢業，曾任教國中國文老師，現為臺南縣鯤瀛詩社、臺南縣國學會、中國詩人文化會會員。

注釋 一、題解：本詩寫出「麻豆文旦」的特色，和人們對它的喜愛。詩押七陽韻。二、中秋：農曆的八月十五日，俗稱中秋節。簡稱中秋、秋節。三.登盤：放在盤子上。

語譯 麻豆的名產文旦，遐邇聞名。果肉甘甜柔軟，汁液很多，吃了之後，滿口留下芳香的味道。每逢中秋節、全家團圓賞月的夜裡，大家都爭相品嘗盤中美味的文旦，快樂的過節。

探源 一、麻豆文旦在臺灣栽種，始自西元一七〇一年，由福建漳州引入栽植，而麻豆所種植之文旦，品質殊佳，別有一番風味。外環道上的育樹觀光果園六十多年來更專心栽培，改良品種，風味甜美，暢銷臺北和海外，名聞遐邇。麻豆文旦因土質和氣候的關係，風味特佳，是大家公認的好水果，享譽世界。

讀詩學作文 一、本詩仿效嚴羽著的「滄浪詩話校釋」，其「詩體」中有提到「白樂天體」，是說白居易寫的詩平易近人與通俗性。二、嚴羽書中「詩法」第九說「意貴透徹，不可隔鞋搔癢」，所謂透徹者，純以白描，使老嫗盡解，童子可歌。本詩情意透徹，童子可歌。三、本詩係以「摹寫」筆法完成。黃慶萱教授的修辭學一書提到：對於事物的各種感受，加以形容描述，稱為「摹寫」。摹寫的對象，不僅為視覺印象，同時也包括嗅覺、味覺、觸覺等等的感受。本詩將對文旦的各種感受，淺顯表出，正是摹寫的巧妙運用。

南鯤鯓古廟頌

洪高舌

鯤瀛古廟世揚名，南北朝參頂禮誠；
龍井虎峰留吉穴，天開五府庇臺澎。

作者 洪高舌，男，臺南人，西元一九五二年生。高職畢業、國民中小學鄉土語言教學檢核及格。現任臺南縣鯤瀛詩社、國學會總幹事、中國詩人文化會秘書長。師承洪吉三夫子、吳中夫子，學習傳統詩、文。著作：洪高舌奮勉五十年附詩文，曾獲二次南瀛文學獎古典詩獎、鯤瀛國學著作獎。事蹟刊登《南瀛鹽分地帶藝文人物誌》、《台南縣文學史上編》等書刊。

注釋 一、題解：本詩寫台南市北門鯤鯓廟的勝蹟及朝參者之眾。詩押八庚韻。二、鯤瀛：臺灣的另稱。三、頂禮：以頭頂禮，至誠的禮節。四、龍井：又名龍喉井。五、虎峰：又名虎嶺、虎穴，為南鯤鯓廟坐鎮之吉穴。六、五府：指南鯤鯓廟奉祀之主神，即李、池、吳、朱、范府千歲，合稱為五府千歲。

語譯 南鯤鯓代天府的古廟是舉世揚名的，南北地方人士來朝拜參觀的都表達出自內心的誠意，而且又有龍井、虎峰的名勝景點，更吸引遊客，這種上天開建的五府千歲王爺廟長久庇佑臺灣澎湖等地。

探源 南鯤鯓位在臺南市北門區，廟創於西元一六六二年，乃是國定古蹟，素有臺灣王爺總廟之稱。奉祀五府千歲，名聞遐邇，分靈於海內、外廟宇眾多。廟園美景如畫，頗富詩情畫意，使得遊客留連忘返。

讀詩學作文 一、本詩歌詠南鯤鯓古廟，以起、承、轉、結的傳統作詩方式寫出。二、起句「世」寫出舉世揚名。承句「頂禮」表達出各地人士出於至誠之心朝參王爺。轉句「留」表達龍井、虎峰、吉穴猶存。結句「開」表示南鯤鯓廟的創立。

六合夜市

劉福麟

臺灣美食遍街衢，攬客慇懃競叫呼；
入夜風光彌六合，鮮臊古味總齊俱。

作者 劉福麟，男，字筱樓，高雄人，西元一九三四年生。先後經營糕餅店、旅館、通信器材等業。廿歲加入旗峰詩社學習古典詩，曾任旗峰詩學總幹事，歷任高雄市壽峰詩社副社長，現任中華民國傳統詩學會理事、高雄市詩人協會理事長。

注釋 一、題解：本詩記述高雄市六合夜市盛況。詩押上平七虞韻。二、街衢：街道。三、慇懃：情意周到親切。四、彌：普遍。五、六合：上、下、四方，在此指六合路。六、鮮臊：新鮮、臊味，也就是海鮮和肉類。臊音騷。

語譯 臺灣各地之特產美食攤位羅列街道兩邊，招呼行客的親切聲音此起彼落不斷傳入耳際，每到夜晚，燈光照亮直似不夜的六合路上，夜市中，新奇樣式或古早美味，應有盡有。

探源 一、六合夜市位於高雄市新興區（昔時稱大港埔）六合二路。東自中山一路起，西至瑞源路上全長大約半公里，距火車站徒步約十分鐘可到，距高雄捷運美麗島站約二百公尺。二、攤販都於傍晚時，開始從居住地趕集而來，營業以地方風味美食為主，例如藥膳排骨、小香腸、燒烤美味、海鮮、筒仔米糕、海產粥、愛玉冰、木瓜牛乳、青草茶、八寶冰、紅茶等，因為深具臺灣傳統風味，各種小吃、甜品，都能齒頰留香，不僅本地人讚不絕口，美食傳揚，已成為國際觀光客旅遊景點的最愛。

讀詩學作文 一、本詩以直陳方式，鋪敘六合夜市的盛況，自然親切而有韻味。二、直陳的修辭，也是賦體，詩法入門云：「賦者，敷陳其事，而直言之者也，故謂之賦。」忠於事實，使讀者產生如臨其境，美味在前，而垂涎三尺矣！

高雄港

毛正方

旗鼓雙峰夾一流，水深港闊好行舟；
工商拓展財源廣，吞吐頻繁遍五洲。

作者 毛正方，男，筆名漁翁，江蘇連雲人，西元一九一七年生。水產學校畢業。服務漁業四十餘年，平生喜愛文學。公職退休後，曾纂輯螢窗拾遺、中國歷代人物摘錄。嗣以中外旅遊觀感，著有「漁翁漫吟」行世。

注釋 一、題解：本詩記敘高雄港的景光和發展。詩押下平聲十一尤韻。二、旗鼓：指高雄市旗津區和鼓山區。三、拓展：擴充的意思。四、吞吐：比喻物質的進出。五、五洲：即亞洲、歐洲、非洲、美洲、澳洲（大洋洲）。

語譯 高雄港是在旗津和鼓山的兩個山峰之間，夾著一道流水，水很深，港很遼闊，容易行船進出。工商業的擴充，使財源廣進，貨物的進出十分繁華，遍達世界五大洲。

探源 一、高雄港是高雄市的港口，舊稱「打狗港」，是臺灣最大的國際商港，進出輪船十分繁榮，帶來臺灣的工商繁華，使港都的風華更加嫵媚迷人。二、高雄港是愛河的出海口，愛河河水清澈，兩岸夾柳，景色清幽，尤其夜景風韻萬種，愛河又有遊艇可以遊河，泛舟，吸引許多觀光客前來觀賞。

讀詩學作文 一、本詩前面二句寫景；後面二句寫高雄港對工商業的貢獻，前後呼應貫通。二、起句以旗津和鼓山兩區，取其「旗鼓雙峰夾一流」造語新鮮生動。黃永武教授說:「能獨運靈思，一洗恆俗的藻飾，造成一種清新的境界與美感，叫做創新。」（字句鍛鍊法）作詩和作文一樣，要能創新出色，使文章更為優美，由此多加體會。

萬壽山

林欽貴

萬壽山高聳九霄，鼓旗對峙勢岧嶢；
瀕臨萬頃婆娑海，屏障雄州氣象饒。

作者 林欽貴，男，字尚民，福建仙遊人，西元一九二二年生。師範學校畢業，擔任國小教師四十多年。退休後創辦高雄市詩書畫學會，擔任總幹事九年，舉辦六次全國詩人大會、書畫展等。對宏揚詩教，貢獻良多。

注釋 一、題解：本詩記述高雄市萬壽山雄偉景象。詩押二蕭韻。二、九霄：天空極高處，喻壽山之高。三、鼓旗：指鼓山和旗津對立，暗喻鼓旗軍威壯盛。四、岧嶢：山高的樣子。岧：音條。嶢：音搖。五、屏障：遮蔽之物。六、雄州：指高雄。七、饒：原義富足，此指其氣象雄偉。

語譯 高雄的壽山地勢高，如欲達九霄，正位於鼓山和旗津對立，山勢高立，面臨一片無垠波浪輕盈起伏的大海，正好遮蔽保障高雄，氣勢雄偉壯麗。

探源 一、壽山位在高雄市西南邊，原稱柴山、鼓山，後來一度改名為萬壽山，現在統稱為壽山，海拔三五六公尺，氣勢雄偉，正是高雄港的屏障。二、壽山為珊瑚礁石灰岩，因軍事管制區，自然生態保存良好。目前闢有登山步道，綠樹成蔭，涼亭處處，且為柴山獼猴自然生態保護區，又有壽山動物園，可供觀賞，吸引不少觀光客。

讀詩學作文 一、本詩「九霄」和「萬頃」都是誇飾法。「九霄」誇飾壽山之高聳入雲。「萬頃」則誇飾海洋之廣大。二、「鼓旗對峙」一句，善用位在鼓山和旗津之地理，造出新奇美妙的句子，黃庭堅說：「文章最忌隨人後。」（苕溪漁隱叢話）。可見為詩作文都要有創造性，才是可貴。

西子灣即景

雷　祥

峽濤澎湃釣翁閒，中大黌廊聳壽山；
側麓青蔥留使館，晴霞夕照燦西灣。

作者 雷　祥，男，福建將樂人，西元一九二四年生。師專畢業，任教四十餘年，於國中屆齡退休，現為中華、傳統、古典、楚騷等詩學會會員。

注釋 一、題解：本詩記述遊覽西子灣把看到的風光，隨即寫成詩。詩押十五刪韻。二、峽：臺灣海峽。三、中大：中山大學。四、壽山：山名，位於高雄市鼓山區。五、使館：十九世紀之英國領事館。六、西灣：西子灣。

語譯 海峽浪潮洶湧，堤上釣魚老者悠閒地垂釣，矗立壽山上的校舍是中山大學，該校的西側山邊，草木蒼翠，有一棟十九世級的英國領事館，尚保留著，這時流霞和落日齊輝，把西子灣澄映得更美麗動人。

探源 一、西子灣是風景區，位於高雄市西側，萬壽山腳下，面向臺灣海峽，中山大學校址在此。灣內有個海水浴場，供遊客戲水和參觀。二、斜對岸是旗津渡船頭，黌舍左側山麓，於一八五八年建有英國領事館一座現改為史蹟文物館。三、右側通往柴山：海岸築有防波堤，堤上時有釣客垂釣、落日餘暉海天相映、風景尤美。現為觀光與旅遊勝境。四、海濱公園是欣賞海水和夜景及親子乘涼、散步的好地方。

讀詩學作文 一、詩題中「即景」二字，說明作詩取材以當時看到的現象為主題，所以詩中描述自然風光及建物景觀等。二、惟寫時應求時空連貫、動靜相宜、句讀順暢、涵義深遠等要點，結句能有低徊想像之意境為佳。三、作文構思及此，其作品必文情並茂，當為讀者所欣賞。

澄清湖踏青

蔣滌非

煙淡山清柳絮長，澄湖踐約好尋芳。
艷陽含笑迎青帝，花草多情拂面香。

作者 蔣滌非，男，字雨辰，號湘風，湖南耒陽人，西元一九三五年生。國立政大文學士、師大三研所結業、政大東亞所研究。曾任陸軍官校，臺灣省中文史、三民主義、書法教師、組長。榮獲國文、書法、三民主義優良教師獎及教育部長頒績優教師獎。著政黨政治研究、湘風詩文集、雨辰寶島遊履、故國山河紀遊書詩集行世。

注釋 一、題解：本詩記敘澄清湖踏青攬勝。詩押下平聲陽韻。二、柳絮：柳樹種子生出的白柔細毛像絲棉。三、澄清湖：舊名大貝湖或貝湖，係高雄縣境的名勝，也是水源地區。四、踐約履行約會。五、青帝：即春神，語見尚書。

語譯 在風光明媚的春天裡出外旅遊，呈現在人們眼簾裡的是一幅嵐氣清淡，山光亮潔，柳絮隨風飛散的畫面。先前和朋友約好到澄清湖遊樂，面對著和風日麗的美景，艷麗的陽光好似含著微笑迎接春神的降臨，那些多情的花草隨風搖曳，也散發出芬芳。

探源 澄清湖是高雄市名勝，風光明媚，景色宜人是中外遊客最愛的觀光之地。更何況它是大高雄地區的水源，供應高屏地區人們的食水和農田灌溉，貢獻極大。

讀詩學作文 一、這首七絕本來是描述澄清湖最美風光，但以物擬人的手法，把艷麗的太陽和春神人格化，尤其是紅花綠草更重感情，令人依戀。二、黃永武說；「將無知的事物，寄以靈性，託為有情，這是擬人法。」又說：「以擬人生趣。」（字句鍛鍊法）

清水岩風光

黃輝智

嵐光倒影映池蓮，古刹奇峰別有天；
峭壁靈岩蛙戲虎，遨遊忘俗樂怡然。

作者 黃輝智，字耀德，男，本籍高雄縣林園鄉人，生於西元一九三九年，曾任中華民國傳統詩學會第八、九屆理事、林園鄉詩社第一、二、四屆社長、二〇〇四年獲頒詩運獎、榮膺高雄縣模範家庭、模範商人、模範勞工。

注釋 一、題解：本詩記述林園清水岩風光。詩押一先韻。二、嵐光：山上的雲霧風光。三、池蓮；指蓮池潭。四、古刹：指清水巖寺。五、蛙戲虎：岩中有青蛙戲虎。

語譯 山上雲霧風光，倒影映在蓮池潭，清水寺的奇岩另有一番景色，陡削的靈岩宛如青蛙戲虎，登山遊客忘卻塵俗，樂而忘返。

探源 一、清水岩風光屬於高雄市林園區南端鳳凰山麓，南臨太平洋，東望下淡水溪、大武山，高雄縣八景之一。二、清水巖寺創於西元一六六七年（清康熙五年）六月十五日，奉祀釋迦牟尼佛，山麓奇岩美石，靈泉幽谷，山明水秀，長年泉水川流不息，引灌鄉裡田園，穀物豐收。三、岩區有百年榕樹，青蒼茂盛，漫步林間，尋幽探勝，如入世外桃源，人云：「林區樹映連天碧，園裡花香遍地妍。」堪誇觀光勝地。

讀詩學作文 一、本詩以記實手法，描述清水岩風光，詞語生鮮，頗能引人入勝，神馳情往。二、結語言遊客忘俗，快樂怡然，與前三句，前後呼應，更見勝景之美。三、葛立方說：「作詩貴彫琢，文長有斧鑿痕。」本詩造語自然，通暢美妙，自無斧鑿痕跡。

蕉浪

曾景釗

遍搖鳳尾報芳菲，起伏如濤動翠闈；
草帖顛狂從跌宕，千秋逸韻舞斜暉。

作者 曾景釗，男，籍貫高雄旗山，西元一九五八年生。業商，愛好詩詞、書法，現任旗峰詩社社長，中華民國傳統詩學會副理事長。

注釋 一、題解：本詩記述旗山的蕉香綠浪風光。詩押五微韻。二、鳳尾：香蕉葉之美譽。三、芳菲：指蕉浪香氣四溢之貌。四、翠闈：比喻為翠綠的宮牆。五、草帖：指草聖張旭的草書。六、跌宕：放蕩不羈的樣子。七、逸韻：浪漫的雅韻。八、斜暉：夕陽。

語譯 四方搖著香蕉葉，到處都是蕉浪的香氣，風吹時如同海濤撼動翠綠的宮牆般，也像張旭的草書狂蕩不受拘束，而在夕陽下舞動著浪漫千秋的雅韻，那樣壯觀美麗。

探源 一、高雄市旗山區遍載蕉樹，風吹蕉海綠浪起伏，蕉浪十分壯觀美麗。早年香蕉外銷日本，賺取外匯，對臺灣經濟幫助甚大，因有「香蕉王國」的美譽。二、張旭，唐吳人，字伯高，工草書，喜大醉狂草，世稱草聖張顛。詩中引用描述蕉林飄搖，有如其放蕩不羈的草帖一般。

讀詩學作文 一、本詩起句的「報」，承句的「動」與結句的「舞」，皆為串聯整首詩，令人心撼驚訝的「詩眼」。二、轉句引用草聖張顛的顛狂草書，形容蕉浪的壯觀美麗。這是運用譬喻的修辭法。三、黃慶萱教授說：「譬喻是一種借彼喻此的修辭法。」又說：「利用舊經驗引起新經驗。通常是以易知說明難知；以具體說明抽象，使人在恍然大悟中驚佩作者設喻之巧妙，從而產生滿足和信服的快感。」（修辭學）

遊佳樂水

曾人口

誰教頑石戰波濤，石不低頭海怒號；
觀瀑亭中思物理，石高激起浪花高。

作者 曾人口，男，字啓修，雲林縣人，西元一九三七年生。國立嘉義大學文學碩士，商人、永達技術學院兼任講師，詩詞曾獲南瀛、蘭陽文學獎首獎，高雄市及教育部文藝創作佳作獎。著有《金湖春秋》、《詩學淺説》等，為口湖鄉志總編纂。

注釋 一、題解：本詩為遊屏東佳樂水時，看到東海岸的岩石與波浪相衝激產生意象，一時感觸物與物間的摩擦而衍生的變易，所寫成的短詩。詩押豪韻。二、號：在此作平聲，解為哭或鳴。

語譯 是誰使這頑固的石頭來抵抗那洶湧的波濤呢？頑石永遠不低頭而迫使海浪發出憤怒的聲音；在觀瀑亭中思考著石頭和波濤摩擦的道理，原來石頭愈高大，所衝激起的浪花也愈高呀！

探源 一、佳樂水位在屏東縣滿州鄉，背山面水，形成各種奇岩異石，原稱「佳落水」(閩南語)，後改稱「佳樂水」，有「海神樂園」的美譽，成為旅遊的景點。二、本詩在這裡，採波濤象徵為施加壓力者，將石頭象徵為遭受壓迫者，隱含施加壓力愈大，反彈力也愈大的道理。從另一個角度看，受到挫折愈大，激起的浪花更高、更美麗。

讀詩學作文 本詩因看到佳樂水的特有景觀，而感與觸起對人世許多事物的聯想，用象徵的手法寫成，稍含哲理意味。詩與文不同，詩要留一些餘蘊給讀者想像的空間，含意有時是多義的。文所要表現的主題比詩要具體，給讀者交代較明白清楚，因此詩如翻譯就不成詩，不過好的散文有時也可用詩的表現具體。

東津漁火

趙金來

明滅漁燈近海圻，櫓聲欸乃浪花飛；
臨淵結網攔三寶，湧入東津滿載歸。

作者 趙金來，男，字庭葦，號德銘，屏東人，西元一九三六年至二〇〇八年。幼年進文運堂，師事鄭玉波研習漢學、詩作要訣。高中又跟隨甯崇銓老師研習國學和詩文習作。曾任合作社場長、市場主任，中華民國傳統詩學會理、監事，詩詞文化研究所研究員。

注釋 一、題解：本詩記述東港海岸的情景。詩押上平聲五微韻。二、圻：音祈，地界。三、欸乃：形容行船搖櫓的聲音。欸，音矮。三、三寶：東港三寶有黑鮪魚、櫻花蝦和烏魚子，馳名全臺，赫赫有名。

語譯 漁船上明滅的燈火，慢慢靠近海岸，搖船的櫓聲，伴著浪花飛舞，臨淵羨魚不如結網來攔捕東港三寶，湧進東港海岸的漁船，都滿載歸來。

探源 一、東津就是屏東縣東港的海岸，東港以出產三寶聞名，其中又以黑鮪魚，外銷日本，深受讚美。二、每年五、六月間是屏東黑鮪魚文化觀光季，吸引許多饕客和觀光客，參與盛會，品嘗黑鮪魚的美味，十分熱鬧。

讀詩學作文 一、本詩使用析詞方法，將出自漢書董仲舒傳：「臨淵羨魚不如退而結網。」臨淵羨魚意謂站在水邊，徒羨水中游魚，改為「臨淵結網」，不但有正面的意義，文句更一新耳目。李白怨歌行：「沉憂能傷人，綠鬢成霜逢。」即把「憂傷」拆開而用。二、張春榮教授在「修辭散步」中說：「析詞的運用，大抵可分三類：一、用以造句，一新耳目；二、辨析異同，鎖定意義；三、變化行文，強調音節。」（東大圖書公司）

鵝鑾鼻燈塔

劉治慶

白塔巍巍立鼻頭，滄桑風雨百年週；
一燈指引航行路，東亞之光美譽留。

作者 劉治慶，男，字祥華，湖南漣源市人，西元一九二八年生。大學畢業，好詩詞，出版瀛海吟草集、續集、選集。曾任湖南詩詞顧問，楚騷會常務理事兼楚騷吟刊主編，中華詩學會理事，古典詩會常務理事，現任中華詩學會會員。

注釋 一、題解：記敘鵝鑾鼻燈塔的情景。鵝鑾鼻地形如鼻故名，詩押十一尤韻。二、巍巍：高大貌。三、滄桑：滄海桑田。「儲光義」詩：滄海成桑田。比喻世事變化很大。

語譯 在鵝鑾鼻的上頭，聳立著一座高大白色的燈塔，不知經歷了多少歲月，滄海桑田、風吹雨打的變遷，總有一百年了吧？這座燈塔，在霧夜導引來往航行的船艦，有「東亞之光」的美譽。

探源 一、鵝鑾鼻燈塔：百餘年前，由英人興資建造於西元一八八二年，全白的環形塔體，高約二十二公尺，燈光可照射到二十海浬之遙，是臺灣最雄偉壯觀的燈塔。二、位於屏東南灣鄉墾丁公園內，現已列為國家保護古蹟。三、功能在導引巴士海峽船艦夜航，以及漁民夜間捕魚作業，功效卓越。

讀詩學作文 一、首句「立鼻頭」三字，係擬人化。二、「週」字有週而復始之意。三、起句有驚疑之感，至第三句始知為燈塔。四、本詩題意除詠燈塔外，更含有「指點迷津服務人群」深一層的意思，讀者不可錯過，須加留意。五、元人楊載《詩法家數》，強調七絕「宛轉變化工夫」，全在第三句。若于此句轉變得好，則第四句如順流之舟矣，前人經驗之談，值得參攷。

宿不老溫泉山莊

甯佑民

細雨黃昏路幾彎，群山紛向雅樓環；
泉稱不老人爭浴，都道仙鄉在此間。

作者 甯佑民，男，字家柄，湖南安化人，西元一九三三年生。政戰學校四期政治系畢業，歷任軍職及教職，退休後，為消遣閒暇，加入吟社，學步推敲，哦詠自娛。曾任古典詩社社長，現為中華詩學會理事，古典詩月刊主編，著有「守愚吟草」兩集。

注釋 一、題解：本詩為記敘旅遊六龜區的不老溫泉山莊的片段情節，詩押十五刪韻。二、雅樓：雅致精美的建築物。

語譯 時近黃昏，又下著濛濛細雨，車子在蜿蜒曲折的路上行駛，路旁山巒連綿，紛紛環繞在一群精美雅致建築物的四周。其中一幢旅社名「不老溫泉山莊」，遊客投宿後，爭相去洗溫泉浴，倍覺舒暢，都說人世間的仙鄉，原來在這裏啊！

探源 不老溫泉山莊位於高雄市六龜區，為前往南橫公路必經之地，早年溪澗上游湧出溫泉，經熱心人士設法，把泉水引到村中，供大眾應用，久之便成目前規模，溫泉清澈無味，屬碳酸泉，終年維持在四十八度左右。

讀詩學作文 一、這是一首情景交融的詩，藉溫泉浴寫出一般人的心理，因誰都想永享健康，最好能長生不老，於是作者在第一、二句，敘明時空背景後，第三句進入主題，寫心情感受，以「爭」來點出此種心境，因為溫泉浴能使人青春永駐，於是大家便爭相到此旅遊，領略一下人間仙境的風味。二、本詩使用「興體」朱熹說：「興者，先言他物，以引起所詠之辭也。」藉著溫泉浴發抒自己的感受，用詞典雅、結構層次分明。

海角七號

陳乾印

遠覓七番地，青山笑我顛；
乘風追海角，詎料醉天邊。

作者 陳乾印，男，祖籍恆春，西元一九六八年生，高雄醫學院畢業，公共衛生學碩士，現職國中健康教育教師。

注釋 一、題解：本詩敘述電影「海角七號」中恆春的風光和感想。押下平聲一東韻。二、七番地：亦即「七番號」，日治時代的地址號碼。三、顛：通「癲」，神經錯亂，言行反常。四、海角、天邊：地理偏遠的地方。

語譯 從遠方來尋找「海角七號」這個地點的風光，青青山脈都覺的我很顛狂。乘坐著風，追尋到海邊的角落，料想不到卻沉醉在美麗的天邊景色。

探源 電影「海角七號」是一個虛構的日治時代的故事，展現恆春半島風景及人文特質，當作拍片背景。從整個臺灣島的地理位置上看，恆春半島相對的是偏遠的地方，整個恆春半島就是一個「海角」，再加上豐富的歷史文化及自然景觀，經電影「海角七號」的串演，成為更加熱門的觀光景點。只要細細品味恆春半島風光，海角天涯任您遨遊。

讀詩學作文 一、首句「七」為枷字，詩法入門云：「當平聲字，以仄聲字易之，其氣挺然不群。」（廣文書局）二、第二句是關鍵句，以青山為主體，擬人化入詩，「顛」字為眼，隱喻被美麗的青山海景迷惑顛倒。三、「乘風」則為擬物法，以喻海風之大。四、結句暗喻風光美麗，令人陶醉。

墾丁公園

劉治慶

恆春半島極南端，風景天然足大觀；
休假遊人多似鯽，尋幽戲水盡情歡。

注釋 一、題解：主要敘述墾丁公園之生態與動態，廣為遊人所喜愛之風景，詩押十四寒韻。二、多似鯽：鯽魚喜結群逆水上游，多似錦，是形容遊人極多的意思。三、尋幽：尋訪幽美的勝景。四、戲水：包括划船、潛泳、釣魚等項。

語譯 在臺灣的最南端，有一處名為半島的地方，叫做「恆春」，不僅風光綺麗宜人，且有許多景點，主要是墾丁公園，以及防風林、望海臺等，非常壯觀。每逢假日，到此來尋幽探勝的人，成群結隊，多如過江之鯽。他們在海邊游泳、戲水，男女老幼，盡情地歡暢。

探源 一、墾丁公園：地屬屏東南灣鄉，與恆春為鄰，面海，晴天可眺望巴士海峽，背靠山地，公園面積廣闊，設備齊全，鵝鑾鼻燈塔矗立在公園小山坡上，極為壯觀，確是休假遊樂的好地方。國外及大陸遊客不可錯過。二、墾丁公園東面是太平洋，西面是臺灣海峽，面積三萬兩千六百餘頃，有原始森林、海灣河川、海水浴場、珊瑚礁地，景觀十分壯觀，可以划船、可以游泳、可以潛水、可以揚帆，是一個海闊天空的自然美景。

讀詩學作文 一、詩中「極」、「足」、「多」、「盡」等字，是詩的關鍵與重心，或稱「詩眼」。二、所謂「絕句」，絕非一般人以為七言四句，或五言四句，平仄和諧，押韻便可以。亦非宋人所云：「絕句是截取律詩的四句」那麼簡單，真正的絕句詩是有生命的。我們可以運用胡適博士「短篇小說」的原理下一定義：「絕句詩是以經濟的藝術手段，抒寫『情』或『景』中的橫斷面的短詩」。最注重暗示與彈性，意在言外，予人以想像空間。（**作者簡介請見一六四頁**）

小琉球記遊

徐建達

百怪千奇眼底收，景觀綺麗冠三洲；
珊瑚島上留鴻爪，最愛泛舟水面浮。

作者 徐建達，女，江蘇武進人，西元一九四七年生。國立臺灣師範大學國文研究所結業。高中教師。熱愛古典文學、書法。曾獲全臺高職教師專題研究競賽人文科學獎、優秀詩人獎、臺詩狀元金牌、一品狀元詩人、第七屆全國詩人品位考評排律組第一名。著有孔子的治學方法研究、徐建達詩集。

注釋 一、題解：本詩記述臺灣離島小琉球的自然景觀、珊瑚島特色，好玩景點及遊憩方式。詩押十一尤韻。二、一.景觀綺麗：「綺」是美麗、文彩的意思。小琉球名列世界七個六平方公里以上的珊瑚島之一。像一顆海上明珠，是典型的渡假島嶼。二.冠三洲：指歐、亞、美洲三洲之冠。

語譯 小琉球景觀美麗極了，可說千奇百怪，盡收眼底。在歐、亞、美三洲獨占鰲頭。它有美麗的珊瑚礁，是臺灣離島唯一的珊瑚島嶼。人們乘著玻璃船在海上悠遊，追逐海浪、沙鷗，在島上可以探險，揭開它神秘面紗，可以潛水、泛舟，看著魚兒從水中躍出，讓人心神愉快，忘卻煩憂。

探源 小琉球位於高屏溪口西南方海面，距東港約十四公里，面積六點八平方公里。是臺灣離島唯一珊瑚島，也是渡假聖地。居民靠捕魚維生，早年有人來此避風雨，發現此島海產豐富，於是招親族人，從高雄移居過來，從事漁業。

讀詩學作文 一、本詩採白描手法，以重視環保，愛護大自然的心態，吟小琉球的綺麗風光，好玩景點，讓人心神嚮往。二、以冠三洲之「冠」字為詩眼，說明海上明珠，在湛藍大海中，展現它美麗、迷人的風情。三、人們在此最愛泛舟、潛水，盡興遊玩。隱喻味濃，章法簡潔，層次分明。

縣花天人菊

洪水河

不畏風霜烈日煎，叢生遍野見貞堅；
天人菊媲居民壯，膺選縣花非偶然。

作者 洪水河，男，字良知，號覺真，澎湖人，一九三二年生。高中畢業，弱冠從公，歷任幹事、課員、人事主任，計達四七年，屆齡退休。性耽古典詩，曾任西瀛、屏東、高雄等詩社總幹事、社長、理事、監事、理事長、顧問等職務。

注釋 一、題解：本詩以天人菊，比擬澎湖人之堅貞固守之特性。押一先韻。二、天人菊：野菊花。三、煎：煎熬。四、貞堅：貞固，易經：「貞固足以幹事」，「天行健君子自強不息」。五、媲：音譬，相配，如媲美。六、非偶然：不意外。

語譯 在惡劣的地理、氣候環境下，不屈不撓，忍受強風、嚴寒、酷熱、乾旱，依然叢集生長在海島的到處山野間，充分表現了它堅忍不拔的特性；它的名字叫做「天人菊」，正象徵澎湖居民旺盛的精神，所以被選定為「縣花」並不是意外的事吧！

探源 天人菊是澎湖的野菊花，原產美洲南部，一九一二年經日人引進，因適應海島特殊環境，故能自然繁衍，春夏叢生，莖高五、六公分、遍地開花，花瓣嫣紅鑲嵌黃邊，光芒四射，不支不蔓，昂昂直立，點綴海島風光，加添無限生氣，正同澎湖人刻苦耐勞的特性，所以近來都把澎湖美稱「菊島」。

讀詩學作文 一、本詩之主旨為說明「天人菊」為何膺選為澎湖縣花？乃由詩人之感官，對於自然的氣候與地理環境的觸覺與視覺，進而認知澎湖人的特性和優點。二、以承句「性」字和轉句「媲」字為詩眼，以轉句來綜合，起承兩句的事實，提出結句的結論，字句簡明。劉禹錫云：「詩貴和平，令人易曉，溫柔敦厚，詩之教也。」（詩法入門詩論）

桶盤柱石

蕭德侯

巨石巍峨若塑雕，桶盤奇景筆難描；
任他雨蝕和風化，屹立海洋遏怒潮。

作者 蕭德侯，男，字瀟，湖南寧鄉人，西元一九二六年生。因家鄉淪陷日寇，終日逃亡，十七歲時投筆從軍，先後參加徐蚌會戰、金門戰役等。後部隊改編退伍，考取地方行政人員，分發淡水鎮公所服務、一九九一年限齡退休，居閒無事，參加中華民國古典詩研究社及中華楚騷研究會，習作詩至今。

注釋 一、題解：本詩記述澎湖縣桶盤嶼的景象。詩押二蕭韻。二、巍峨：形容柱石的雄壯美麗。三、任他：由他。四、遏：制止。五、屹立：堅立不可動搖的樣子。

語譯 柱石巍峨聳立好像泥塑石雕，所以桶盤嶼的美景，筆墨難以描述。由於經過千萬年雨水侵蝕和強風日曬，屹立在海洋中，好像要阻止怒潮奔騰。

探源 一、桶盤嶼位在澎湖縣馬公港西南方約七浬海上，現屬於馬公鎮公所的離島(桶盤里)。二、島上聳立參天的玄武岩石柱，排列整齊，甚為壯觀，素有澎湖版的「黃石公園」美譽。三、島的西南海岸，有一處火山，熔漿流出後，遇水冷卻，遺留成為同心圓孔洞，稱為「蓮花座」，這裏的玄武岩，就是澎湖的「貓公石」，稀奇珍貴。四、澎湖被「寂寞星球」推荐為全球十大最佳世外桃源島嶼之一，盛讚景色優美，是旅遊的好地方。

讀詩學作文 一、柱石是起源，巍峨是形容柱石的雄壯和美麗。「石」是承，「若」是轉。二、本詩運用寫實法，描述實景。轉句「任他雨蝕和風化」明喻柱石的堅忍不拔，屹立不搖。三、「遏怒潮」中的「遏」是超然的阻止，大海澎湃的怒潮。明說柱石的堅忍，暗說人生也要效法柱石的毅力。意旨深遠，令人遐思。

澎湖西嶼

蕭　欽

彈丸西嶼兩三家，討活捕魚與種瓜；
守著孤村守滄海，聽濤觀日數歸鴉。

作者 蕭　欽，男，字，星禧，祖籍：湖北陽新，西元一九二四年生。政大行政科畢。考試院國防特考乙等人事行政人員及格。歷任監察院簡任專門委員。並任考試院高普考閱卷委員，著有「容止齋文詩聯集」等。

注釋 一、題解：本詩記述澎湖西嶼的情景。押下平聲六麻韻。二、彈丸：比喻範圍極小。

語譯 在彈丸般的西嶼居民，僅兩三家而已，因土地貧瘠，只合種植地瓜，另外靠著出海捕魚等養家活口。漁民們生活樸素，思想單純，總是固守這孤單村落和滄海，不以為苦。且到日落歸航登岸，吃過晚餐後，在門前石臺上聽著海濤澎湃之音，觀看日落，數數飛回來的烏鴉，而自得其樂。

探源 一、一九五八年秋，因奉命赴金門，在基隆乘兵艦前往，因故登岸澎湖西嶼，余於假日邀數同事，乘船至外島遊覽，見西嶼地瘠民貧，孤村數家，生活純樸，人不堪其憂，居民不改其樂。二、澎湖西嶼，只是海峽中小島，但表面似乎孤單寂寞，而作者以生動筆法，使之別有無限生機與樂趣，殊屬不易。

讀詩學作文 這是描述「漁村生活」小詩。第一句開門見山，及所住者為漁民，寥寥的兩三户人家與外界隔絕，無污染之惡習。第二句係敘述以捕魚、種瓜為生活主體，無聲色奢華之想，第三句說明居民固守著孤單漁村及大海的堅定意志。第四句「聽濤、觀日、數歸鴉」，把上面三句的小嶼、生活單調、孤守之困窘，給純良的漁民帶來了一片活潑生機，整首詩的畫面非常融洽和諧，即苦中自有其樂趣，此漁民生活的寫照。

方壺樂土

洪水河

波濤澎湃湧天空，澄靜湖平穩媽宮；
世外桃源安樂土，民情永保古淳風。

注釋 一、題解：本詩吟詠澎湖島和它的居民，押上平一東韻。二、方壺：澎湖的諧音，是秦代的稱呼。三、樂土：安居樂業的好地方。四、波濤：波浪。五、澎湃：波浪被強風衝擊的怒吼聲。六、湧：水向上飛騰。七、湖平：即平湖是南宋時，澎湖的稱呼。八、媽宮：明、清時代建立娘媽宮，簡稱媽宮，日治時代改為馬公，為縣治所在地，此處代表全澎湖。九、桃源：陶淵明桃花源記避世安居處。十、淳風：善良的風氣。

語譯 澎湖的外海，風浪很大，經常會激起巨響衝向天空；而內海則環抱馬公港，宛如平靜的湖泊，它是一個安居樂業的好地方，所有百姓都能刻苦耐勞，永遠保持著善良的風氣。

探源 一、澎湖是由大小六十四個火山島組成的群島，位在臺灣海峽的中央，早在周秦時代，已有人遷居，元代設巡檢司，是臺灣最早開發的縣分。由於地瘠民貧，經濟落後，養成居民刻苦耐勞，敦厚樸實和堅強奮鬥的特性，因此縣內治安良好，環境清淨，藍天碧海，絕無空氣污染。二〇一一年被推荐為全球十大最佳世外桃源島嶼，澎湖列島排在第七名。因為風光優美，保留臺灣傳統文化，是旅遊觀光的好地方。

讀詩學作文 一、本詩題不用澎湖而用方壺，是因為澎湖四面環海，詩人以誇大的語氣描繪其內外動靜形態，令人確認它是世外桃源的樂土。二、在鍊句方面以湧、穩、安三字為詩眼，是詩人處於治安日趨敗壞的社會，深深思慕治安良好的澎湖民情。也即是本詩的主旨。（作者簡介請見一六九頁）

紅淡山觀日

李梅庵

煙水連天一點紅，金鴉旭旭欲升東；
放懷老我登高去，醉抱撩人淡淡風。

作者 李梅庵，男，字匠伯，號望塵樓主，廣東普寧市人，西元一九三一年生於泰國，二〇一一年逝世於臺灣。樂山水，遊娛樹石。自幼好道。暇時耽樂八法、丹青、吟詠。曾任天主教基隆聖母醫院院長，廣東同鄉會暨潮州同鄉會長，天臘書畫會長。夢秋園文化館長，基市詩學會顧問，蘭州大學藝術學院榮譽教授。

注釋 一、題解：本詩記述早晨登基隆紅淡山情景。詩押一東韻。二、煙水：煙霧和水。三、一點紅：指初升的太陽。四、金鴉：是太陽的別稱。五、旭旭：太陽初升光明的樣子。六、放懷老我：為倒裝句。七、醉抱：陶醉擁抱。八、淡淡：在此用作輕微，徐徐輕拂之意。

語譯 清晨煙霧和水白茫茫一片連接著遙遠的天際，一團紅通通的火球，從東邊升起來。我這個上了年紀的老人，任情恣意，懷著愉悅的心情，去登紅淡山。我陶醉並擁抱挑弄，引逗著我的涼風。把風比喻有靈性有感情，彼此依依不捨流連忘返。

探源 紅淡山位於基隆港東南方。為基隆市信義區，暖暖區和新北市瑞芳區交界山嶺。最高峰雖只有二〇八公尺。但已能俯覽基隆港市全景。

讀詩學作文 一、承句和結句採用疊字法。二、旭旭和淡淡皆是形容疊字。疊字句古今詩集指不勝屈。七言句有疊字連用者，如吳融秋樹詩：「槭槭凄凄葉葉同。」三、字眼：「撩」字，撩撥、挑弄、挑動和引逗之義。字眼又稱要點，文詞中精鍊之字也。司馬溫公曰：「古人為詩，貴於意在言外，或言近指遠，使人思而得之。」

千疊敷攬勝

邱天來

千敷苔石峙江灣，碧海濤翻雪練間；
向夕社寮煙水外，漁燈閃閃照雞山。

作者 邱天來，男，籍貫基隆市，西元一九三六年生，高中肄業，少時入靜寄書齋，師事呂漢生夫子研習詩文有年，曾任基隆市詩學研究會第一、二屆理事長。

注釋 一、題解：本詩所詠為基隆市漁鄉黃昏夜景及地理景觀特色。押十五刪韻。二、千疊敷（又名千敷疊翠）為基隆八景之一。三、雪練：海浪潔白如絹。謝眺詩「澄江靜如練」，意取浪花潔白形狀。四、漁燈：船上作業燈火或集魚燈。五、雞山：基隆山，可括概九份群山等處。

語譯 數不清的青苔岩石盤踞岸邊，大海銀濤好似一幅雪白絹布翻滾着；傍晚的時候，難得社寮島外廣闊海面上，有許多捕魚船的燈火，照亮了基隆山。

探源 和平島（原名社寮島）位於基隆港北端，四面環海，賴有和平橋銜接八尺門，西界桶盤嶼，中有千疊敷，該景點乃大小船隻出入門户。屬海蝕平臺奇景，風光可與野柳並美。和平島早期村民以漁為業，為基隆漁村重要江城，沿岸海洋資源豐富，除了千疊敷外，又有遐邇著名之蕃字洞、龍目井等古蹟。

讀詩學作文 一、本詩屬登臨攬勝詩。所詠江村漁民辛勞情況。為平起散起散收式。所謂平起，以首句第二字「敷」、結句第二字「燈」的平聲為準。起有對起、散起，散者句不必用對。二、首、次句以平鋪直敘寫起。 轉結以就黃昏時所見海上夜景託意，由近而遠，將海面上漁船夜間漁撈作業之辛勞，暗寓陸上燈火通明生活作息之不同。此詩語盡意未窮，使人遐思。

基隆嶼

王　前

旭崗遙望海天寬，杙嶼雲開壯大觀；
屹立中流成砥柱，迎風鎮浪更安瀾。

作者 王前，男，字祁民，號古槐。西元一九三一年生，基隆人。一九七九年與同好發起組織「基隆市詩學研究會」，歷任中華民國傳統詩學會理事、監事主席、中國文化會理事、學會顧問等職。曾受基隆市立文化中心委編纂「雨港古今詩選」、「海門擊鉢吟集」等書。

注釋 一、題解：本詩記敘基隆嶼風光。基隆嶼又名雞籠杙，簡稱杙嶼，島成圓錐狀，其形似杙，故名。距基隆港岸約八公里，押韻十四寒。二、旭崗：位在現今中正公園大佛禪寺一帶山丘。三、杙：音亦，小木樁。四、安瀾句：謂水波平靜也。

語釋 獨立在旭崗上眺望碧海藍天，景色壯闊無邊，令人心曠神怡！當白雲散開，見雄偉壯麗的杙嶼浮現海面，令人不禁讚嘆造化之偉大與奇妙。基隆嶼屹立海上，任狂風巨浪摧打，萬年不改其容．真中流砥柱也。日夜迎風送雨鎮海安瀾，保護客貨巨輪安然出入，其功豈可不頌。

探源 基隆嶼海拔一八二公尺，聳立港門外，宛如海港守護神，更是天然好屏障。四面懸崖峭壁，向無人煙。早期設有海防駐守，今已撤除。北端建有燈塔，南端則設簡易遊艇碼頭，東邊有天然海蝕洞，步道平坦，今已開放觀光，並設有觀光船，服務遊客進出，是基隆港重要旅遊景點之一，亦是港口重要屏障。

讀詩學作文 此詩純是詠景詩，把眼前景物平舖直敘口語化寫出，讀者可一目了然。詩中強調杙嶼做為中流砥柱功能與精神，守護基隆港出入客貨輪平安，鎮海安瀾，足堪歌頌。本詩以直敘寫實法，讀之神清思遠，有豁然開朗之感。

基隆采風

陳欽財

三山一海媲雞籠，晚唱漁歌畫意隆；
廟口客來嚐美味，昇平氣象樂融融。

作者 陳欽財，男，基隆市人，西元一九四〇年生。淡江大學外文系畢業，曾任基隆公益會創會會長暨第一、二屆會長、基隆長青獅子會會長分區主席、基隆市光隆高級家商職校英文教師四十一年。現任基隆市詩學研究會理事長、基隆市長青學苑詩詞講師、臺灣瀛社詩學會副理事長、中國詩人文化會副理事長。

注釋 一、題解：本詩敘述基隆獨特的光采風貌。詩押一東韻。二、基隆三面環山，一面臨海，狀似雞籠。三、訪客、行人信步廟口，爭嚐美味，宛然一片和樂昇平氣象。四、媲，媲美，同樣美。

語譯 基隆三面環山，一面臨海，形狀媲美雞籠。晚上時，漁船點點，漁歌悠揚，形成濃厚的畫意。廟口的訪客爭嘗美食，實在是一片昇平和樂的景象。

探源 一、基隆地形三面環山，一面臨海，狀如雞籠。嗣後採取「基地昌隆」而為「基隆」。二、基隆的開發及繁榮，始於基隆港築港之後，逐漸成為東北亞、韓、日的航運樞紐。三、基隆沿岸漁港甚多，如社寮、八斗子、木山、大武崙等，漸漸成為兼具漁港、商港、軍港、油港及觀光港的功效。四、基隆廟宇不少，最為著名者當推奠濟宮，該宮主祀開漳聖王。

讀詩學作文 一、以實物「雞籠」媲美「基隆」的實際地形，使主旨一點即能瞭解。二、港口都市典型重點為「海」與「山」，以「漁歌」及「廟口」為特點描述，形成基隆采風的象徵。三、「樂融融」更是基隆歷史上多年來的昇平真實寫照，使用「融融」疊字以表和樂氣象。

獅嶺匝雲

李梅庵

隨風馳曳自悠悠，漫漲獅球嶺上頭；
來去從容天海外，萍蹤蕩逸似雲舟。

注釋 一、題解：本詩記敘基隆市獅嶺匝雲的風光。為七言絕句。押下平聲十一尤韻。二、獅嶺匝雲為基隆市十八景之一。獅嶺即獅球嶺。三、匝：密集滿佈和往返環境之意。四、馳曳：牽引拖拉如車馬快跑似的。五、漫漲：遍佈瀰漫且放逸無所拘束。六、蕩逸：搖動、飄蕩、奔放之意。謂流動不定的雲，像舟船在大海飄浮一樣。

語譯 瀰漫湧起在獅球嶺上空的雲，隨著風的牽動，飄忽不定。它安閒自在，來回不停地在空中飄蕩著。像一艘船在大海飄浮著。

探源 獅球嶺位於基隆港區南端制高點，海拔雖僅一五五公尺，卻是基隆進入臺北盆地的屏障。由於地勢險峻，因此很早即為軍事駐防的據點。中法戰爭之前，此處就設有陣地。

讀詩學作文 一、本詩屬平起順黏格。又稱正格。因起承轉結四句全無對偶，故又稱之為常體或散體詩。二、首句第三字應仄而平，乃屬可仄可平範圍，俗稱一三五不論者。三、珊瑚鉤詩話：詩以意為主，是即詞盡而意未盡也。又須篇中有鍊句。句中有鍊字，乃得工耳。以氣韻清高深渺者絕，以格力雅健豪雄者勝。故作詩宜知有「眼」法和「鍊」字法。五言詩詩眼多在第三字，七言詩詩眼多在第五字。不論前後聯皆然。四、本詩以平實、自然、簡淡和新鮮見長。起承轉合皆能前呼後應，環環相扣，沒有支離，或堆砌之弊。格律尚稱嚴整。（**作者簡介請見一七三頁**）

仙洞聽濤

邱天來

仙洞仙何去？遺蹤企盼深；
箇中多石隙，況聽海潮音。

注釋 一、題解：本詩詠遊歷仙洞巖所聞洞中滴嗒水聲迴響的感受。押十二侵韻。 二、以虛實相照應，起句實中有虛，承句虛中寓情，轉結由虛實情景中體會出空外之音。三、企盼：顧盼之義，望切的意思。四、石隙：岩洞中的隙縫。蘇軾〈石鐘山記〉：「...徐而察之，則山下皆石穴隙，不知其淺深。」 五、海潮音：海潮按時而至，其音宏大，以喻佛菩薩說法的聲音。

語譯 地名仙洞，但神仙從何而去？遺下的蹤跡，讓人在內心深處有所期待。深洞內石壁間，有許多石縫空隙滴下的水聲，清脆悅耳，有如我佛傳來的南海潮音。

探源 一、仙洞位於基隆市西北方的仙洞里，為觀光的熱門景點。主洞口有圓通寶殿，壁間刻有佛像，及前清所遺墨寶，如「別有天地」石刻題字；主祀釋迦牟尼佛。二、未築港前相傳有仙人於此修煉得道而得名。洞內水氣氤氳，濤韻迴響，更是讓人回味無窮。

讀詩學作文 一、起首句免押韻，以問答領意。首句第一字與第三字為「重出」字，惟例稱「聯珠」句，聯珠者喻詩詞聯綴之美。「仙」字嵌在第三字為之「詩眼」，詩眼乃一首中最精煉傳神的一個字。而「仙洞」以仙人於此地修煉得道升天，故以名「仙洞」。二、第三句「箇中」綰合洞內水滴聲的出處，以引起題旨海潮音之醒世。三、結句乃譬喻詠歎法，取用南海潮音，以譬喻菩薩說法的聲音。沈謙教授說：「譬喻，又稱比喻，也就是俗謂的打比方，借彼喻此。」（修辭學）**（作者簡介請見一七四頁）**

閒遊暖東峽谷

王富美

驚瀧石瀨急飛揚，花木扶疏別有鄉；
東勢溪清連峭壁，輞川勝景好徜徉。

作者 王富美，女，籍貫臺灣基隆。西元一九五二年生，二〇〇六年國中教師退休。一九九九年獲師鐸獎及臺灣區詩詞吟唱教師組第三名。素好中華文物，樂耽書法、古箏與南管。優遊詩書，樂在其中。

注釋 一、題解：本詩記敘基隆暖東峽谷之勝景。七言絕句，押七陽韻。二、驚瀧：瀑布。三、瀨：水激石開而成的迴旋急流。四、扶疏：枝葉繁盛茂密的樣子。五、輞川勝景：輞川山谷是王維晚年隱居勝地。

語譯 湍急的瀑布、多砂石的淺水石瀨，急流激石，水花飛揚。花木繁盛茂密，群山蓊鬱高聳，別有天地。環繞其中的東勢溪，終年清澈見底，兩側岩壁陡峭峙立，這峽谷好像王維的輞川別墅，那樣地幽美，值得悠閒地徘徊漫步。

探源 一、暖東峽谷位於基隆市暖暖區之東勢坑，為基隆河之支流——東勢坑溪切割砂岩而成。峽谷地形極為明顯壯觀！二、暖東峽谷溪水清澈，常年流水不斷，此間闢有大型的露營場所，步道有涼亭、吊橋、瀑布、石門和削壁等，是登山健行的好地方。

讀詩學作文 一、全詩為採用視覺摹寫法，描摹幽奇靜謐的深壑美景，真是「宜醉宜遊宜睡」（稼軒西江月詞）！二、結句暗喻此峽谷一如輞川勝境，值得探訪優遊。三、字眼「好」字，有彼此情投意合之意，物我相融，正可忘機。四、結句「徜徉」，暗扣詩題之「閒」。四、希望大家多接觸大自然，在緊張的生活中，暫緩腳步，徜徉自然，紓爽身心。

靈泉寺記遊

許欽南

遠上靈泉不計程，最欣方丈笑相迎；
煙霞深處清遊好，詩趣禪機筆底生。

作者 許欽南，男，字位北，臺灣人，西元一九四一年生。國立臺灣師範大學國文系畢業，臺北市中正高中教師退休，現參加瀛社、天籟吟社、基隆詩學會為會員，曾獲乾坤詩刊第二屆古典詩第一名。

注釋 一、題解:本詩寫登臨基隆市月眉山的靈泉寺所見所感，抒發其心情。詩押八庚韻。二、煙霞:泛指山水景色。三、禪機:即禪理。

語譯 我遠遠地登上靈泉寺，全不計較路程的遙遠。最是欣喜寺中方丈笑臉相迎接。在這煙霞繚繞的山水深幽處，確實是清遊的好地方，頓時心中的詩趣、禪理都從筆底湧生出來。

探源 一、靈泉寺位於基隆市月眉山，是臺灣北部名剎，該寺於一九〇五年始建，至一九一八年完成。環境十分清幽，為禪修的好地方。

讀詩學作文 一、此詩開頭緊扣題目，點明詩人登臨之地。「不計程」說明樂於奔赴的心情。二、次句寫寺中「方丈笑相迎」，顯現主人的親切。宋・胡仔說:「好句須要好字。」此句工在「笑」字。三、三句記述該寺處於煙霞深處，環境清幽，確為清遊勝地。四、末句抒寫內心感受，「詩趣」與「禪機」頓時湧現。全詩起承轉合自然，字句流暢。

雪山隧道

陳欽財

雪山隧道北宜昂，縮地神工壯四方；
經濟弘昇家國富，繽紛勝景好觀光。

注釋 一、題解：本詩記述宜蘭雪山隧道的開鑿，與施工經過中遭遇的艱鉅困難。完工通車後，成為國人的驕傲。詩押七陽韻。二、北宜：臺北市與宜蘭縣。三、昂：激昂、昂揚，神氣的意思。四、縮地：縮小兩地的距離。五、繽紛：彩色十足。

語譯 雪山隧道的艱鉅工程令人大開眼界，完工通車後是宜蘭和臺北兩地激昂的地方，縮小兩地距離的巧妙方法稱頌各地。經濟實力的弘揚提昇，對家庭及國家都增加了財富，尤其是隧道沿途的壯觀勝景，更是觀光的好去處。

探源 一、雪山隧道全長十二點九公里，連接新北市坪林區和宜蘭頭城兩地，是北宜高速公路的重要交通孔道。西元一九九一年七月開工，至二〇〇六年六月全線貫通，歷時十五年。目前是世界第四長、亞洲第一長的公路隧道。二、車行只需十二分鐘，拉近了臺北和宜蘭的時空，使宜蘭的觀光事業，更加的蓬勃發展，招徠許多遊客來此渡假休閒。過了隧道就是頭城，此地的和平街，素有「開蘭第一街」的美譽，十分繁榮，成為觀光的熱門景點，也保留優雅的風采。

讀詩學作文 一、本詩直接敘述雪山隧道的興建，進而說明隧道的功用。前後呼應，使全詩連貫一氣。二、起句有明起、暗起、陪起、反起、引起、興起等。林正三先生說：「起者或引事起，或就題起，或對景興起，或比起，總之要突兀崢嶸，如狂風捲浪勢欲滔天，或如閒雲出岫輕逸自在。」又說：「所謂明起者，為開口即將題面說出，毫無些許做作。」（詩學概要）本詩即採用明起。**（作者簡介請見一七六頁）**

臺灣東北方海岸

林天財

岩岸新奇百態妍，汪洋急浪欲翻天；
沿途景緻如詩畫，澳港風光耀眼前。

作者 林天財，男，字恆德，彰化縣人，西元一九四二年生。臺中高農畜牧獸醫科畢業，喜愛藝術及文學。經歷：獸醫、泰源藤業有限公司負責人。現任香草吟社理事。

注釋 一、題解：本詩記敘自基隆出發，沿海岸公路，遊臺灣東北方海岸線、直至宜蘭間，沿途水天一色，山海輝映、景緻天成，抒情之作。押一先韻。二、岩岸：即由板頁岩所組成的海岸線。三、百態：指奇岩異石，及廣泛的生物及地貌百態。四、澳港：即蘇澳港。

語譯 臺灣東北方海岸大都是岩岸，奇石處處、生物種類繁多，地貌特殊、璀璨妍麗，蔚藍的太平洋驚濤駭浪，有急欲翻天的感覺。沿途的景緻如詩如畫，美極了，我們走著走著，終於到達了蘇澳港，又可飽覽港口的美麗風光。

探源 一、臺灣東北方海岸，指從基隆濂洞起，經東北方海岸公路，再經鼻頭角、金沙灣、澳底、頭城，到蘭陽溪口為止。二、蘇澳港是東臺灣的重要港口，形勢險要；北方澳、南方澳均為自然天成的海岬、瀕臨太平洋，景色壯麗。

讀詩學作文 一、本詩取景生動，廣泛的描寫臺灣東北方海岸的生態地貌，及海岸線、山連水、水連天、懸崖峭壁直逼太平洋的洶濤巨浪，動靜對比，氣勢磅礴。二、本詩能將山水融為一體，引人入勝。沿途山巒曲徑，景色清幽天成，轉瞬間，又一片欣欣向榮的景象，蘇澳港現眼底。好似我們親臨桃源洞，穿過時光隧道，又發現了桃花源的幻境，實有異曲同功之妙。三、蘇澳的美景留作美好的回味當結句。

冬山河夜

◎程滄波

冬山鏡月浴澄河，停櫂橫舟一釣蓑；
鴛侶呢喃新柳外，笑看童戲逐螢過。

作者程滄波，男，字子侃，湖北武穴人，西元一九五七年生。大專畢業，從事土木營造任工地主任，承母言返宜蘭，繼父遺業。於一九九〇年始由宜蘭仰山吟社李舒揚詞長引介、指導入社，從事詩文寫作、吟詠。歷任社務職位。

注釋 一、題解：冬山河乃蘭陽地區近代景點，遠近馳名的親水公園。詩押五歌韻。二、冬山：位於宜蘭縣羅東鎮南，交通便利。鄉內多處景點皆優美怡人，諸如冬山河森林公園、新寮瀑布、舊寮瀑布、梅花湖、武荖坑風景區、仁山植物園、三清宮、玉尊宮等。三、櫂，同棹，音召、去聲，指船上潑水前進的槳。

語譯 天上如明鏡般圓月照映澄河，就像沐浴在冬山這條幽靜、清澈的河水中。河面漂浮著橫斜的小舟，舟中的人將槳停放，獨坐船中靜靜垂釣。情侶成對在這月夜裡，就堤岸垂柳旁卿卿我我，為這冬山河夜色增添浪漫氣氛，另外草皮上可看到，孩童追逐著螢火蟲，笑鬧遊戲，奔跑而過。

探源 一、宜蘭冬山河源於標高九八〇公尺新寮山，長二四公里。經冬山、五結等地，後與蘭陽溪匯流入太平洋。二、早年冬山河遇雨氾濫，於西元一九七六年，整治浚渫，始有灌溉、防洪、觀光之利。每年在此舉辦童玩節，更掀起親子觀光的熱潮。

讀詩學作文 一、本詩表以河夜之靜，岸上人歡。實則暗喻河月之美，景象清靜、浪漫。二、首句「浴」字，以此字突顯河水的清澄，致使明月也願浴於此河中。轉句「新」字，以喻如鴛之情侶，皆如對對新人般甜蜜浪漫。這都是鍊字的工夫。王世貞說：「語欲妥貼，故字必推敲。」（藝苑画言）

太平山攬勝

蔡慶霖

嵐巒林海鎖晴煙，踏霧遊人過嶺巔；
飛瀑拋珠鳴決決，臨風嘯傲醉天然。

作者 蔡慶霖，男，號南亭石叟，臺南鹽水人，西元一九四六年生。初中畢業後，從事廟宇石雕刻，並步入詩壇。現任中華民國詩學會第十二屆監事。

注釋 一、題解：本詩記述宜蘭太平山森林遊樂區之旅。詩押一先韻。二、嵐巒：霧氣瀰漫山峰。林海：無邊際之樹林。鎖：封鎖。三、鳴決決：水聲響徹的樣子。四、臨風嘯傲：迎風放歌長嘯，傲然自得。

語譯 晴日中，太平山的霧氣籠罩著整片山林，探幽尋勝的登山客已經踏上了頂峰，三疊瀑布沖瀉的聲音很大，迎著風，放歌一嘯，陶醉在大自然中而心曠神怡。

探源 太平山位於宜蘭縣大同鄉，標高一九五〇公尺。現由林務局蘭陽區管轄，循道登峰，峰頂保有原始檜木林（稱之後山公園）天氣晴朗時，蘭陽平原、龜山島、東北角碧海一覽無遺，三疊瀑布由兩道豐沛水道匯聚而成，四周景色極為清幽，雲海煙波縹緲，恍如桃源仙境。

讀詩學作文 一、本詩借用宋・林逋〈山閣偶書〉詩：「但將松籟延佳客，常帶嵐霏入遠村。」來表達「松濤雲海」之太平山景色，無地不美而遊客多。二、轉句「鳴決決」用以加強瀑布沖瀉聲，結句字眼「醉」把詩引領到大自然中。三、起句「鎖」字，是用擬人法的修飾，使整個句子，更為優美。

雪山隧道

吳舒揚

神工跡拓三千里，鉅構荒開十五冬；
屹立頭城迎旭日，龜山互映紫雲封。

注釋 一、題解：本詩記述雪山隧道對地方經建的繁榮，以地、事、物組合之詩作。詩押二冬韻。二、雪山隧道：貫穿台北至宜蘭的地下道。三、鉅構：艱鉅工程。四、頭城：地名。屬於宜蘭縣，古喚頭圍。吳沙開蘭的第一站。五、龜山：在頭城海外約十公里處，形如海龜得名，宜蘭地標，列入八景之一。六、紫雲：祥雲。

語譯 藉著神般的力量，斬拓荒蕪完成這三千里漫長艱鉅的隧道，費時十五寒暑，聳立在頭城外的青翠山屏，與龜山朝日相互輝映，然而被層層祥和紫雲鎖住。

探源 一、雪山隧道打通臺北至宜蘭的要道，全程十二點九公里，世界排行第五名隧道，也是東南亞第一長的隧道。二、歷經十五年的艱難工程，創下隧道開鑿的歷史奇蹟，於西元二〇〇六年六月十六日通車。三、隧道開通後，縮短行車的時間，對地方經濟的繁榮，更有很大的幫助，也使頭城成為旅客的熱門觀光景點。

讀詩學作文 一、本詩起句不押韻，故與承句對仗，要求工整，力求句法精鍊，立意新穎。二、起句「三千里」對承句「十五冬」，一虛一實，一誇一平。「三千里」是用誇飾修辭，如不壯大聲勢，難以勾勒出隧道雄偉之格局，「十五冬」平淡無華，卻求真實，虛實相輔相成，顯示出詩美妙的運作。三、轉句「旭日」，結句「龜山」、「紫雲」，轉結以蘭陽地標龜山朝日互相輝映作背景，更強調雪山隧道祥和安謐之景象。（**作者簡介請見九頁**）

南山村

龔必强

桃源青嶂隱，蔬果沐雲煙；
不羨淵明菊，南山有別天。

注釋 一、題解：本詩主要在述說泰雅族部落南山村的美景與悠閒生活。五言絕句，押一先韻。二、南山村：位於宜蘭縣大同鄉，為泰雅族部落。三、桃源：桃花源，晉朝陶淵明〈桃花源記〉筆下夢幻的優美居住環境。四、嶂：高如屏障的山峰。五、淵明菊：陶淵明「採菊東籬下，悠然見南山」。陶潛，字淵明，一字元亮。晉潯陽柴桑人（西元三七一～四二七年），志趣高潔，文采超逸，善作長詩。為彭澤令，因不願為五斗米折腰，棄官去，安貧樂道，田園詩人，世稱靖節先生。

語譯 像桃花源般的南山村，隱藏在青翠的山巒裡，這裡的蔬菜水果沐浴在雲霧煙嵐裡頭，住在此地的人，不會羨慕陶淵明採菊東籬下的生活，因為南山村別有一片美好的天地。

探源 一、南山村屬宜蘭縣大同鄉，為泰雅族部落，位於省道臺七甲線上，群山環繞，適合種植高冷蔬菜及桃、梨，宛若世外桃源。二、南山村風光秀麗，氣候涼爽，水質甜美，適合植物生長，除遍地果樹外，尚有高冷蔬菜，大量供應城市需求。

讀詩學作文一、本詩以簡潔的文字描述泰雅族部落南山村的美麗，隱然勾勒出一幅山水畫。二、巧妙地利用地名來和隱士陶淵明作一連結，以彼喻此，藉以增加詩趣。「所謂比興者，皆託物寓情而為之者也。」（麓堂詩話）三、借用雲煙二字使整首詩充滿詩意，營造出詩畫意境。梅聖俞嘗云：「詩家雖率意，而造語亦難，若意新語工，得前人所未道者，斯為善也。」四、「隱」字點出南山之美，既隱身深山中，煙雲籠罩朦朧美，又有幽人閒趣。「沐」字，把蔬果擬人化也用得巧妙。**（作者簡介請見十五頁）**

清水地熱

張正路

清水幽蹊裊裊煙，滾騰如沸一奇泉。

人欣煮蛋跳珠樂，仙境登臨俗慮蠲。

作者 張正路，男，宜蘭縣人。西元一九四五年生，羅東中學畢業，自由業。作品《繼往開來》曾獲臺灣古典詩第一次徵詩掄元（一九九九年一月第廿六期）。

注釋 一、題解:本詩是描寫在清水地熱煮蛋清閒雅緻的情懷。七言絕句，押一先韻。二、裊裊：繚繞不絕。三、奇泉：指清水地熱是世界上少有的地熱泉。四、跳珠：喻滾水煮蛋時的氣泡跳動。五、仙境：喻清水地熱環境幽雅有如人間仙境。六、蠲：(音捐)，棄除、免去。

語釋 幽靜的清水溪冒出繚繞不絕的熊熊煙霧，地熱泉水滾燙可謂是世上少有的奇泉。遊客們歡欣煮蛋，也領略跳珠的樂趣。頓時也將平日忙碌的工作壓力獲得舒解。

探源 清水地熱位於宜蘭縣大同鄉清水溪河床，距臺七丙線清水橋約五公里，早期曾建地熱發電廠，終因不敷成本而關閉。平日遊客在河床上煮蛋，欣賞四周風景，滾燙的泉水，建有「煮食池」及「泡腳池」納入風景區管理，招來許多遊客，成為觀光的熱門景點。

讀詩學作文 一、本詩首句開門見山直指清水地熱幽境，其中「裊裊」是疊字，不僅遣詞用字精妙，也加深地熱連綿不斷的煙霧氣勢。二、「奇泉」一詞，更暗指清水地熱是世上少有的地熱泉。三、「跳珠樂」是雙關詞，一指滾水煮蛋的情形，一指遊客的樂趣。結句用仙境來襯托清水地熱的深幽，藉以帶動讀者光臨地熱引人入勝的情懷。

蘇澳冷泉

陳燦榕

寒若冰霜潔比琮，源流無限自溶溶；
消炎我愛蘇津外，沁得詩脾興更濃。

作者 陳燦榕，男，字亮辰，宜蘭人，西元一九三六年生，年少耕讀，跟隨父親學習擇日與勘輿；現今傳授兒子，共同經營「玄機堂擇日館」，曾任宜蘭仰山詩社理事長、中華民國傳統詩學會常務理事。

注釋 一、題解：本詩記敘宜蘭縣蘇澳冷泉特殊之處，提振遊客興致；七言絕句，押二冬韻。二、琮：外八角形，中有圓孔的璧玉。三、溶溶：水多貌；形容水源豐盛的樣子。四、蘇津：指蘇澳港。五、沁：音滲，水由毛細孔滲透而入。六、詩脾：指詩思，亦即賦詩的情感與思緒。

語譯 宜蘭縣蘇澳冷淨的泉水比冰霜還冷，比璧玉還潔淨。源源不絕的從地底自然湧汩，此天然聖品消炎又沁涼，頓時讓我詩興大發。

探源 蘇澳冷泉為稀世珍寶，屬低溫碳酸礦穴冷泉，泉溫長年保持約廿二℃，水色清澈。日人竹中信景親自以身浸泡後，才發現冷泉不但沒有毒性，對人體確實具有特殊醫療效；春秋之際沐浴冷泉，先涼後溫；炎夏入浴，令人神清氣爽，暑氣全消。

讀詩學作文 一、「寒若冰霜潔比琮」此句運用譬喻法，冷度如冰霜、亮潔如琮璧玉。二、「源流無限自溶溶」此句借物興起，以冷泉源流引喻心思澎湃。三、「詩脾興更濃」如「心涼脾透開」相同，詩興一起，靈感泉源湧起，自然行文如流水，暢所欲言，抒情寄意，已臻「詩能言志」之境界。期予拙作藉以吸引旅客前來觀光，提昇旅遊文化，喚醒大眾保護珍貴天然資源，弦外之音，餘韻無窮，令人省思。

春遊明池

方薰之

明池雨過眾賢遊，水秀山明景色幽；
一路杜鵑連海芋，滿山神木已千秋。

作者 方薰之，男，浙江遂安人，西元一九三〇年生，陸軍官校畢業，三軍大學戰爭學院結業，績優留校任教職十餘年。一九八四年晉升少將，一九八八年退役，現任社團服務工作。

注釋 一、題解：宜蘭棲蘭山國家旅遊風景區明池之遊。詩押十一尤韻。二、海芋：是一種野芋，也稱天荷、羞天草、又稱觀音蓮。

語譯 雨後天晴，春光明媚，空氣清新，與張壽平教授等社會賢達十餘人同遊明池，時風輕霧散，景色秀麗，沿途盛開的杜鵑，連接湖畔的海芋，紅白相襯，美不勝收，滿山古木參天，枝葉茂盛，這些樹木，都有千年歷史，在時間的長流中，愈覺人生的短暫。

探源 一、明池，位在宜蘭棲蘭山之高山湖泊，海拔一五〇〇～一七〇〇公尺，氣候涼爽，風景秀麗，為臺灣北部避暑勝地。二、附近有許多原始檜木和柳杉林木、蝴蝶、鳥類自然生態豐富可觀，又有庭園，森林童話迷宮，慈園等景觀，素有「北橫明珠」雅稱，深受遊客的喜愛。

讀詩學作文 一、本詩以寫實存真，記敘明池景觀，造語鮮活順暢，令人嚮往。二、黃永武教授說：「為了記存實事的情狀，或不避村俗的文句，或保留說話者的語氣，使被描繪者的情性、特點、活躍毫端，這種修辭法，叫做存真。」（字句鍛鍊法）三、結句「滿山神木已千秋」總結全詩，句法自然不俗，含有神木珍貴和勉人珍惜之意，更使人神馳情往。希望做到「語近情遙」的境界。

頭城春色

陳冠甫

嫩桃脩竹滿山隈，萬葉千枝春剪裁。

五老峰靈商雨去，一灣海水護城來。

注釋 一、題解：此詩作於一九六七年，在高中畢業前，寫家鄉頭城古鎮的春天景色。七言絕句，詩押上平聲十灰韻。二、嫩即淺淡柔軟之意。脩同修字，長也。隈指山水彎曲的地方。三、五老峰指宜蘭縣礁溪鄉的五峰旗瀑布，該鄉舊屬頭圍，亦即頭城轄區。宜蘭為扇狀平原，頭城鎮自北而南有石城、大里、大溪、龜山（更新亦即梗枋）、外澳、武營、大坑、竹安等里緊鄰太平洋，係全縣海岸線與鐵道最長的城鎮。

語譯 嫩綠淺紅的桃花林與修長的青竹林，遍布頭城鎮的山曲水灣。千枝萬葉，如是之美，皆拜春之神——東君妙手剪裁所賜。五老峯的山頭攢聚，似乎山中神靈在開會商量如何降雨?而那漫長的太平洋海灣成了一道天然屏障，是專門防護頭城鎮來的。

探源 一、本詩原有二首，其二為：「吾鄉佳勝真如畫，新綠嫣紅濕作堆。何啻渭川觀萬畝，宜風宜雨小蓬萊。」二、吳沙開闢蘭陽，首邑即頭圍，後改稱頭城。作者出生在大坑罟舊居，北上就讀大學之前，均生活在此，自然懷有濃厚的感情。三、次句源自賀知章<詠柳>：「不知細葉誰裁出，二月春風似剪刀。」三句點化自姜夔<點絳脣>：「數峰清苦，商略黃昏雨」詞意。結句與劉禹錫<石頭城>：山圍故國，潮打空城，舊時月色，還過女牆，儼然同一機杼，而自有其新意在。

讀詩學作文 一、一代名儒陳貽鈺評此詩云：「清靈秀逸之氣，溢於言表。」司法院耆宿高嘯雲則評曰：「曩羡君詩若白坡，神馳雲際眾星羅。原來稟賦天生就，筆力清雄自可歌。」以太白、東坡譽其才氣天縱。（**作者簡介請見三十頁**）

福山植物園

巫漢增

福山園裡蓄良材，綠植欣欣哺育胎，
存續原生花木種，勝機無限世間財。

作者 巫漢增，男，彰化埔心鄉人，西元一九五六年生，詩名梵夫，文名楚天闊。企管碩士，現任彰化縣國學研究會總幹事。熱愛登山與寫作，將攀登臺灣百岳著述結集名「百岳真情」，將多年來著述結集名「幸園輕詠」第一輯、第二輯。

注釋 一、題解：本詩述宜蘭縣員山鄉福山植物園的作用及重要性，押十灰韻。二、原生：指本來的、以原種母株所繁衍的品種。三、世間財：世界上所有人類共同使用的財產。

語譯 福山植物園裡種植許多優良的木材植物，欣欣向榮的植株都能培育一代代苗木，以繁衍原來的品系品種是這裡的主要目的，因為如此的無限生機，將是人類資源共享的世間財產。

探源 一、福山植物園位在宜蘭縣員山鄉，也跨新北市烏來區，為林業試驗所福山分所試驗林之一部分，園區有系統的蒐集、保存和栽培臺灣中低海拔木本植物，以期成為植物的博物館，提供林業研究、教學實習、生態環境教育及保存林木種源之基地。二、目前園區蒐集栽種之植物共有六六科四四一種共三二〇〇餘株。分佈在水生植物區、林下植物展示區、蕨類區、裸子植物區、離瓣花區、杜鵑花區、合瓣花區、竹區、草本植物展示區、特用植物區等。為保持珍貴林相生態環境，每天限額入園參觀，必須事先申請。

讀詩學作文 一、本詩前兩句寫福山植物園之景，後兩句轉為園區的價值，神韻玄妙，不落窠臼。而將主題重心超出植物園之外，彰顯本園地位與地球資源的共享可貴。二、本詩將植物之繁衍比喻為人之哺育，擬人化易使人有感同身受的切身領會。

宜蘭龜山島

◎涂世澤

萬頃波濤往復回，北關覽勝有亭臺。
東看碧綠懸孤島，直似神龜出水來。

作者 徐世澤，男，江蘇東臺人，西元一九二九年生。國防醫學院醫學士、公共衛生學碩士，曾任宜蘭員山榮民醫院院長、臺北榮總主任秘書。現任「乾坤詩刊」副社長。著作有「養生吟」、「擁抱地球」、「思邈詩草」、「並蒂詩帖」與「健遊詠懷」等。

注釋 一、題解：本詩記敘宜蘭北關龜山島之旅。二、北關在宜蘭東海岸頭城鎮境內，第二省道上，設有北關海潮公園，建有觀景步道和觀景亭一座，遙望十餘公里外之龜山島乃最佳角度，還設有北關農場，海鮮店內可吃到吻仔魚。

語譯 太平洋的風浪湧起萬頃波濤，來而復往。北關建築一觀景亭覽勝。向東望去，可見碧綠的太平洋上孤懸一小島，真像一隻神龜浮出水面了。

探源 一、龜山島隸屬宜蘭縣，孤懸在東海岸太平洋上，是全臺唯一的活火山。二、現有遊輪前往龜山島遊覽，龜頭水域有海底熱泉，呈乳白色，環島海面有成群的鯨魚在跳躍，蔚為奇觀。島上有龜尾湖環湖步道，四〇一高地步道，是遊客的最愛，全島風景秀麗，名聞遐邇。

讀詩學作文 一、前兩句是「直敘法」。起句描寫浩瀚壯麗的太平洋，驚濤駭浪的景象。第二句寫陸地有觀景亭可覽勝，藉以引人入勝。二、第三句「轉折」最重要，詩眼「懸」字是關鍵，表示所見的是一小孤島，令人遐思。三、「神龜」：此句採用「擬物」的修辭法來描繪島的地形地貌，使本詩靈活生動。

太魯閣

胡傳安

山行九曲過重關，匹練奔騰瀉谷間；
仰望蒼旻雲靄起，長林蓊鬱石斑爛。

作者 胡傳安，男，江西省鄱陽縣人，西元一九三八年生，曾任淡江大學，國立臺北商院教授，韓國外語大學客座教授，教育部文化講座，考試院典試委員。現任：中華詩學會理事長，世界華文詩詞學會名譽會長，並獲頒榮譽詩學院士。曾獲文復會學術論著獎、語文獎章、教育部文化獎章。論著三十餘種，聽竹軒詩千餘首。

注釋 一、題解：本詩記敘太魯閣勝景。押十五刪韻。二、太魯閣在臺灣東部花蓮縣境內，疊翠重巒，美景天成。三、九曲：九曲洞，為太魯閣景點。四、匹練：瀑布。五、蒼旻：秋天稱旻天，蒼旻指秋日的天際。旻音民。六、雲靄：雲霧。靄音矮。七、蓊鬱：茂盛的樣子。八、斑爛：文彩美麗的樣子。

語譯 經過九曲洞的時候，處處是高山峽谷，美景如畫。 一道如萬馬奔騰的瀑布，由天而降，直瀉谷底，氣勢磅礴。抬頭望著秋日的天際，山頂瀰漫著層層的雲霧。滿山翠綠的樹叢，還有水邊紋彩燦爛的石頭，相互輝映，景色怡人。

探源 花蓮縣位於臺灣東部，全境多山。太魯閣之天然美景，壯麗雄偉，名聞中外，並盛產大理石，近年來已發展為觀光勝地，政府並設立太魯閣國家公園。

讀詩學作文 一、本詩能突顯太魯閣的景觀特色，如九曲洞、瀑布、雲峰、彩石，充分掌握詩題。二、第二句寫俯看瀑布流入山谷的景象，第三句寫仰望天際山峰的景觀，第四句寫周遭之所見，俯仰之間，把太魯閣的畫境表露無遺。

冬登松雪樓

張夢機

崇樓聚遠此心閒，雲去雲來自往還；
欲向奇萊眺峰雪，不知身在雪峰間。

注釋 一、題解：本詩記述登松雪樓賞雪。押十五刪韻。二、崇樓：高樓。指松雪樓。提供住宿和緊急醫療救助的服務。三、奇萊：指奇萊山，位在南投縣和花蓮縣交界處，海拔三五五九公尺，峭壁連天，景觀壯麗，素以險峻為名，山難最多，有黑色奇萊之稱。四、眺：音跳，遠望。

語譯 冬天由遠地來到松雪樓賞雪，看著浮雲自來自去的往還，正如我的心情那樣悠閒，想要遠望奇萊山峰的雪景，卻不知道身已處於雪峰之間啊！

探源 一、松雪樓在中橫合歡山的山麓。合歡山位在南投縣和花蓮縣的交界，大甲溪、濁水溪和立霧溪的分水嶺，主峰標高三四一六公尺。登樓但覺浮雲飄忽，空煙四遠，並可遙望奇萊山，風景絕佳。二、某年與高雄師院諸生旅遊中橫，登合歡山賞雪，並過松雪樓，舉目吟眺，盡半日之歡。登樓但見它山之雪，而不知此身正處於雪峰之間。夫四處望春，卻不知春在身旁，人恆如此，奈何！

讀詩學作文 一、本詩轉句「欲向奇萊眺峰雪」的第六字「峰」，不算孤平，因有拗救。二、本詩題意除在賞雪之外，更含有很深的哲理，啓示人生要多惜福，意境高遠曠達。三、作詩最講究的是「含蓄」，能作到藏鋒不露。音在弦外，自然有味。其中的情意，完全讓讀者自己去揣摩體會。文心雕龍上說：「秘響旁道，優采潛發」，也就是這個道理。（**作者簡介請見第一頁**）

花蓮巡禮

陳定中

江南走遍不新鮮，淨土洄瀾另片天；
活水靈山迤邐繞，奇花異草有良田。

作者 陳定中，男，江西宜春人，西元一九三二年生，客居臺灣花蓮。三軍大學畢業，公務員乙等考試及格。空軍防空學校教官退休，花蓮港務局秘書退休。愛好文藝、寫作、吟詩、習畫、玩石。花蓮縣洄瀾詩社常務監事、書法學會會員、中華詩學研究會會員、世界華人書畫藝術家聯會會員、北京華夏龍吟詩書畫研究院名譽院士。

注釋 一、題解：本詩吟詠花蓮，押一先韻。二、江南：長江以南水鄉澤國之地。三、洄瀾：花蓮之諧稱。四、靈山：神妙山巒。五、迤邐：連綿曲折。

語釋 走遍水鄉澤國的江南，並不以為它有什麼了不起，只有來到花蓮才覺得它另有一片天地，人間淨土。花蓮三面環山，一面臨海，奇妙的山巒，圍繞連綿；潺潺的清泉川流不息。盛開美麗的花朵，生長青新的草。農民更有肥沃的田地好耕作。

探源 花蓮，古稱奇萊。花蓮縣誌始稱花蓮，沈葆楨奏疏前無此稱。故老云：其水東注與海濤激蕩，紆迴澎湃，頗為壯觀。故曰：「洄瀾」。後人諧音為「花蓮」。至今沿襲之。吉安鄉永昌街的「嵐山民宿」，背倚翠綠的中央山脈，遠眺浩瀚的太平洋，清澈的藍天，絢爛的雲彩，景色美麗，真有「臥擁嵐山勝帝侯」的感受。

讀詩學作文 一、前兩句言情，後兩句寫景，情景交融。二、第一句中的「不新鮮」與第二句裡的「另片天」以對比修辭法造句，表現詩人內心有兩種不同強烈的感受。這也是倒裝的修辭法。三、「迤邐」兩韻母相同，為「疊韻」字。四、作者根據各處參觀考查之經驗，來言花蓮之美，卻另有一番感受。

合歡山晚歸

柯逸梅

百鳥窠巢息，群羊引主回；
山花饒有趣，依舊笑迎陪。

作者 柯逸梅，名兆榜，男，安徽無為人，西元一九三一年一月十五日生。歷任軍事職務，省立臺中第二中學教官，臺中技術學院補校主任教官，書法教授；現任臺北春人詩社顧問、臺北中華學術院詩學研究所研究委員、中華詩學會監事、曾任臺北中華大漢書法會理事，參加各項展覽數十次，兩岸交流多次。

注釋 一、題解：本詩寫合歡山傍晚回臺中時所見。為五言絕句。詩押十灰韻。二、窠巢：窠，鳥巢，此作動詞用。三、饒：作富有講。

語釋 傍晚的時候，各種鳥都飛回窠裏休息、一群山羊正引領著主人走回家去，只有山路邊的小花，仍然不分朝暮、殷情的、含著笑容，迎著過往的客人。

探源 合歡山是花蓮縣與南投縣交界之處，也是大甲溪、濁水溪和立霧溪的分水嶺。也是著名的旅遊景點，海拔三千六百九十七公尺，山上氣候很冷，冬季遇寒流來襲，可積雪盈尺；有滑雪場，供冬令營集訓之用，有「雪鄉」之稱。

讀詩學作文 一、本詩前二句作對，後兩句以散體作收。二、詩的好壞練字很重要，如第一句便指出時間是傍晚了，一群鳥又飛回窩裡來了、第五字「息」，更點出他是休息狀態。三、承句「引」字它說羊引導主人，而不說主人趕羊回家，這就是詩重曲不宜直的妙處。四、至於花為何能笑呢？這是作者的心態，是用擬人法賦予花的生命，看來自然心生喜悅。

太魯閣公園

王鎮華

魯閣生煙數玉虹，岩花千疊景溟濛；
山巒九曲疑無路，直到天祥野色濃。

作者 王鎮華，男，祖籍湖南岳陽，西元一九二七年生，岳郡聯立師範畢業，西元一九四八年來臺，任基層公務員，退休後參加花蓮縣洄瀾詩社，並選為社長四屆及任理事、總幹事多屆，並為中華楚騷詩社名譽理事長、理事及中國詩人文化會、中國傳統詩社、中華文化研究會會員。

註釋 一、題解：本詩寫太魯閣天祥段風景概況，押一東韻。二、玉生煙句：太魯閣狹谷，是地殼運動時，菲律賓方向是大理石崖，大陸板塊是一般崖石，故用玉石生煙句，亦是景點多的意義。中橫未開闢前，無路可通，現路雖通，仍彎曲崎嶇，疑無路通，到了天祥才豁然開朗。三、溟濛：下著小雨的樣子。

語譯 太魯閣狹谷，石玉生煙，景似虹彩，兩壁上的岩花千層萬疊，景色溟濛，好像下著小雨的樣子，山路九彎曲折，似乎是沒有路通了，但到了天祥，野色翠濃，豁然開朗了。

探源 一、太魯閣公園橫跨花蓮、南投、臺中等地，為數百年前，在一次菲律賓地殼板塊與大陸地殼板塊運動相沖擊而成為雄偉、美麗的狹谷，由花蓮方向入口到天祥全程約十九公里，是臺灣最具代表性的觀光景點。二、若仔細觀察，這段自然山川的壯麗，以及人工開鑿的峻偉奇景，令人驚歎，陶醉不已。

讀詩學作文 一、字眼：第一句「數玉虹」的「數」字，即寫太魯閣的無數風景，用句新鮮巧妙。二、次句寫岩花千疊，景色溟濛，轉寫九曲疑無路。最後直到天祥野色濃，一氣呵成，若非高手難以精工，可細細體會。三、作文亦是如此描繪，層層逼進，才能成篇。

奇萊秋霽

徐教五

天宇方晴霽，山中暑氣收；

黃花爭吐艷，點染一籬秋。

作者 徐教五，男，字滄海，湖北蘄春人，西元一九一九年生。早年參加抗日有功，其後任教多年，現已退休。為楚騷研究會、中華詩學研究會會員及洄瀾詩社社員。有《滄海雜鈔》。《滄海吟草》待梓。

注釋 一、題解：這是描述奇萊秋天雨后情景。五言絕句，詩押十一尤韻。二、霽：雨止。三、黃花：就是菊花，多年生草，秋天開美麗的花，種類甚多。周敦頤說：「菊，花隱之逸者也。」四、吐：開放。五、點染：畫工點綴設色。六、籬：籬笆。

語譯 天空雨才停止，山中炎熱的暑氣變得涼爽了，菊花爭妍鬥艷，把籬笆染成一幅美麗的秋景。

探源 一、奇萊指奇萊山，在花蓮、南投兩縣交界處，海拔三三五九公尺，險峻壯麗，為登山者喜愛攀登之勝地。二、登合歡山可以遠眺奇萊山的主峰，終年在雲霧瀰漫縹緲之中，一到冬季經常飄雪，山峰白雪皚皚，雲海翻湧，氣象萬千，是一座雄壯聳翠而美麗的山，十分迷人。

讀詩學作文 一、本詩好在三四兩句，描寫籬邊菊花雨后開得特別好看，好像是畫家染成一幅秋天美麗景色。二、轉句「吐」是字眼，用的擬人修飾，黃永武教授說：「將無知的事物，寄以靈性，託為有情，這是擬人法。」（字句鍛鍊法）。三、「點染」用句巧妙，將黃花似如畫家，人格化的擬物為人的修辭，使句子格外生動有趣。

九曲洞

王鎮華

九曲洞中徒步遊，巖花漱石水清湫；
騷人賞罷千盤險，景比桃源勝一籌。

注釋 一、題解：本詩記敘九曲洞風光。九曲洞，是在天祥路段山崖中開鑿之道路，遊人到此，均下車徒步，沿途欣賞風景也。一線天、燕子口，均在此洞中，押十一尤韻。二、巖花：崖壁的青苔也。三、漱石：水盪石之稱。四、騷人：詩人。五、桃源：指晉朝陶潛（字淵明，一字元亮，世稱「靖節詩人」，安貧樂道的田園詩人。）著的「桃花源記」。

語譯 遊人到這洞中，均下車徒步遊覽風光，沿洞巖花兖石，溪水清澈，騷人墨客欣賞了這千盤險景，都說這景比陶潛寫的桃花源記更勝一籌呢！

探源 一、九曲洞是中横公路天祥段勝景之一，洞內有一線天、燕子口等景點，由九曲洞峽谷崖石中，可發現菲律賓板塊與大陸板塊運動相擊時的大理石崖石。二、道路曲折，有「九曲蟠龍」的題字，這是太魯閣峽谷最曲折壯觀的景色，中有立霧溪綿延相隔，藍天在山谷間，仰望有如一線，因有「一線天」美稱，十分壯觀，撼動人心。

讀詩學作文 一、本詩技巧：詩是文章之縮寫，文章是將詩意擴大文字篇幅，本文第一句起，表示此洞是徒步區，欣賞風景最好景點，第二句承，即說明景色優美也。第三句轉到騷人墨客遊罷九曲千盤洞後，第四句收，即說明這洞的景色比桃花源還要勝一籌呢！二、結句引用「桃源」，明喻九曲洞的勝景，比桃源更美。三、黃永武教授謂：「舉一件真有或假設的例子，在譬喻要說的事理，使讀者由一事的『已然』，而相信另一事『亦然』，這種修辭法，叫做取譬。」（字句鍛鍊法）**（作者簡介請見一九七頁）**

秀姑巒溪之旅

鄞　強

彎曲巒溪疊翠幽，招徠雅客競飛舟；
秀姑婀娜饒清趣，艇陣迂迴泛急流。

作者 鄞　強，男，字有功，屏東潮洲人，西元一九三五年生。少貧遂半工半讀，師事林錫麟、李梅庵、張高懷諸先生門下。曾加入天籟吟社、高山文社、臺灣瀛社。中華民國傳統詩學會理事、龍山吟社顧問。著有《鄞氏渡臺始祖保相公詩畫紀念集》行世。

注釋 一、題解：本詩係建設南迴鐵路徵詩傑作。記述秀姑巒溪泛舟之旅的情況。詩押十一尤韻。二、招徠：招致。三、雅客：高雅的遊客。四、婀娜：柔弱美麗的樣子。五、艇：音挺。輕便的小船。六、迂：曲折盤旋。

語譯 彎彎曲曲的秀姑巒溪，兩旁翠綠優美，招來許多高雅的遊客，飛舟競渡。秀姑巒像少女美麗的風光，寓有情趣，那輕便小艇舟陣，曲折盤旋在急流中前進。

探源 秀姑巒溪發源於中央山脈的秀姑巒山，起點近舞鶴臺地，東切海岸山脈，由南向北經曲流亂石到花蓮縣瑞穗鄉奇美村。再過大峽谷，坡陡降至秀姑尧玉灘，於長虹橋大港口入海，是東部第一大川。穿梭在群山峻谷，風光秀麗，是臺灣著名的泛舟勝地，從瑞穗大橋到長虹橋，共二十餘公里，大小激流險灘廿三處，吸引許多遊客前來泛舟戲水。

讀詩學作文 一、本詩首句以寫景入題。二、轉句將秀姑巒山比喻如少女婀娜之姿，即所謂「擬人法」，突顯出秀姑巒山的美麗。三、黃永武教授云：「將無知的事物，寄以靈性，託為有情，這是擬人法。」（字句鍛鍊法）又云：「花卉蟲鳥都可以擬，如李白詩；故交不過門，秋草日上階。說舊友久不上門，而秋草卻上階來了，用上字擬人。」

關山攬勝

楊世輝

花東縱谷訪關山，命駕迂迴一日還；
景物恢宏溪水曲，峰連海嶽卷雲鬟。

作者 楊世輝，字奕文，號寄園居士，一九二八年七月生，江西瑞金人。省立高師畢業，乙種特考及格。軍職退休，西元一九八九年，當選全國優秀詩人。曾任中華詩學研究所委員。詩具盛唐風致，詞近歐蘇，著有「寄園詩草」等書。作品入選：「當代百家詩詞鈔」等精選集。並榮獲北京天籟杯第五屆「中華詩詞精英獎一等獎」，暨「中華詩詞復興獎一金獎」。

注釋 一、題解：本詩記述：遊覽「關山」親水公園之觀感。詩押十五刪韻。二、關山：係由花蓮通往臺東縣轄古鎮。三、命駕：指雇用乘坐專車。四、海嶽：指玉山。五、雲鬟：形容雲氣舒卷如勇士髮鬟。

語譯 我們租車從花東縱谷進入關山攬勝，路上曲折盤旋，一天來回。這裏的親水公園門面壯觀，溪水彎曲。山峰和玉山連接，雲氣舒卷，有如勇士的髮鬟，那樣英武雄姿。

探源 一、關山：屬臺東縣文化古鎮，自古由原住民：布農族等，暨閩、客族群、散居地區、民風淳樸，從事農林畜牧，歷史悠久。今闢建「親水公園」，益見名聞遐邇。二、關山環眺，原屬：古刹、飛泉、山莊、林木圍繞之風景區。

讀詩學作文 一、起、承句，點題入韻，屬「循題順點」詩法，既標明方位，並顯示峽谷之紆曲漫長，係「實景虛寫」，縱谷迂迴、筆調靈動有致。二、「景物恢宏溪水曲」，乃寫關山所闢建之「親水公園」，外觀予人深刻印象，句法頓挫有力，遙引結句：「峰連海嶽捲雲鬟」，抒寫「形象思維」，形成「雄奇境界」，則屬「就題空翻」詩法，「卷雲鬟」係擬人法，隱約顯露英武形象。

鹿野高臺

謝清淵

南橫終段到高臺，聳翠烏龍遍地栽；
四溢香飄能醉客，停車坐愛飲三杯。

注釋 一、題解：本詩記述臺東縣鹿野高臺的景觀。詩押十灰韻。二、高臺：臺東縣鹿野鄉村地名。三、烏龍：指烏龍茶。是一種半發酵的茶，茶味香濃，甘醇潤喉，帶有果香，係採取上好尖嫩茶葉精製而成，帶有烏色，葉身彎曲如龍，故有烏龍茶之稱。四、醉客：陶醉客人，使精神清爽。五、坐愛：休息而坐。六、南橫：南橫公路。南橫公路由臺南市玉井區進入高雄市甲仙區、桃源區，延伸到臺東縣海瑞鄉，長一七二公里，沿途山嶺蒼翠，風光美麗。

語譯 來到南橫公路終點站的高臺，滿山遍野均栽種烏龍茶，樹林綠翠盎然，生意人煮茗候客，因而茶香四溢，停車休息，坐於茶樹邊，暢飲烏龍茶而解旅途疲勞。

探源 一、鹿野高臺位於鹿野鄉，傳說因有野鹿群集，因而得名。接近臺東市，蜿蜒峻麗高臺，地質肥沃，氣候溫和，最適合種植烏龍種茶，其清香提神醒腦。為茶類之冠，是東臺灣之名產，高臺宛如飛龍而得名。二、目前鹿野除發展茶葉外，因好山好水，也發展成為觀光勝地。有「高臺飛行場」提供飛行傘訓練，遨遊藍天，十分壯觀美麗。另有「福鹿山休閒農場」和「茶葉改良場臺東分場」，都是值得留連參觀的好地方。

讀詩學作文 一、能醉客，可知茶品位之高，停車坐愛乃指以茶潤喉止渴，停車休息於茶樹下，暢飲數杯。二、本詩直述鹿野景觀，有賦有興，能引人入勝，暢飲三杯烏龍茗茶以盡興。（**作者簡介請見一一一頁**）

登鯉魚山龍鳳塔

鄭　烈

七層寶塔聳靈峰，拾級登臨聽梵鐘；
鳳舞龍翔迎墨客，回看鯉嶺白雲封。

作者 鄭　烈，男，臺東人，西元一九三八年生。國立政治大學畢業，歷任國民大會代表、臺東縣長、臺灣省議會諮議，現任臺東縣寶桑吟社社長。中華民國紅十字會臺東縣分會會長，以及鄭品聰先生文教基金會董事等職。十年來退而不休貢獻政經學驗，協助地方建設，襄贊文教活動，冀能匡正世道人心，創建安和社會。

注釋 一、題解：本詩記述登臨臺東市鯉魚山龍鳳塔景觀。詩押二冬韻。二、七層寶塔：七層高的佛塔。指龍鳳塔。三、拾級：由階梯一級一級的走上去。四、梵鐘：即佛寺的鐘聲。梵，音皈，指佛教。五、墨客：指文人雅士。六、封：猶言罩住。

語譯 龍鳳寶塔屹立在鯉魚靈峰上，從階梯一級一級的走上去，聽到佛堂的鐘聲，好像鳳舞龍翔在迎接文人雅士，眺望東海，不覺回看鯉魚山已被白雲罩住，該是歸去時刻了。

探源 鯉魚山位於臺東市區，丘陵蔥翠，狀似鯉魚，面臨東海，背倚南山，取形造景，氣象軒昂，是臺東市的守護神。建有清朝州官胡鐵花、臺東縣首任縣長陳振宗、抗日志士鄭品聰等紀念碑，以及忠烈祠、龍鳳佛寺、龍鳳寶玉塔等莊嚴建物。靈光繚繞、法氣騰迴、名山勝蹟，孕毓人才。

讀詩學作文 一、本詩直陳眼前所見景況。二、轉句「鳳舞龍翔」則用「譬喻」修辭，以喻龍鳳塔中的先人為鳳為龍迎客，使句子更加生動活潑。三、結句以「白雲封」來寫賞攬既久，不言為時已晚，而言白雲封，借喻留連忘返之情。袁枚的「隨園詩話」說：「凡作人貴直，而作詩文貴曲。」正是高明的技巧。

天　池

王希昭

瀲灩天池碧水澂，尋幽攬勝杖藜登；
清潭鏡澈涯無際，野鴨浮波錦鯉騰。

作者 王希昭，男，字篤行，浙江瑞安人，西元一九三〇年農曆十二月廿日生。臺灣警察專科學校畢業。著有「旅臺隨筆」及「困學齋詩文鈔」等書，曾當選優秀詩人及臺灣警察專科學校傑出校友。

注釋 一、題解：本詩描寫臺東蘭嶼鄉天池景色。押十蒸韻。二、瀲灩：水滿的樣子。三、杖藜：藜草老莖做枴杖，杖作動詞。四、鏡澈：水質乾淨清澈如鏡。五、錦鯉：美麗的鯉魚。

語譯 蘭嶼天池，位於山頂，水量充沛，面積遼闊，清澄翠綠，風景優美。因為山高路遠手持枴杖，登臨遠眺，湖山嵐影，相映成趣，水鳥浮波，悠遊自在，鯉魚戲水。跳躍自如的景象，如詩如畫，映入眼簾，而使人賞心悅目，心曠神怡。

探源 天池位於臺東縣蘭嶼鄉大森山頂端，海拔四八〇公尺，從前是火山岩漿噴發的出口，後因雨水沖積而成為現在的高山湖泊，水源豐沛，風景秀麗，使人留連忘返，現已闢為觀光勝地，所以當地人說，既到蘭嶼不去天池，猶如沒有來過蘭嶼。

讀詩學作文 一、本詩，起句以誇飾法，形容天池，碧水瀰漫，晶瑩剔透，映入眼簾，而使人心曠神怡。二、繼以比喻法敘述潭面如鏡，清澈見底，游目騁懷，回味無窮。三、林正三先生說：「譬喻之功用，在運用已知之材料，以說明未知之事物，或以具體事物來比喻抽象之理論，使條理分明以加深讀者印象。」（詩學概要）。四、結句以觀感、觸覺、描繪「野鴨浮波」與「錦鯉跳水」的畫面。憑欄遠眺，美不勝收，而使人逸興飛揚。

水往上流

王鐵錚

寶島一清流，力爭朝上游；
未到玉山頂，今生誓不休。

作者 王鐵錚，男，號凝眸居士，湖南湘潭人，西元一九三〇年生。國立臺灣師範大學教育心理學系畢業。篤信佛教，雅好唐詩，所作近六萬首，著「凝眸詩話」，待付梓。

注釋 一、題解：本詩敘觀「水往上流」奇景，有感而發。詩押十一尤韻。二、寶島：指臺灣，素有「蓬萊仙島」之譽。三、玉山：為臺灣最高峰，海拔三千九百五十公尺。

語譯 臺灣臺東有一條清水溝，奮力向上流去，不達到玉山頂上，發誓今生永不罷休。

探源 一、「水往上流」臺東縣東河鄉都蘭村南方漁橋附近，為遊憩觀光勝地，中外馳名。二、這是一條灌溉的溝渠的水，因為地勢傾斜度高於路面，在視覺上造成「水往上流」的錯覺，令人稱奇，因此吸引許多遊客前往觀賞。三、溝旁豎有石碑，上書「奇觀」，吸引遊客青睞。

讀詩學作文 一、本詩為五言絕句，採用擬人法，以「清流」喻君子。「力爭朝上游」喻發奮圖強。「玉山」喻最高境界，即所謂「出頭天」。二、首句押韻。次句平仄應為「平平仄仄平」，因「力」字為仄聲，故用「朝」字相救。三、三句應「仄仄平平仄」，而句作「仄仄仄平仄」「玉」字仄聲，致「山」字淪為孤平，因「玉山」為專有名詞，不能變更，故用次句之「朝」字平聲相救。四、本詩借景寄意，勉人力爭上游，立意甚佳，富獨創性。宋黃山谷云：「文章最忌隨人後。」這是本詩主旨不凡之處。

三仙臺采風

楊世輝

仙蹤杳杳古臺荒，迤邐林巒海岸長；
九曲虹橋連小嶼，客尋芳躅望蒼茫。

注釋 一、題解：本詩記述遊覽花東海岸之名勝三仙臺觀感。詩押下平七陽韻。二、仙蹤：據傳說遠古駕臨此一小島仙人之行蹤。三、臺荒：指荒蕪珊瑚礁及小島。四、虹橋：指近代興建之觀光九曲拱橋。五、芳躅：泛指古賢仙之行跡。六、蒼茫：無邊無際的樣子。

語譯 懷著探遊古蹟的心情，命駕行經林巒迤邐的漫長東海岸；于臺東成功鎮東北海岸水域，那奇異珊瑚礁，近接蕞爾小島，遊客探尋神仙的芳跡，看過去衹是一片蒼茫的海洋。

探源 一、據知花東海岸長濱段，高聳山崖，既形成「八仙洞」古蹟，傳説八仙中的：呂洞賓、李鐵拐及何仙姑等三位神仙，乘興雲遊，駕臨臺東附近海域小島，故名三仙臺。此與八仙洞、仙劍峽、合歡洞、壺穴等天然形成之古蹟，諒俱列入古方誌。同樣流傳甚盛，其實神仙之説，衹增飾勝景之虛名假象罷了。二、近年政府為開發文化古蹟，發展觀光景點，既增建九曲拱橋，並于附近設立「三仙臺遊憩區」，從事導覽，或適時安排原民歌舞表演，招徠遊客甚多。

讀詩學作文 一、本詩首、承二句、依照「循題順點」法，實境虛寫，語涵性靈飄逸以寄趣！次句以迤邐林巒，拓展迂曲漫長如畫境界，引人入勝。二、第三句轉折，擬以建構「九曲虹橋」巧奪天工，以增古蹟氣勢，形成前後呼應，亦符合「轉筆扼題」詩法，韻味深長。三、結句：擬依文人雅士，慕古崇賢，偶效奇逸情懷，漫尋芳躅，遙望滄海抒感作結。採用「撫景寓意」詩法，點出三仙及古蹟，衹是傳説神往而已。（**作者簡介請見二〇一頁**）

知本風光

王希昭

知本鍾靈勝景隆，溫泉療疾效無窮；
清幽翠谷松濤湧，匹練懸空舞玉虹。

注釋 一、題解：本詩記述臺東知本風景。押一東韻。二、知本的溫泉屬於鹼性的碳酸泉，不但清澈見底，而且泉溫高，成為泡湯的最佳地方。三、松濤：風吹松樹，宛若波濤的聲音。四、匹練：瀑布。指白玉瀑布。

語譯 知本這個地方，背山面水，景色宜人，故有世外桃源之稱。又因溫泉乾淨，常浴可以紓解動脈硬化，治病強身而特別出名。尤其清幽翠谷裏面風吹松樹宛若波濤的聲音，湧出白玉瀑布，注壑奔崖，勢如長虹飛舞的景象，更加使人騁懷嚮往。

探源 一、知本，位在臺東縣卑南鄉。原名「卡地布」卑南族語，意思就是「團結合併在一起」。後依閩南語音譯為「知本」。二、知本溫泉：為鹹性碳酸氫鈉泉，經常沐浴可以治皮膚病，尤其紓解關節硬化，更具功效。是全臺溫泉勝地。白玉瀑布，位於卑南鄉溫泉村，樂山產業道路旁邊。三、知本不僅以溫泉聞名中外，更有森林遊樂區，蒼松翠谷，綠蔭盎然；有吊橋、瀑布、森林浴步道、溪景、野營場地等，適合登山、健行遊戲玩賞的好去處，遊後泡溫泉，洗盡塵勞，更是人生一大享受，素有「東臺第一景」的美譽。吸引臺灣和外國的遊客，競相前往觀光。

讀詩學作文 一、本詩始以開門見山之寫實法，描寫當地風景的特色，修辭優美，平仄工整。二、終以誇飾法，激發「白玉瀑布」奔崖注壑，宛如玉虹飛舞氣勢，點綴渲染，引人入勝，益增留連忘返的張力。陳正治說：「誇飾有兩個作用。一個是可以突出事物的本質，達到預設的目標。第二個作用就是要出語驚人，滿足讀者的好奇心。」（修辭學） **（作者簡介請見二〇四頁）**

蘭嶼即景

項毓烈

滔滔四面碧連天，一島眞如浪裏船；
怪石奇岩多異狀，漁舟唱晚樂陶然。

作者 項毓烈，男，字雅達，湖北黃梅人，西元一九二二年生。政治大學畢業，高等及特種考試及格，歷任行政院主計處科長、專門委員暨人事處處長。著有論文、詩詞、散文等集行世。

注釋 一、題解：本詩為記敘旅遊蘭嶼島所見情景。詩押一先韻。二、即景：就眼前風景而言，單純描述眼前風景者，多用即景為題。錢起詩：「居人散山水，即景真桃源。」

語譯 這個小島的週圍，都是碧浪洶湧，好像一隻小船在浪裏飄浮。島上很多奇岩怪石，形狀宛若動物，栩栩如生。在落日夕照的時候，漁船紛紛歸帆，漁民們此唱彼和各異，洋溢著一片幸福和快樂的氣氛。

探源 蘭嶼是位於臺灣本島東南方臺東縣的一個小離島，面積四十五平方里，人口三千餘人，對外交通以飛機輪船為主。居民多以捕魚為業。島上奇岩怪石頗多，狀似動物，趣味橫生。雨林蔥鬱，烟波浩淼，別有天地。

讀詩學作文 一、本詩是面對蘭嶼的景和情，予以描述而成，可謂情景交融。王國維《人間詞話》:「一首好詩詞，是融情於景，以景記情，情景交融。」二、本詩起句氣勢壯闊，後三句頗富趣味。曾國藩謂:「詩重氣勢。」嚴滄浪謂:「盛唐諸人，惟在『興趣』，其妙處透徹玲瓏。」凡此認知，均值得我們效法的。三、一般作詩，以少用成語為原則，本詩結句引「漁歌唱晚」成語入句，而情景自然生動，並無斧鑿痕跡。薛雪《一瓢詩話》:「不去成言，終無新意。能以陳言，而發新意，才是大雅。」可見引用成語，以自然而出新意為佳。

臺灣千家詩

指　導：胡傳安　張夢機

詞　宗：王鎮華　蔡中村　簡華祥

審　訂：王　甦　胡傳安　林正三　林翠鳳

顧　問：謝清淵　吳登神　郭雲樵　蔡義方　毛正方　徐　震
林獻陽　朱復良　陳祖舜　項毓烈　林欽貴　李鶯輝
江　沛　鄧　璧　鍾常遂　陳恕忠　余紹桓　徐世澤
吳東源　吳天送　紀世加　楊世輝　黃清源　吳子健
呂碧銓　李學能　方薰之　王希昭　高明誠　王鐵錚
王　前　陳登科　柏蔚鵬　陳定中　楊振福　洪水河
莊育材　葉世榮　郭崇城　蕭玉杉　張耀仁　張健生
劉福麟　莫月娥　歐禮足　蔡耕農　鄭　強　蔣滌非
邱天來　蔣孟樑　李昆漳　邱瑞寅　曾人口　鄭　烈
李文卿　莊秋情　林振輝　陳進雄　吳素娥　吳錦順
陳富庠　林金郎　黃輝智　陳欽財　范月嬌　魏嘉亨
胡順卿　胡順隆　劉光照　黃宏介　周博尚　陳國威
李政村　林瑞煌　林茂泰　洪玉璋　劉清河　江啓助
王命發　陳佳聲　陳文華　陳永寶　蔡慶霖　蔡瑤瓊
吳振清　吳舒楊　魏秋信　甄寶玉　陳冠甫　洪阿寶
黃色雄　龔必强　劉金城　李正治　連嚴素月　周春進
吳榮鑾　楊耀騰　洪高舌　楊龍潭　黃哲永　吳春景
張錦雲　戴在松　張儷美　黃　瓊　程滄波　巫漢增
曾景釗　吳肇昌　楊維仁　吳東晟　等暨全體詩家

策畫兼主編：洪嘉惠（電話：05-2262380）**助理編輯：**陳芳花　洪仁怡

徵稿：一、本書為精益求精，更新變化，特向詩家徵詩（一）凡是新增或本書未寫的臺灣景點。（二）已有景點，自認能超越者。二、本書作者詞長如願再寫新稿或更替舊作亦可。三、來稿請按本書格式，每人最多二篇，每篇均含作者簡介，稿後請附姓名、地址（郵遞區號）、電話、手機等。再版時更換或增頁之用，一經採用，贈書酬謝。來稿一律用電子信箱傳稿，電子信箱為：ilovepoetry99@gmail.com。

國家圖書館出版品預行編目(CIP)資料

臺灣千家詩 / 洪嘉惠編. -- 初版. –
臺北市：萬卷樓, 2012.07
面；　公分. --(文化生活叢書)
ISBN 978-957-739-758-4（平裝）

863.51　　101013065

臺灣千家詩

2012 年 7 月 初版 平裝
2013 年 1 月 再版 平裝

ISBN 978-957-739-758-4　　**定價：新台幣 240 元**

策畫主編	洪嘉惠	出版者	萬卷樓圖書股份有限公司
發行人	陳滿銘	編輯部地址	106 臺北市羅斯福路二段 41 號 9 樓之 4
總編輯	陳滿銘	電話	02-23216565
副總編輯	張晏瑞	傳真	02-23218698
編輯助理	游依玲	電郵	editor@wanjuan.com.tw
編輯助理	吳家嘉	發行所地址	106 臺北市羅斯福路二段 41 號 6 樓之 3
封面設計	斐類設計	電話	02-23216565
	工作室	傳真	02-23944113
		印刷者	中茂分色製版印刷事業股份有限公司

新聞局出版事業登記證局版臺業字第 5655 號

網路書店　www.wanjuan.com.tw
劃撥帳號　15624015

萬卷樓新書訊息

文學研究叢書·辭章修辭叢刊

章法結構論

陳滿銘著

2012 年 11 月 初版
ISBN 978-957-739-775-1

定　價：500 元
優惠價：375 元
（七五折，不含運）

訂購請洽 萬卷樓圖書公司　宋小姐（分機 10）
TEL 02-23216565　Mail service@wanjuan.com.tw
FAX 02-23944113　Web　www.wanjuan.com.tw

本書簡介

「比較章法」有「內部比較」與「外部比較」的兩大分野。因其範圍極廣，故本書僅就「辭章」領域所涉為重心。就「內部比較」而言，只列一章「章法與章法異同」；就「外部比較」而言，共有七章：依次是「章法與螺旋結構」、「章法與完形理論」、「章法與思考訓練」、「章法與意象系統」、「章法與內容結構」、「章法與篇章風格」、「章法與修辭藝術」。分別關涉到「章法學」、「層次邏輯學」，「哲學」、「美學」、「心理學」、「思維學」、「意象學」、「主題學」、「風格學」、「定量分析學」與「修辭學」。由於要作研究的實在太多了，尚有許多領域未納入，即以「辭章內涵」而言，「章法」和「詞彙」、「文（語）法」，本書就未作比較。所以希望能持續努力，先彌補這個缺憾，再擴充到其他領域，使「比較章法學」的研究，能更趨周全圓滿。

作者簡介

陳滿銘　臺灣師範大學國文系退休教授

陳滿銘，中華民國章法學會理事長。專長領域含四書學、章法學、意象學、語文教學等。出版有二十八種個人專著，並發表有期刊及研討會論文四百餘篇。近年以「陰陽二元」為基礎、「移位」、「轉位」與「包孕」為過程，確認「多二一（0）」之螺旋結構，為科學化章法學建構完整體系，而受兩岸學者肯定，認為成果「空前」。